EL CAMINO
DEL FUEGO

CELIA DEL PALACIO

EL CAMINO DEL FUEGO

mr

Andar así es andar a ciegas,
andar inmóvil en el aire inmóvil,
andar pasos de arena, ardiente césped.
Dar pasos sobre agua, sobre nada
—el agua que no existe, la nada de una astilla—,
dar pasos sobre muertes,
sobre un suelo de cráneos calcinados.

[...]

Todo es andar a ciegas, en la
fatiga del silencio, cuando ya nada nace
y nada vive y ya los muertos
dieron vida a sus muertos
y los vivos sepultura a los vivos.
Entonces cae una espada de este cielo metálico
y el paisaje se dora y endurece
o bien se ablanda como la miel
bajo un espeso sol de mariposas.

Efraín Huerta

LA NOCHE DE LA TORMENTA DESATADA
Tenochtitlan, principios de julio de 1520

No sé en qué momento la Madre Amorosa permitió que yo me uniera a esta aventura que en un principio prometía ser la salvación de mi pueblo. No sé en qué momento interpreté como favorables a esta empresa los augurios entrevistos en el manantial de la montaña sagrada.

Muchas veces me lo pregunté esa noche mientras corría con la ropa empapada, librándome con dificultad del cieno que parecía querer tragarme. Lo único que pude responderme fue que la curiosidad me impulsó. El ansia del viaje. El deseo de ver más allá del mar y la montaña. Ahora tendría que pagar el precio.

Tlajaná estaba furioso esa noche. El orden del universo había sido trastocado para siempre. Las horas se volvieron una inacabable agonía. Los gritos de los hombres y mujeres se confundían con el rugir de Akgtzin, que había dejado caer toda su furia sobre la ciudad de Tenochtitlan.

Los gritos de los seres que murieron en esa interminable batalla aún me atormentan y no me dejan recordar con claridad lo que pasó los días previos a la Noche de la Tormenta Desatada. Vuelven a mi mente como ráfagas los rayos en ese cielo negro, las imágenes, las voces, como una pesadilla.

El principio del fin fue el inicio de la rebelión ante la ausencia de Cortés. El capitán Tonatiuh atacó a los mexica desarmados mientras ellos celebraban la fiesta del Tóxcatl. Cualquier arreglo entre los caxtilteca y los mexica resultó imposible después de la matanza: nos sitiaron en el palacio de Axayácatl, donde estuvimos a punto de morir.

En medio de la angustia y el hambre, escuchamos decir:

—Capitán Cortés ya regresó de Villa Rica. Logró vencer a los otros extranjeros que venían a llevárselo. Viene con cientos de guerreros más.

—Dicen que se encerró en sus aposentos con el capitán Tonatiuh, el del cabello de sol, y que estuvo a punto de matarlo. A él hay que culpar por el enojo de los mexica.

Luego nos enteramos de que Motecuhzoma había sido lapidado por su propio pueblo o eso nos hicieron creer. Ni siquiera él, El Que Tiene la Palabra, podía ya parar aquel desastre. Cuauhtláhuac se había proclamado nuevo tlahtoani y ahora encabezaba la defensa de Tenochtitlan. En ese momento comprendimos que estábamos perdidos.

Los gritos en el idioma de los caxtilteca no cesaban. No era necesario conocer las palabras exactas: había que salir de la ciudad a como diera lugar; de otro modo, seríamos esclavizados y sacrificados. Eso decía el adivino de Cortés y eso había visto yo en los granos de maíz. Sus capitanes, esos rudos hombres que ante nada se arredraban, ahora le exigían a gritos, con los ojos extraviados, que dejáramos el palacio esa misma noche.

Tenochtitlan está situada en el lago y no había manera de salir de ahí sino a través de las calzadas. Con las casas flotantes de Cortés destruidas, atravesar los canales se volvió imposible cuando los mexica levantaron los puentes. También tapiaron muchas calles y pusieron vigilantes en las puertas del palacio de Axayácatl. Estábamos acorralados.

Akgtzin debió haber estado de nuestro lado esa noche: dejó caer sus rayos y truenos sobre la ciudad de Tenochtitlan para permitirnos escapar. Salimos en completo silencio de las ruinas del lujoso palacio que nos había albergado.

Los braseros rituales que deberían iluminar los edificios del recinto ceremonial se habían apagado; solo los relámpagos dejaban ver por momentos los muros agujereados del palacio, las viviendas derruidas, las figuras ominosas de los templos, antes de reflejarse en el espejo de las aguas del lago, convirtiendo los canales en temblorosos ríos de plata.

Los soldados caxtilteca iban por delante, apoyados por decenas de guerreros tutunakú y texcalteca. Llevaban un pesado puente de madera que nos permitiría atravesar los diques de la calzada de Tlacopan para alcanzar tierra firme. Los guardias del capitán Tonatiuh dieron muerte a los centinelas que custodiaban la entrada; eso hizo posible que avanzáramos casi a ciegas por las calles que conducían a la única calzada abierta, protegidos por el fragor de la tormenta.

Tras el primer grupo de guerreros avanzaban los heridos, sobre los enormes venados de los extranjeros. Luego íbamos nosotras, las mujeres nobles, acompañadas por el hombre sagrado y seguidas por los guerreros texcalteca y tutunakú. Qesqáh, el amigo más querido de mi infancia, el árbol frondoso, el príncipe tutor de la vainilla, marchaba con ellos, luciendo sus arreos de guerra. Al ver cómo se volvía a mirarme, erguido y fiero, entendí que todos nuestros desencuentros eran nada y que siempre habría un lazo que uniría nuestros corazones.

Detrás de los valientes guerreros marchaban los venados gigantes más hermosos y fuertes, custodiados por hombres de confianza del capitán; cargaban en tompeates y cajas de madera los regalos de Motecuhzoma para el soberano de Castilla. Luego venían los tameme que transportaban las riquezas de los extranjeros, vigilados por los soldados al mando de mi marido, el capitán Mairena, y en la retaguardia, el capitán Tonatiuh y sus hombres.

Aún no habíamos salido de la ciudad cuando, entre los rayos y el estruendo de la tormenta, escuchamos las caracolas que alertaron a los mexica; luego, los tambores de guerra en lo alto del templo de Huitzilopochtli. Alguien nos había detectado, a pesar de todas las precauciones que tomamos; alguien nos había visto y había dado la voz de alarma.

No pasó mucho tiempo antes de que los mexica nos alcanzaran en sus veloces canoas. Tlaltecatzin, el príncipe tepanécatl, encabezaba a los cientos de guerreros para el ataque. La luz de los relámpagos nos permitía ver sus rostros pintados de rojo y negro, sus penachos de guerra. Contra la oscuridad del cielo brillaban las innumerables flechas que caían sobre nosotros como plaga de letales chapulines.

La viga del palacio de Axayácatl que llevaban los soldados para allanar el paso se resbaló en uno de los últimos canales y cayó al lago, junto con muchos de los guerreros, algunos venados gigantes y varias mujeres que venían con ellos. Entonces nos invadió el terror.

El capitán Cortés ordenaba que continuáramos avanzando; algún otro de los principales se había vuelto atrás y, entre gritos y ademanes desesperados, señalaba que debíamos seguirlo de regreso a la ciudad. Por fortuna no lo obedecimos: los mexica ya habían levantado los puentes que acabábamos de cruzar y el destino de quienes volvieron fue la muerte en el abismo cenagoso.

Los tameme abandonaron su carga y lucharon por sus vidas. Nosotras corrimos mientras pudimos. La confusión era total y yo no pude sino huir, cubierta con la rodela que un guerrero había soltado antes de hundirse en el fango y que quedó destrozada.

Vi a varias mujeres intentando inútilmente librarse de las flechas que las perseguían; vi a más de un soldado caxtiltécatl sumirse en el lago por el peso de los tesoros que guardaba entre sus ropas; oí gritos de auxilio en muchos idiomas y los aullidos de los mastines caxtilteca mientras se hundían. El olor de la sangre me llenó la nariz, y mis ojos ya no lograban distinguir nada más que la lluvia y la oscuridad.

Vi, a la luz de los relámpagos, la figura temible de María Estrada. La caxtiltécatl parecía una guerrera sagrada, una cihuateteo rediviva. Se lanzaba sin ningún temor contra los mexica, atravesándolos con el filo implacable de su espada. Los capitanes debieron sentir vergüenza porque al verla volvían sobre sus pasos para enfrentar a los enemigos.

Yo solamente corría a ciegas; sentía el fondo disparejo del lago bajo mis pies, hasta que me di cuenta de que iba cruzando el vado sobre muertos: pisaba brazos, cabezas resbalosas, piernas, pechos ensangrentados. Mis sandalias se atoraban en los huipiles de las mujeres, en las mullidas corazas de algodón de los guerreros, en las cabelleras sueltas de los tameme.

Busqué a Skáu, mi pequeño conejito; la niña, que iba agarrada de mi huipil hasta antes de cruzar el canal, se había soltado. La llamé, enloquecida, pero mis ojos apenas podían distinguir vagas formas inmóviles en el macabro espejo de obsidiana que era el lago. Luego busqué a mi marido, le grité hasta quedar ronca. A lo lejos, en medio de la oscuridad y la bruma que se levantaba del agua después de la tormenta, vi cómo caía su cuerpo, traspasado por mil flechas.

—¡Magdalena! —me llamaba con el nombre que me habían impuesto, mientras se hundía en el fango con Skáu en brazos, intentando salvarla.

—¡Xtaaku, vete! —Qesqáh gritaba mi nombre tutunakú al volver sobre sus pasos para sacar al capitán y a la niña del canal; pero, antes de que lograra acercarse siquiera, lo vi perderse en la oscuridad líquida, abatido por una granizada de piedras.

Imposible llegar a ellos, imposible retroceder. Un guerrero texcaltécatl me jaló del brazo y me empujó para que siguiera adelante.

—Yo los saco —me dijo—. Corre y no te detengas.

Cuando volví la cabeza, vi que llevaba el cuerpo exangüe de Skáu como si fuera un fardo sobre los hombros. Había cesado la tormenta, pero seguían lloviendo sobre nosotros las flechas, las piedras y los veloces venablos lanzados por los propulsores mexica. La batalla continuaba a mis espaldas.

Con todo y el terror que había hecho presa de mí, seguí corriendo; al no tocar ya el fondo, nadé hasta sentir que llegaba a tierra firme, vigilando siempre que el texcaltécatl que cargaba a Skáu estuviera cerca. Cuando alcancé la orilla y vi a la niña inmóvil, el terror paralizó mis miembros. Su cuerpo estaba helado, el agua de la laguna ya había pintado su rostro con los colores de la muerte. En su carita afilada vi otra cara; en sus pupilas sin brillo vi otros ojos que venían a perseguirme desde mis recuerdos de infancia.

—¡No! —grité.

Mi grito retaba a la Descarnada, retaba a todos los dioses y pretendía cambiar el destino desde aquella borrosa primera vez que me enfrenté a la voluntad del agua. Repetí las plegarias a la Abuela de Todas las Criaturas y oprimí el cuerpecito de mi Skáu. Invoqué al poderoso Señor de los Vientos para infundir el aire de vida en sus adentros y obligarla a arrojar el agua cenagosa. Me abracé a la niña queriendo contagiarla con mi vigor y aliento, y ella rompió en llanto. Entonces comprendí que la criatura había sobrevivido.

Con ella en brazos, me tiré al suelo y lloré, dejando salir todo el miedo, toda la angustia que me había oprimido el pecho. Solo en ese instante me di cuenta del terrible peligro en el que habíamos vivido. La muerte nos había estado pisando las huellas, la muerte había habitado en nuestras sombras durante demasiado tiempo. ¡Estaba viva! ¡Estaba viva y no sabía qué sentir! La alegría se hacía una con el duelo, con la rabia, con un renovado miedo: estaba viva, pero muy lejos de estar a salvo.

Amanecía. La luz acerada dibujaba la triste figura de quienes quedamos vivos. Algunos salían del lago como criaturas fantásticas: caxtilteca con las ropas hechas jirones, arrastrando sus espadas; algún texcaltécatl que podría haberse confundido con un monstruo al servicio de Tezcatlipoca, por estar enteramente cubierto de fango negro; los grandes venados de los forasteros con los ojos fuera de sus órbitas... Era una marcha de muertos en vida que en cuanto tocaban tierra se dejaban caer en ella, desfallecidos.

Los mexica habían regresado a Tenochtitlan, dispuestos a cazar a los caxtilteca que habían vuelto sobre sus pasos y a los que no pudieron atravesar el lago. Nos sentimos a salvo por un rato, recibiendo la caricia del sol naciente. A lo lejos vi al capitán Cortés bajo un ahuehuete; los pelos de su cara y de su cabeza estaban cubiertos de lodo y se sostenía la frente con una mano temblorosa.

Entonces advertí que aquel a quien habíamos considerado un dios, tan poderoso como Quetzalcóatl, aquel que estaba destinado a vencer a nuestros enemigos y en quien habíamos puesto todas nuestras esperanzas, era solo un hombre que se deshacía en lágrimas.

Yo no encontraba motivo para seguir adelante o para volver atrás. Con todo y la manita trémula de Skáu entre las mías, no veía camino claro para mí en ninguna parte. El mundo de antes se derrumbaba, el mundo nuevo no había empezado. ¿Hacia dónde dirigir los pasos? ¿A qué volver?

1

QUIAHUIXTLAN
1500-1519

Somos la «gente del calor». Somos la «gente de donde sale el sol». Así nos han llamado los mexica.

Nos consideran torpes.

Nos desprecian, como a todos los otros pueblos que han sido sometidos a su yugo implacable.

Nos desprecian, aunque se sirvan de nuestras telas, de nuestros frutos, de nuestro trabajo.

Nos detestan porque han tenido que depender de nosotros.

Nos odian porque envidian la riqueza de nuestras tierras y nuestra cercanía con el mar.

En otros tiempos, cuando la tierra donde habitan quedó agostada y sedienta, ellos estuvieron a punto de morir de hambre y se vieron obligados a suplicarnos por ayuda. Sus niños vinieron a servirnos como esclavos para ganar su sustento hasta que fueron mayores y regresaron a su ciudad cargados de resentimiento. Muchas gentes de los poblados mexica llegaron a establecerse en nuestras tierras, huyendo del hambre.

Desde entonces hubo en el Totonacapan aldeas de chalca, texcocanos, xochimilca y tepaneca. Convivimos en paz con ellos por muchos ciclos, muchas lunas, muchas vueltas al sol. En nuestras ciudades hablábamos varias lenguas y adorábamos diferentes dioses. Teníamos costumbres distintas, pero aprendimos a respetarnos.

Después las cosas cambiaron. Motecuhzoma el Viejo y Tlacaélel se aliaron con los gobernantes de Texcoco, Tlatelolco y Tlacopan para formar un ejército invencible. Sometieron a muchos pueblos en el camino al mar: Ahuitzilapan, Chichiquilan, Teoixhuacan, Quimichtlan, Tlatictlan, Oceloapan y Cuetlaxtlan. Pronto, los pueblos tutunakú de la costa nos tuvimos que rendir ante el poderío de la Triple Alianza.

El año de la celebración de la fiesta de Tlacaxipehualiztli o Desollamiento de Hombres, sufrimos la humillación última. Tlacaélel, por medio de su hijo Axayácatl, invitó a los pueblos cercanos a la costa a asistir a la ceremonia. Nuestros señores sabían que aquello no era una invitación de cortesía: se les exigía, de hecho, una vejación pública de ellos y sus pueblos ante Huitzilopochtli.

Los ancianos miembros del consejo y los señores principales se encaminaron hacia Tenochtitlan, llevando como regalos nuestros más preciados tesoros: ricas mantas de algodón, cacao, grandes caracolas, joyas, chalchihuites —nuestras piedras preciosas—, ámbar líquido de nuestros bosques tropicales y plumas de exquisita finura.

Los de Cuetlaxtlan, por el contrario, rechazaron la invitación y dieron muerte a los enviados del tlahtoani. Como castigo, los mexica les impusieron dobles tributos y establecieron ahí su colonia militar permanente para vigilar a los pueblos de la costa. Todo lo ven, todo lo saben, todo lo escuchan. Tienen espías por todas partes.

Nuestros gobernantes regresaron asqueados, aterrorizados por la matanza de los matlatzinca que presenciaron en aquella fiesta. Sabían que esa era también una amenaza velada para evitar rebeliones. Así llegaron a un acuerdo con los mexica. Entregaríamos tributos: mantas hiladas de algodón, trenzadas con pelo de conejo y plumas, para que sus mujeres se ataviaran en las ceremonias importantes; trajes para sus guerreros; pieles de venado y de jaguar; escudos de plumas; petates pintados con añil y cochinilla; mosaicos de turquesas para sus palacios, así como otras muchas cosas: conchas y moluscos de nuestros mares, peces, frutos y semillas.

Tendríamos, asimismo, que entregarles a nuestras hijas para que sirvieran en sus palacios y a nuestros hijos para cultivar las sementeras de las que se habían apropiado en los territorios cercanos a Ahuitzilapan, aunque no era extraño que también los ofrecieran en sacrificio.

Sus guardias, apostados en poblaciones estratégicas, cuidan que los tributos se paguen y que no abriguemos ni sombra de deseo de rebelarnos. Sabemos que nos espían y guardamos odio en el corazón por ese pueblo que a cada vuelta de la luna viene a exigirnos la contribución a través de guerreros altivos, y a nosotros toca complacerlos para que no acaben con la gente y nos dejen vivir en paz. Pero sus espías no pueden vigilar los corazones. No pueden escucharnos en el fondo de las cuevas cuando susurramos nuestros deseos de venganza. No pueden adivinar los planes trazados en el fuego y en el humo del copal que brota de los braseros rituales. No entienden los mensajes secretos que bordamos en nuestros ceñidores y en nuestros huipiles.

Ellos nos llaman «la gente del calor», y su lengua y sus dioses se impusieron por doquier. Los teocalli están dedicados a Huitzilopochtli, el gran Señor del Sol y de la Guerra; a Tezcatlipoca, el del Espejo de Humo; a Xipe Tótec, el Señor Desollado; a Chalchiuhtlicue, la Señora de la Falda de Jade, Dueña de las Aguas, y a Ehécatl, Señor del Viento. Pero en los templos consagrados a las deidades de los mexica adoramos a nuestros dioses antiguos.

Nosotros nos llamamos *tutunakú*, «la gente de los tres corazones»: un corazón está en las estrellas, donde tenemos puestos los ojos; otro corazón está en la tierra, cuyo vientre hemos de fecundar con devoción, cuyo cuerpo firme nos permite tener los pies bien plantados para no caer, y otro corazón está en el mundo, porque es la obligación de nuestra gente velar por todas las criaturas que andan en él.

Los mexica nos impusieron su lengua, quemaron nuestros libros y borraron de los templos las inscripciones que contaban la historia del Totonacapan. Pero, a pesar de la lengua que nos fue impuesta, conservamos la nuestra y la hablamos siempre en nuestros pueblos.

Dicen las abuelas que en tiempos muy remotos fuimos un solo pueblo, que los dioses de ellos también fueron los nuestros y que la lengua que nos forzaron a hablar también fue la nuestra en un pasado lejano. Después nos separamos y nuestra lengua se volvió otra y nuestros dioses se volvieron otros dioses.

Tula y Teotihuacan son las ciudades antiguas que ellas siempre recuerdan. Las abuelas dicen que los tutunakú ayudamos a construirlas y que esos pueblos nos dieron sus dioses en pago. Lo que cambia es la manera de llamarlos, pero el origen es el mismo. Todos somos hijos de esos dioses, aunque los mexica parecen haberlo olvidado e invariablemente nos hacen menos.

Luego nuestros ancestros retornaron al mar y fundaron ciudades en el camino. Macuilxochitlan es el sitio donde descansan los huesos de los abuelos de mis abuelos. Macuilxochitlan, ciudad perdida entre las montañas en la frontera del Totonacapan, la región de los manantiales en la arena —Xallapan—, es el lugar sagrado adonde algún día habremos de volver.

Mi madre me contó esas historias a la luz del fogón muchas veces, así como se las contó a ella su madre, y a esta, la madre de su madre, desde el principio del tiempo. Instaladas las dos al abrigo de nuestra casa en las noches de tormenta, mi madre me hacía traer los rollitos de algodón cardado, el malacate y el cajete, y mientras yo daba vueltas a la varita aromática de caoba dentro de la jícara pintada de colores para ir formando el hilo, ella repetía la historia de la creación del mundo.

—Ometecuhtli y Omecíhuatl, la pareja primigenia, tuvieron hijos a quienes encargaron la creación de los dioses y de los hombres.

»Esos hijos —explicaba— eran todos manifestaciones de Tezcatlipoca: Xipe Tótec, Huitzilopochtli, Quetzalcóatl, Tezcatlipoca Negro, el Señor del Cielo Nocturno, a quien nosotros conocemos como Tlajaná, el Ser del No Ser, que castiga a quien ofende la vida. A ellos se unió Akgtzin, dios del Agua que Fluye, poderoso Señor del Rayo, a quien los mexica llaman Tláloc.

»Quetzalcóatl —seguía contando mi madre con su hermosa voz— tomó el cuerpo de un gobernante de Tula y fue sabio y promulgó buenas leyes, pero su hermano malvado, Tezcatlipoca Negro, con engaños logró que se emborrachara y faltara a la castidad. Quetzalcóatl, avergonzado, se exilió rumbo al sur. En el lugar de la Vieja Tierra Roja, llamado Huehuetlapallan, cerca de Coatzacoalco, se embarcó en una balsa de serpientes y se prendió fuego al despuntar el día. Su corazón incendiado, liberado por las llamas, se convirtió en Xtaaku, la primera estrella que anuncia el amanecer.

»Quetzalcóatl, al llegar al inframundo, pidió los huesos de los guerreros fallecidos a Mictlantecuhtli, Señor de los Muertos. Con ellos a cuestas, salió de regreso a la tierra, con tan mala fortuna que tropezó y los huesos se rompieron. Quetzalcóatl entonces los regó con su sangre y así dio origen a los humanos.

»Los primeros hombres salieron de la isla de Chalchihuitlapazco, que pertenece a Quetzalcóatl y a la que los caxtilteca llamaron después Sacrificios. A nado o montados sobre enormes tortugas, llegaron a la costa. Ahí construyeron Cempoallan; Quiahuixtlan, nuestra Ciudad de la Lluvia, y la ciudad consagrada a Akgtzin. Somos los descendientes de Quetzalcóatl, somos quienes vinimos del mar.

»Kiwikgoló es el gran dador de vida. Son suyos todos los seres que están sobre la tierra y él es el dios del Cerca y del Lejos, de todo lo que es. Kiwichat fue la primera mujer sobre la tierra, parte también de Kiwikgoló porque nada ni nadie puede existir fuera de Él. En el principio de los tiempos, Kiwichat se atrevió a desobedecer a su marido y, con engaños, yació con Tezcatlipoca Negro. Como castigo, se le encerró en el Lhuko Talhman Sipi, la cueva de la montaña sagrada, por espacio de mil años.

»Ahí el dios del Monte le enseñó todo lo que hay que saber sobre plantas y animales. Dentro de la cueva aprendió a curar las enfermedades y a preparar los alimentos y medicinas necesarios para la vida. Como su marido la extrañaba, decidió liberarla, junto con aquellos conocimientos que favorecieron a los habitantes del Totonacapan. Por eso —decía mi madre—, teníamos que estar agradecidos con los dioses que tanto bien nos habían hecho».

A medida que me fui haciendo mayor, pedía a mi madre que me contara cómo había sido mi nacimiento, cómo se había desarrollado la ceremonia de levantamiento, que era tan importante para mi pueblo y que a mí me tocaría presidir después muchas veces.

—Las abuelas que viven en el cielo y en la tierra, y que viajan sobre Paaun, la nube sagrada, tienen como misión proteger a los recién nacidos. En el momento del parto, todas ellas acuden para ayudar y una le pega a la criatura una nalgada para obligarla a nacer. La Abuela Pilam estuvo cuidándote desde que empezaste a crecer en mi vientre y a los cuatro días de nacida te «levantamos».

—¿Qué es eso? —le pregunté la primera vez que me contó la historia.

—El Tawaa' es el momento en el que te pusimos nombre, el instante en el que tu alma quedó para siempre unida a tu cuerpo y separada de las almas de los no nacidos. Antes de eso solo eras una flor, no estabas del todo aquí, había que componerte.

En aquella ceremonia solemne, las abuelas elevaron sus plegarias a los dioses, nos sahumaron a mi madre y a mí, nos bañaron con agua de hierbas aromáticas y la Abuela Pilam, la Luciérnaga que Alumbra la Noche, me rompió el himen, simbolizando la ruptura del puente que me unía al mundo no terreno. Luego preguntó a Kiwichat cuál era el nombre que habrían de ponerme.

—Xtaaku. Te pusimos Xtaaku, como ordenó el Gran Padre de Todo lo que Existe —decía mi madre siempre con igual devoción.

Yo, como la Estrella de la Mañana, anunciaría noticias de una nueva era. A ello estaba destinada. Eso dijo Pilam, eso dijeron las abuelas y eso repitió mi madre desde ese día.

En ese instante, mi padre, el venerable tlacochcalcatl de Quiahuixtlan, el más ilustre de los guerreros y consejero de nuestro señor, me levantó en sus manos y me mostró a los nobles, a los sacerdotes, a los sirvientes, a los artesanos, a todos aquellos que vinieron a darme la bienvenida al mundo.

—¡Xtaaku! —dicen que dijo—. Mi pequeña flor de vainilla, mi tierna mazorca, mi estrella reluciente, has de honrar a tus padres y tus abuelos. ¡Bienvenida seas!

Desde pequeña, como todas las niñas nobles, fui encomendada a las ancianas para el servicio de los dioses mientras llegaba mi hora de tomar marido. Por ser muy curiosa, mis padres me consagraron a Kiwichat, a quien los mexica conocen como Tlazoltéotl: madre de las curanderas y gran abuela de las parteras y las adivinadoras, madre del amor carnal y la lujuria, quien se come las inmundicias de sus hijos y las transforma en alimento. Otros dicen que es Coatlicue, la de la falda de jade, y muchos más la conocen como Toci. Yo solo sé que Kiwichat es la Gran Madre Tierra, la que da la vida y proporciona todas las alegrías y todos los placeres.

Las abuelas me enseñaron a curar. Me mostraron cómo reconocer las hierbas venenosas, para qué usar los hongos adheridos a ciertos árboles y de qué modo utilizar las raíces. Me dijeron en qué momento del día debía recolectar las hojas y en qué parajes sembrar los retoños. Aprendí a retardar el brote de la semilla de los varones para proporcionar mayor placer a las mujeres, cómo evitar ser preñada y cómo propiciar la maternidad. Supe cómo traer a la vida a los niños y cómo matar sin dejar huella suministrando tlepatle, la hierba del fuego, para la que no hay contra.

Aprendí a curar a quienes traen la sombra de un muerto encima; a los que sufren mal de ojo, susto o empacho, y a las criaturas cuando se les cae la mollera o padecen tlacacabis, esa enfermedad que causa la caída de la piel en los recién nacidos si los familiares que lo visitan se pelean. También puedo curar el susto de agua, de tierra o de fuego; pegar huesos quebrados; saber cuando alguien miente o ha robado algo, y ver el porvenir.

Mientras otras niñas jugaban con sus muñecas de barro o hacían volar los papalotl multicolores en las tardes de viento, yo tenía que aprender los nombres de las plantas.

«Cuajilote, huchin, matlantzin», repetía mientras dejaba caer los patolli en el tablero del juego que nosotros llamamos lizla.

«Mastanchuluctx, epazote, acuyo, axocopaque», susurraba mientras las abuelas me untaban aceite de hueso de mamey en el cabello para hacerlo brillar, antes de trenzarlo con plumas.

«Cempoalxóchitl, iztafiate, apompo…, cacahuapaxtle, pitahaya», enlistaba mientras subía una y otra vez las escaleras del templo, espantando los cientos de mariposas que se posaban sobre mí.

«Xicólotl, yoloxóchitl, zacatechichi, ololiuhqui, nanácatl», pronunciaba con mayor respeto el nombre de las plantas sagradas, mientras juntaba caracoles en la playa al atardecer.

Y todavía ahora, antes de dormir, vienen a mi boca, muy quedito, sin que yo misma lo quiera, esos nombres que son ya parte mía.

No es que haya sido siempre obediente. ¡Nada de eso! Más de una vez me escapé de las lecciones de las abuelas para ir con mis amigos cerro arriba, entre las hierbas y las piedras, y ahí nos mirábamos en el espejo quieto de la poza donde se almacena el agua de lluvia. Allá andábamos, con los cabellos al aire, desnudos, a fin de asomarnos a aquel abismo. En el reflejo tembloroso que nos regresaba el agua nos reconocíamos distintos cada vez.

Muchas tardes encontramos chaneques que intentaron perdernos entre la maleza. Sabíamos que eran los espíritus de los niños sacrificados que custodiaban la selva, así que no les temíamos; por el contrario, jugábamos con ellos y aprendíamos los cantos que susurraban en idiomas antiquísimos antes de que llegara la noche.

Siempre fui rebelde, incluso después del accidente, aunque no puedo negar que aquel suceso me cambió la vida. Fue una tarde en la época de los vientos del norte. A pesar de que mi madre me había prohibido que nadara en el mar sin la compañía de una persona mayor, logré escabullirme para buscar a mi amiga Jun, que vivía en un caserío cercano a la playa.

Como muchas niñas macehualtin, mi amiga no tenía nombre. Era delgadita, con la piel quemada por el sol. No paraba de correr, subirse a los árboles y saltar de un lado a otro; por eso la llamé Jun: colibrí. Me gustaba mucho brincar con ella entre las olas, sentir el cosquilleo de los peces en las piernas mientras nadábamos y luego seguir el ritual que habíamos hecho nuestro: correr por encima de las dunas hasta la peña que protege la playa de vientos y huracanes.

En esa garganta se forman remolinos y, si uno escucha con atención, puede distinguir las voces de las diosas del agua que viven en el fondo y, algunos días, la ronca voz del dios Akgtzin cuando se transforma en pejelagarto de las profundidades. Entre los peñascos, nuestros pescadores instalan las trampas donde se guardan los peces vivos hasta el momento de comerlos. Ahí también, en los pliegues de las rocas, es posible encontrar almejas. Más de una vez las arrancamos para darnos un festín después del baño.

Pero esa tarde el mar estaba picado y la marea comenzaba a subir. El viento del norte provocaba que las olas reventaran con furia contra las piedras oscuras, pero, a pesar de todo, tuve el impulso de retar a los elementos.

—A que no te atreves a buscar almejas —le grité por encima del hombro, iniciando la carrera sobre el sendero arenoso junto a la peña.

Jun no tenía miedo; era hija de un pescador que la había acostumbrado a estar cerca del mar y a conocer sus secretos, por eso me sorprendió su respuesta.

—No es día de comer almejas. Las voces de las profundidades dicen que no.

—¡Cobarde! —exclamé sin detenerme.

En un instante vi como me rebasaba, alejándose a fuerza de brincos sobre las piedras resbalosas de la orilla. Yo iba muy atrás todavía cuando vi como una ola salvaje azotaba el cuerpo de mi amiga contra el peñón y se lo llevaba mar adentro. El bramido del océano silenció mis gritos.

Ya me disponía a correr hacia Jun para ayudarla a salir, cuando sentí que una mano de piedra se posó sobre mi hombro. Era el padre de mi amiga que venía a buscarnos, junto con otros habitantes de la costa, al ver que el mar estaba picado y temeroso de que nos hubiéramos metido en problemas. Los hombres se lanzaron a rescatar a Jun de entre las aguas. El poco rato que estuvieron luchando contra las olas me pareció una eternidad. Cuando por fin vi al pescador salir con mi amiga en brazos, respiré aliviada.

Mi amiga querida, mi colibrí, por fortuna no estaba muerta. Su cuerpo flácido tenía un color extraño y de su cabeza brotaba sangre, pero su padre sopló varias veces en su boca y después de un tiempo ella sacó toda el agua que se había metido en su cuerpo entre toses y aspavientos. Era la primera vez que me enfrentaba de cerca a la posibilidad de la muerte de un ser querido.

Cuando volvimos a la ciudad y el pescador explicó a mi familia lo ocurrido, mis padres me miraron con tristeza.

—Desobedeciste —dijo mi padre—. Habrás de pagar por ello.

Ni los piquetes con las agujas del maguey ni los golpes con chichicaxtle en las palmas de las manos dolieron tanto como la decepción en los ojos de mi madre. Pasé un tiempo interminable de encierro en la oscuridad; luego mis padres me llamaron de nuevo a su lado. Sus rostros eran de piedra labrada, su mirada era inescrutable. Después de un momento de silencio, por fin habló mi padre.

—Lo que pasó con tu amiga no es tu culpa; pero, si hubiera muerto, el remordimiento te habría perseguido por siempre. Habrías escuchado en tu cabeza una y otra vez la pregunta: «¿Qué habría pasado si no hubiera desobedecido a mis padres?». Eso es lo que queremos evitarte: ese dolor. Los dioses las han protegido y por suerte no tendrás que vivir con la nube negra del arrepentimiento.

Tenía razón. Mi amiga no murió entonces, pero yo estoy marcada por aquel suceso y desde ese día no soy la misma.

Aunque la rebeldía siguió siendo mi inseparable compañera de aventuras, tuve más cuidado para no ponerme en riesgo o arriesgar a otros. Durante mucho tiempo tuve pesadillas: unas veces el rostro afilado y gris de Jun se me aparecía inmóvil, con los ojos cerrados; otras, mi amiga clavaba en mí su mirada y me llamaba con voz hueca. Pilam tuvo que frotarme con bálsamos y sahumarme con copal para que mi espíritu tuviera paz.

Poco a poco la vida retomó su curso. No volví a buscar a Jun e incluso me olvidé de ella por completo. En cambio, regresé con mayor empeño a mis lecciones. Las abuelas me enseñaron el significado secreto de los ritos y las danzas, y cómo hacer tela de algodón en los ejes del universo que son la urdimbre y la trama.

Por su capital importancia, las ancianas dedicaron mucho tiempo a instruirme en ese arte cuando la flor roja de la vida se presentó en mi cuerpo por primera vez. Aún después de tantos años recuerdo vivamente la tarde en que Pilam y mi madre me llevaron bajo la pochota más alta en el patio del templo de Kiwichat, de cuyas ramas se sostenía el telar de la abuela.

—La labor de las hilanderas es sagrada —dijo mi mentora— porque une dos mundos: el del espíritu y el de la materia. Las tejedoras son las creadoras de la tierra, gracias a que la han imaginado y pintado con luz y color en la tela.

Yo ya había oído la historia, pero aquella tarde calurosa sentí que esas palabras tenían una profundidad que no había notado hasta entonces. No me dejé distraer por el zumbido de las chicharras ni por los mosquitos, cuya ferocidad encontré más terrible que otras veces. No me reí siquiera cuando vi a mi amigo Qesqáh caminando sobre un solo pie en el filo de una barda, fingiendo estar a punto de caer y haciéndome muecas. La voz cascada de mi maestra tenía una urgencia especial que me hizo poner toda la atención en sus palabras.

—La tarea empieza con la siembra del algodón; luego sigue el arte de extraer el hilo en el movimiento continuo del malacate dentro del cajete. A medida que va dando vueltas, se reproduce también la vida. El hilo es el cordón umbilical que conecta todas las cosas; así como el huso no deja de moverse sobre sí mismo, todo cambia en el mundo. Nada debe detenerse nunca.

Desde el principio del tiempo, nuestras antepasadas habían sembrado el algodón a la orilla de la milpa, en sus solares, para hilar sus vestidos. Durante incontables vueltas al sol habían recolectado los copos, los habían almacenado, los habían desemillado con sus manos, habían apaleado el algodón sobre las pieles de venado para esponjarlo y con él habían fabricado el hilo, ayudadas por el malacate que giraba sin parar dentro de un cajete de barro o de un jícaro. Así se enrollaba el hilo, así daba vueltas el mundo y la vida transcurría sin novedad.

—Como la araña, que es animal sagrado, tú también debes consagrarte a imaginar, a crear, a tejer una red que conecte todas las cosas del universo —completó mi madre—. No lo olvides: en el telar se puede ordenar el mundo.

—Nuestra madre Kiwichat, al ver sufrir con el frío a los primeros hombres, se apareció en sueños a nuestras abuelas y les enseñó a hilar. Este trabajo es sagrado, es un don divino que debe transmitirse con respeto y recibirse con devoción. La sobrevivencia de los tutunakú y de todos los pueblos de estas tierras depende de él.

También me indicaron cómo dar color a las telas con el añil, la cochinilla traída de lejos, el cempoalxóchitl —nuestra flor sagrada—, el capulín y el cedro, así como los significados de cada uno de esos colores.

—Las figuras del tejido son nuestra historia —dijo mi madre—. En nuestros fajos y enredos, en nuestros huipiles, está escrito lo que somos, lo que hemos sido, lo que seremos.

En ese momento, la Abuela Pilam me entregó un largo ceñidor rojo. En él había un árbol tejido que tendía sus ramas a las nubes en un extremo y hundía firmemente sus raíces en el suelo por el otro. Bajo su sombra hilaban las mujeres.

—Esta prenda te hará recordar, dondequiera que estés, cuál es tu encargo, cuál es nuestra historia, cuál es nuestra misión sagrada.

—Ya no eres una niña. Eres una mujer —dijo mi madre con rostro serio—. Conocerás el placer y el dolor, pero jamás deberás olvidar tu origen.

Muchas lunas, muchos soles más fueron necesarios para que yo supiera todo lo que había que saber. Cuando me consideraba lista, siempre surgía algo nuevo, que no había tomado en cuenta. Así, debía volver otra vez al estudio, a los viajes al monte sagrado para pedir permiso a la Madre Tierra y suplicarle que me permitiera ver, que me permitiera aprender lo que hacía falta. Quería saberlo todo. Quería ser como Kiwichat. Lo que olvidé fue que la Madre de Todo lo que Existe, la abuela de las parteras, había adquirido el conocimiento como un castigo. ¿Sería así también para mí?

2

QUIAHUIXTLAN
Marzo de 1519

La finísima lluvia gris que había traído el último norte picaba el manto impasible de las lagunas, erizándoles la piel. Yo miraba al horizonte. Detrás de las nubes alcanzaba a distinguir lo que no estaba a la vista de los demás mortales.

El agudo silbido de las flautas y el sonido grave de las caracolas no hacían sino profundizar mi trance. Nada podría traerme de vuelta, aunque este fuera el día de la fiesta de Ochpaniztli, según el calendario totonaca. Se iniciaba la siembra; ahora debían venir los doce t'ajinin, ayudantes de Akgtzin, a abrir las puertas del cielo, a fecundar la tierra y permitir las buenas cosechas. Pronto comenzaría la época de lluvias y, con ella, medio año de oscuridad y espera.

Las mujeres se encargan de custodiar el desarrollo de la semilla en la oquedad húmeda del vientre de la tierra. Y, por ello, para contentar a los dioses han de hacerse sacrificios de mujeres, las más bellas, quienes personificaran las tres advocaciones de la diosa madre de los dioses: Toci-Tlazoltéotl-Kiwichat.

Como cada temporada de siembra, esa vez también se habían realizado los mandatos de la diosa. En mi calidad de sacerdotisa de Kiwichat, a mí me correspondía vigilar de cerca que cada detalle se cumpliera cabalmente. Con mucha antelación se habían seleccionado a las mujeres que habrían de encarnar a las tres diosas: a nuestra Madre en el Agua, a la diosa de las Siete Serpientes y a Toci-Tlazoltéotl, la Madre Anciana de Todo lo que Existe.

Las mujeres habían sido traídas de diversos pueblos tutunakú. Las tres debían ser bellas y ejemplos de virtud. A la mayor, que habría de representar a Toci-Tlazoltéotl, yo no la conocía, como tampoco a la hermosísima adolescente que desempeñaría el papel de Chicomecóatl, la diosa de las Siete Serpientes. Pero cuando las doncellas condujeron ante mí a quien encarnaría a la Madre en el Agua, el corazón me dio un vuelco: era Jun, mi amiga colibrí.

El pánico se reflejaba en sus ojos tanto como en los míos. ¿Por qué la diosa habría querido un destino tan nefasto para ambas? Ese fue el primer augurio del desastre: aquella temporada de renovación de ningún modo sería igual a las otras. ¡Qué ironía! Que Jun representara a la Madre en el Agua era más que adecuado, considerando nuestra historia de infancia, y que me tocara a mí sacrificarla era, de alguna manera, cumplir un sino que habíamos pospuesto hacía años.

El día del banquete ritual en el que nobles y sacerdotes disfrutamos de comida y bebida hasta el hartazgo mientras se ataviaba a Jun con los vestidos y adornos de la Madre en el Agua, yo apenas pude probar bocado. Mi amiga me miraba en silencio y, a medida que la ajuaraban, las lágrimas empezaron a correr por sus mejillas. He de decir que yo también lloraba en tanto las doncellas le prendían plumas azules en el cabello y la vestían con su huipil bordado de caracoles.

A la mañana siguiente se inició, como siempre, el ayuno. Por siete días toda la gente que había llegado de los pueblos cercanos y lejanos para el gran festejo en nuestra ciudad sagrada habría de consumir solo restos de chaw —eso que luego los extranjeros llamarían tortillas— viejas y sin sal. Nosotros, los pipiltin —sacerdotes, sacerdotisas y nobles—, teníamos que hacer penitencia: nos punzábamos los lóbulos de las orejas con espinas de maguey y dejábamos secar la sangre en nuestras sienes. Como sacrificio adicional, nadie debía bañarse en esos siete días.

No pude resistir el deseo de ir a ver a Jun en el elegante recinto donde debía permanecer con las veinte doncellas a su servicio, las cuales cumplían todos sus caprichos. Quien personificara a la Madre en el Agua debía ser tratada como diosa. Yo lo sabía y, al entrar en el húmedo salón, me postré ante ella.

—Levántate, Xtaaku —me dijo con un hilo de voz.

—Vengo a prepararte. Sabes lo que te espera.

Ella asintió en silencio. Su hermoso rostro estaba teñido con un finísimo polvo azul añil que resaltaba sus rasgos y el complejo peinado que lucía apenas me permitía reconocer en ella a mi compañera de juegos de la infancia.

—Eres muy afortunada —comencé el ritual que correspondía—. Eres la mensajera de nuestro pueblo; irás al seno de Chichiní a suplicarle que envíe a su hijo para librarnos de tanta pena. Gracias a ti, vendrá al mundo el Hijo del Sol a renovarlo, para que con menos trabajo y zozobra podamos pasar la vida.

—Ya lo sé.

—Las chaw serán más sabrosas, las frutas más ricas, la vida más larga y en ella todo será gozo gracias a ti. Recuerda que nuestra misión principal en la tierra es complacer a los dioses para que el mundo siga existiendo. Nuestra madre Kiwichat estará a tu lado hasta el final; después reposarás en su regazo para siempre.

—¿Tú vas a realizar el sacrificio?

—Es mi deber. —Ahí me derrumbé. El llanto salió a torrentes de mis ojos—. ¡Lo lamento tanto! ¡Ojalá pudiera impedirlo!

Ella permanecía impasible. Ya no era Jun; era la Madre en el Agua la que hablaba por su boca. Su voz tenía una serenidad que envidié.

—En otra vida me hubiera gustado tener marido e hijos —me dijo—. Me hubiera gustado hilar contigo por las tardes y seguir correteando por las piedras en busca de almejas. Kiwichat no lo permite. ¡A saber por qué! Y, si alguien debe darme muerte, prefiero que seas tú.

Salí de ahí bañada en lágrimas. Corrí hasta mi casa y, con un fervor que nunca antes había tenido, me puncioné las orejas para dejar correr la sangre. Quería sentir dolor y que ese dolor físico borrara el otro, el de mi corazón.

—Nuestra misión en la tierra es complacer a los dioses para que el mundo siga existiendo —me repetía, picándome con renovadas fuerzas—. ¡Sea, pues, de esa manera!

Cumplidos los siete días, había que realizar el sacrificio. Al amanecer, entre las notas de las flautas, el pueblo entero subió lentamente los escalones hasta el templo de Akgtzin. La Madre en el Agua, que lucía un huipil azul ornamentado con conchas y ajorcas de oro en muñecas y tobillos, fue acomodada sobre la espalda de una sacerdotisa que permanecía arrodillada y con la cabeza tocando el piso, a la orilla de la escalera del templo. Ya no sufría. Le habíamos suministrado el compuesto ritual de hongos sagrados.

Las flautas callaron. Solo quedó el teponaztli marcando los últimos latidos de la joven. Ardían los braseros en los dos extremos del templo y el humo fragante del copal me lastimaba los ojos. Katsiná el Adivino me puso en la mano el cuchillo de obsidiana con el que había de sacrificar a la que había sido mi amiga.

Los cantos fúnebres de las doncellas, acompasados con el omichicahuaztli, se levantaron a mis espaldas y por un momento el cuchillo tembló en mis manos. La Abuela Pilam, que estaba a mi lado, me susurró al oído:

—Es tu destino. No puedes evitarlo.

Levanté el cuchillo en el mismo instante en que Chichiní se erguía sobre las aguas, tiñéndolas de todos los tonos del rojo, y lo hundí en el lugar preciso, con la fuerza requerida, como me habían enseñado, como lo había hecho incontables veces. Así brotó la sangre del pecho de mi amiga y su corazón, ya en mis manos, todavía palpitaba cuando lo ofrecí al dios sol. Un silencio absoluto se extendió por toda la ciudad de la lluvia. Solo se escuchaban las olas chocando contra el peñón en la costa frente a nosotros.

Apenas pude dejar el corazón sangrante en el cuenco sagrado y me eché a correr escaleras abajo, mientras las flautas y teponaztli volvían a entonar una canción festiva. No quise ver cómo arrojaban lo que quedaba de Jun en el pozo del templo. Me encerré en mis aposentos sin probar bocado hasta que fue la hora de preparar a la muchachita que habría de personificar a Chicomecóatl, la diosa de las Siete Serpientes, la Dueña del Maíz.

Las doncellas la ajuararon como correspondía: con una corona de papeles multicolores de la que sobresalía una larga pluma verde, símbolo del maíz que habría de brotar en nuestras milpas. Su huipil y enredo eran del más fino algodón y los habían bordado con grandes flores rojas. En la mano derecha sostenía un manojo de mazorcas y en la izquierda una rodela con un girasol hecho de plumas. De su cuello colgaba un collar de elotes y sus delicados cactli de ixtle solo iban a pisar las semillas y pétalos de flores con los que se había tapizado el suelo. El aposento dentro del templo de Kiwichat que le había sido destinado estaba adornado también con mazorcas, chiles, calabazas y flores de milpa.

Me tocó repetir el ritual de preparación, mientras las doncellas vertían entre los labios de la muchacha el bebedizo sagrado. Las palabras salían de mi boca, pero algo en mí no me permitía creerlas.

—Nuestra misión principal en la tierra es complacer a los dioses...

La jovencita que encarnaba a la diosa no tenía más de trece años. Apenas habría sentido la flor roja de la madurez en su cuerpo. Jamás sería preñada. Jamás saldría victoriosa del parto.

—Gracias a ti vendrá el Hijo del Sol a renovar el mundo para que con menos trabajos y zozobras podamos pasar la vida...

La adolescente temblaba. Pude percibir una palidez extrema en su hermoso rostro, debajo del tinte amarillo.

—Eres la diosa Dueña del Maíz. Kiwichat estará contigo a cada paso.

Ella entendía su papel y asentía en silencio, temblando todavía.

Desde el atardecer se había reunido la gente frente al templo de la Abuela de Todas las Parteras. Los braseros iluminaban cada esquina del santuario y las teas fragantes pendían de las paredes. Pequeños incensarios se habían dispuesto en los escalones de tal modo que las brasas dentro de ellos teñían con tonalidades fantasmales la senda que conducía a las alturas del templo.

Como correspondía, pasamos la noche en vela, orando para pedir buenas cosechas. De nuestro fervor dependían nuestras vidas, así que nadie se atrevió a romper el canto rítmico que nos mantenía en una especie de trance. A la media noche llegaron los sirvientes con la litera adornada de chiles, semillas y maíz. El pueblo entero contuvo la respiración al ver salir a la jovencita ataviada con el atuendo de Chicomecóatl y tomar su lugar en la litera donde las doncellas la perfumaron con incienso.

No dejaron de sonar las caracolas y las flautas de hueso cuando Katsiná se aproximó a la personificación de la diosa y con una navaja de jade cortó la pluma verde que simbolizaba el maíz nuevo. Con gran parsimonia, el Adivino mostró a la multitud la pluma y a continuación la ofreció a una enorme imagen de Tlazoltéotl que nos miraba con sus ojos huecos.

A la mañana siguiente, una gran procesión, encabezada por la muchachita sobre la litera y seguida por nobles, sacerdotes, músicos y todo el pueblo, dio vuelta por la plaza ceremonial y luego descendió hasta el templo de Kiwikgoló, mientras los niños cantaban:

Siete mazorcas, ya levántate,
ya despierta.
¡Ah! Es nuestra Madre.
Tú no nos dejarás huérfanos...

Cuando la joven estuvo de regreso en sus aposentos, todos los que hicimos penitencia y ayuno pasamos frente a ella para ofrecerle las costras secas de la sangre resultante de nuestro sacrificio.

Por fin pudimos bañarnos en el temazcal y reposar un rato en la poza de agua fresca. Luego disfrutamos todos juntos en el palacio de nuestro señor la comida ritual de púlacles: nuestros tamalli rellenos de calabacitas y chayotes en salsa de pipián.

Al mediodía regresamos al aposento de la diosa Dueña del Maíz y ahí, acostada en el piso cubierto de semillas y flores, la joven fue degollada por Katsiná. Rocié con su sangre la imagen pétrea de Tlazoltéotl, así como el resto del cuarto. Dos sacerdotes desollaron su cuerpo para que Katsiná se ataviara con su piel y sus vestidos. Con la carne de la doncella aún tibia sobre él, el Adivino guio la danza al compás de huéhuetl y teponaztli hasta el palacio.

Ahí, nuestro señor Quetzaláyotl ya esperaba a Katsiná y a los otros nobles para iniciar la ceremonia de premiación de los jóvenes guerreros que se habían distinguido por alguna hazaña especial. Fueron pasando los valientes, ataviados con diademas de oro que sostenían sus penachos. Sus quémitl eran de colores brillantes y bordados con preciosura. ¡Qué hermosos eran! ¡Cuánta gallardía mostraban! ¡Qué orgullo sentí al ver que mi amigo Qesqáh, mi prometido, era uno de los galardonados!

Al terminar la ceremonia, los premiados debieron dar muerte a flechazos a los cautivos ya dispuestos para ello: amarrados en maderos, con brazos y piernas abiertos. Los sacerdotes sacaron los corazones de los prisioneros y luego entregaron los cuerpos al pueblo, junto con el de la jovencita que había representado a Chicomecóatl, para que se consumieran en el gran banquete celebratorio, previo a la gran fiesta de Toci-Tlazoltéotl.

Pasaron los cinco días de silencio reglamentario. El sol caía a plomo sobre los templos y nada se escuchaba, excepto el vuelo de las gruesas moscas atraídas por el sabor de la sangre. Los escalones del templo de Tlazoltéotl no debían dejar de recibir sangre fresca. Las piedras tenían sed, los dioses reclamaban sus tributos. Los cinco días de silencio introducían al mundo en el tiempo de lo sagrado.

Pasaron también los ocho días de danzas desde la salida del sol hasta que Xtaaku aparecía en el cielo. Mujeres y hombres bailábamos juntos al ritmo de nuestros pasos, con flores de cempoalxóchitl en las manos, suplicando a la diosa su ayuda en la cosecha, mientras los sacerdotes hacían sonar rítmicamente sus palmas una contra otra o golpeándolas contra los muslos, entonando con voz ronca los himnos de alabanza a la diosa.

Habían igualmente transcurrido los cuatro días de bacanal en que se había derramado el octli y en que la gente de los treinta pueblos del Totonacapan solía aparearse en las calles entre gritos de fiesta, sin temer los maleficios.

Cuarenta días antes yo había ayudado a preparar a la vieja que personificaría a Toci-Tlazoltéotl. Los primeros veinte días, como dictaba la tradición, la habíamos encerrado en una jaula para asegurarnos de que permaneciera casta. Y después, en los veinte días restantes, la vieja era ataviada con la vestimenta y los adornos de Tlazoltéotl: blusa corta y enredo de algodón, todo blanco, con un pectoral de concha cortada en forma de triángulo.

Mientras la vieja representara a la diosa, había que entretenerla con danzas y juegos. Las ancianas sabias se dividieron en dos bandos para escenificar una batalla ritual en la que se aventaban pelotas de paxtle y pencas de nopal a fin de mantener a la diosa con buen ánimo durante los cuatro días finales. Si se entristecía o lloraba, sobrevendría la desgracia: las cosechas podrían malograrse y los guerreros morir durante la cacería o las mujeres en el parto.

Como parte del ritual, las ancianas llevaron a la mujer a pasear al tianguis, donde Katsiná la recibió y halagó, diciéndole que debía alegrarse porque ese día iba a yacer con nuestro señor Quetzaláyotl, quien ya la esperaba en el templo. Para ello la habían peinado con suntuosidad: de su tocado de algodón se sujetaban dos malacates para hilar y en la parte trasera de la cabeza portaba un penacho de plumas amarillas de papagayo. Con una mano sujetaba una rodela y con la otra una escoba. Su rostro pintado de blanco, donde sobresalía la boca teñida con insectos quemados y chapopote, denotaba su terror, a pesar de las hierbas sagradas que ya le habían administrado. Sabía que eran sus últimas horas de vida y ni la posibilidad de yacer con el tlahtoani alegraba su ánimo.

La ciudad mantenía el ambiente de fiesta. Mientras los ancianos desnudos bailaban cubiertos únicamente por el máxtlatl de amate para cumplir la penitencia después de su confesión solemne a Tlazoltéotl, que se realiza una sola vez en la vida, yo hacía entrar a Qesqáh a mis aposentos.

La multitud se confundía en las plazas y los pueblos se regodeaban en la celebración; entre tanto, el joven guerrero, el árbol frondoso, el príncipe tutor de la vainilla, el joven venado, mi prometido, se acercaba a mi lecho y nos fundíamos en un abrazo lujurioso que solo se apaciguaba temporalmente en las aguas de la alberca cubierta de flores que guardaba el frescor en la penumbra.

A mí no me importaban sus muchas prendas de guerrero, la multitud de animales feroces que había capturado más allá del río Huitzilapan, en los dominios mexica, ni sus incursiones a las colonias de nuestros enemigos, por más que él me las repitiera una y otra vez. Solo anhelaba tenerlo en mis brazos, despojado de su quémitl rojo y negro, de su capa ritual de guerrero, de su escudo y de su macuahuitl atravesado por cuchillas de obsidiana.

Solo apetecía el cuerpo ágil, vigoroso. Solo quería sentir el placer inacabable y escuchar en mis oídos el susurro del hombre más deseado por todas las doncellas de Quiahuixtlan. Cuando me decía muy quedito entre caricias: «Aktzú, corazoncito», hacía flaquear mis rodillas en la oscuridad de la noche. ¿Cuánto podía durar? Un breve suspiro en medio de la ceremonia a la diosa eterna de la tierra. Eso era todo. Luego habríamos de volver a la abstinencia, hasta el día de la boda.

A la medianoche, los sacerdotes comenzaron a tañer sus flautas de hueso y a tocar sus teponaztli con un ritmo lento y solemne. En una procesión silenciosa llevamos a la vieja ataviada como Toci-Tlazoltéotl hasta el templo de la diosa. Y mientras los nobles cantaban alabanzas en voz baja y grave, Katsiná levantó a la vieja sobre su espalda mientras otro sacerdote le cortaba la cabeza.

Yo le saqué el corazón y alimenté con él a la diosa madre, que no se avergüenza de los hechos inconfesables de sus hijos. Cuando tuve su cabeza en mis manos, vi con horror que sus mejillas estaban cubiertas de lágrimas. Nadie se dio cuenta de aquel augurio de las desgracias y yo decidí ocultar mi pánico para no arruinar la fiesta.

A continuación, los sacerdotes se ocuparon de desollar a la anciana para que yo vistiera su piel. Los señores fueron llegando hasta el templo para ofrecer los ricos atuendos que me puse encima de la piel de la vieja, adornada con trozos de papel cubierto con chapopote y plumas. Con los brazos abiertos, de cara al oeste, me había entregado a Kiwikgoló para simbolizar el apareamiento del cielo y la tierra.

Los pipiltin, los macehualtin y los tlatlacotin de todo el Totonacapan se acercaron a entregar sus dádivas a la diosa que yo encarnaba: figuras humanas con enormes falos, tlacuaches disecados, mantos de plumas y bezotes de oro, las plumas más hermosas de quetzal, joyas labradas, viandas preparadas por vírgenes, braseros en forma de murciélagos donde se quemaban las más aromáticas resinas que se extendían por el recinto sagrado en justa ofrenda para la deidad, mientras el pueblo entero repetía al unísono, al compás del huéhuetl:

—¡Ya viene Tlazoltéotl!

—Kiwichat, madre, ¡bendice nuestras cosechas!

—Kiwichat es Xitzi, el rostro femenino de la divinidad que habita en todos los corazones.

—Solamente ella los descarga y alivia.

—Kiwichat es Tlazoltéotl, es Toci, la patrona de las hilanderas.

—Ella lava y baña los corazones.

—Kiwichat es Malinalxóchitl, la hechicera.

—Ella alivia las cargas y cura las enfermedades.

—Kiwichat brinda esperanza a quienes la han perdido.

—Frente a ella se realiza la acción de enderezar el corazón. A sus pies hay que hacer un juramento acercando tierra a la boca.

—Kiwichat es Yaocíhuatl, mujer guerrera y amante de guerreros.

—Hay que venerarla con el cuerpo y con el alma.

—Kiwichat es Tzapotlatenan, la curandera.

—Ella se sienta frente al conocedor de los destinos.

—Es y no es Coatlicue, Tonantzin, nuestra madre nutricia. Es y no es Tiyat, la hermana tierra, y, como la tierra, es la vida y la muerte.

—Dadora de vida y devoradora de cuerpos.

—Es Huitzilnicuatec, quien tiene el poder de curar todas las heridas.

—Es quien mueve a la guerra justa o a la paz.

—Kiwichat habita en este lugar, siempre estuvo aquí, hilando los destinos de la humanidad en las raíces del árbol sagrado.

—Es la encarnación de la sabiduría de todos los tiempos. ¡Abre tu corazón para encontrarla!

Yo no veía, no sentía, me hacía una con la divinidad. La piel caliente de la sacrificada, la sangre que corría por mis cabellos, las moscas y las aves de rapiña que se disputaban las sobras con los perros, todo eso desaparecía de pronto ante el reclamo de la diosa: los relámpagos de fuego, que iluminaban la noche convirtiéndola en día, iban a apagarse entre las crecidas olas que parecían querer llegar hasta la ciudad de la lluvia.

Pero Tlazoltéotl no estaba satisfecha; expresaba su furia a través de Akgtzin. Se escuchaban los susurros del dios del trueno entre el latido del huéhuetl, el silbido de las flautas y el cascabeleo de las sonajas. El tributo de sangre no era suficiente: la vieja había llorado, la desgracia se cernía sobre nuestro pueblo.

Así lo dijo Katsiná mirando al suelo. En ese momento supe que también había visto las lágrimas de la sacrificada. El Adivino, en cuclillas, con el rostro pintado de negro y rojo, y su tocado de plumas de águila blanca, aparecía temible entre las nubes de copal.

Su palabra era ley inapelable que había de ser obedecida. Aunque me mirara sin emoción, yo sabía que Katsiná me detestaba por haber adquirido tanto conocimiento de las ancianas sabias. En ninguna parte de los cuatro rumbos del universo se había visto que una mujer sacara el corazón a las representantes de la Madre en el Agua y de Toci-Tlazoltéotl.

En todos los altépetl del mundo, las mujeres, de preferencia las más ancianas, cuidaban a las doncellas que serían sacrificadas. Ellas vigilaban que se siguiera paso a paso el ritual de hilar durante siete días las prendas que habrían de usarse el día del sacrificio, cuando una mujer serviría de altar y sostén a las elegidas, para que el sumo sacerdote les sacara el corazón y vistiera su piel a fin de representar en una sola persona la dualidad, el acto sagrado de la fecundación.

Solo en la ciudad de la lluvia una mujer daba muerte a las doncellas y se ataviaba con su piel para entregarse a Kiwikgoló. Tarde o temprano, aquello traería desgracias, había dicho Katsiná, una y otra vez, a quien quisiera oírlo. Sin embargo, la tradición y mi linaje eran demasiado poderosos para que el joven tlahtoani Quetzaláyotl se convenciera de proceder en mi contra: Kiwichat me había escogido de manera incontrastable desde niña.

Pero el Trueno Antiguo del Oriente, el Dueño de la Lluvia, había hablado esta vez y por su voz se expresaban los deseos de los dioses, afirmaba el Adivino. Había que recluirse y ayunar.

Había que recurrir de nuevo a las espinas para hacer brotar la sangre de la lengua, de las pantorrillas, de las orejas y contentar a la diosa. A pesar de las penitencias, rayos y truenos siguieron partiendo en pedazos las noches siguientes. No obstante, la lluvia no llegó a caer, augurando una desgracia.

Como los sacrificios no habían sido suficientes, propuse acudir a las plantas sagradas para entender el mensaje transmitido en el lenguaje antiquísimo de los seres sin tiempo. A regañadientes, Katsiná aprobó la medida con un movimiento de cabeza apenas perceptible, en medio de un silencio desafiante.

Entonces me puse en marcha, cerro arriba, para buscar las semillas de ololiuhqui. Pronto localicé las flores secas en la maleza: su profundo color marrón oscuro denotaba el paso de una vida llena de esplendor y color. Corté y abrí los frutos. Las cuatro valvas se desplegaron para dejar salir las ovaladas semillas negras de las revelaciones.

Al atardecer, mis doncellas prepararon el temazcal y los ritos de purificación. Me atavié con un huipil nuevo y me dirigí hasta el templo donde se habría de realizar la ceremonia. Solo yo tenía permiso de consumir las semillas maceradas y esperar el mensaje de los dioses. Las jóvenes a mi servicio estarían cerca para acompañar el viaje. Pasada la media noche, abrí los ojos al escuchar el manso gruñido de un jaguar. Era Lapanit, mi tonal, listo para custodiar mi traslado a la región de los muertos, al tiempo sin tiempo, y la hora de ponerse en marcha había llegado.

Una lucidez extrema había hecho presa de mí. Percibía los edificios y las chozas con claridad; parecían los mismos, pero eran más nítidos, con otros colores que no sabía que pudieran existir, palpitaban. Un sendero se abría en la oscuridad ante nosotros: era un camino ascendente por el cerro sagrado, que seguí sin ningún esfuerzo, pisando sobre las huellas de Lapanit a pesar de que casi no distinguía los puntos de soporte entre la espesa niebla que comenzó a bajar de la montaña. Una nube de cocuyos iluminaba el camino, adelantándose a mis pasos.

Entré a la cueva donde el tiempo y el espacio se olvidan, y, tras un rato de caminar a tientas en la oscuridad, salí al aire libre. Estaba en la cima del cerro, más allá de los juegos de pelota, más allá del templo de Akgtzin, casi tocando las nubes. Solo así pude ver a la distancia el océano convertido en espejo de turquesa.

De ahí surgieron las enormes casas flotantes, los hombres barbados y vestidos de metal, los grandes perros, los venados gigantes y las bocas de fuego que escupían rayos y fulminaban. Estaban llegando a Coatzacoalco, al mismo lugar donde Quetzalcóatl había tomado su canoa de serpientes y se había inmolado antes de desaparecer en el horizonte. El estruendo de los cilindros de metal causó una estampida de pericos en las pochotas, chacas y chijoles de la selva cuando entraban por el río convertido en oro líquido a la luz de la tarde.

¿Sería el regreso de Quetzalcóatl que tantas veces habían prometido las ancianas? ¿Sería alguno de ellos el Hijo del Sol, cuya llegada implorábamos siempre? ¿Prefiguraba el final de una era el arribo de aquellos hombres? ¿Sería yo, después de todo, quien habría de anunciar el inicio de la siguiente? Las preguntas que se me agolpaban en el pecho quedaron sin respuesta.

Junto a mí aparecieron las Mujeres de Poder: las nahualas transformadas en ocelotes, águilas y coyotes; las teciuhtlazque, mujeres rayo, dominadoras de tormentas y ahuyentadoras del granizo; las curanderas titici; las mometzcopinque voladoras con sus alas de petate; las tetonalmacani, que devuelven el tonal perdido; las adivinadoras de sueños, las chupadoras del mal, las sanadoras de huesos… Todas habían llegado de los cuatro rincones del mundo para confirmar las visiones del desastre y la derrota de los mexica.

Ya los augurios se habían presentado en distintos lugares: el templo de Huitzilopochtli en Tenochtitlan se había incendiado sin razón, y mientras más cántaros de agua le arrojaban, con mayor fuerza ardía; todos habían escuchado los lamentos de Cihuacóatl, quien vagaba en las noches por las calles de la gran urbe azteca; un rayo seco había fulminado el templo de Xiuhtecuhtli; el fuego había surgido en donde se pone el sol y había atravesado todo el cielo hasta el lugar donde el sol sale, dejando un camino ardiente de chispas y truenos.

Las mujeres sabias venidas de Tenochtitlan tocaban el piso con la frente, se llevaban puñados de tierra a la boca, con gran aflicción. Veían cómo los edificios se iban desplomando, cómo las grandes ciudades se inundaban, cómo los poderosos señores, venerados en todos los rincones de la tierra, eran sometidos y vueltos esclavos.

Bailamos en círculo alrededor del fuego sagrado hasta el amanecer, después de teñirnos el rostro de negro y adornarnos con plumas rojas los brazos y la cabeza. Agitábamos los bastones de mando con melenas de papel y las sonajas rituales, mientras las más ancianas hacían sonar el huéhuetl y las flautas de hueso.

De nada servirían todos los hechizos, todas las inmolaciones: ante nuestros ojos surgían visiones de cómo se ofrendaban a Quetzalcóatl en los cuatro rumbos los corazones de cientos de guerreros sobre la piedra sagrada de jade, cómo corrían ríos de sangre por los escalones de los templos, que se teñían de rojo, y cómo los guardianes de los dioses sacrificaban al amanecer miles y miles de codornices y gavilanes a Huitzilopochtli, con el rostro vuelto hacia el oriente, entre música de caracolas y teponaztli y espeso humo de copal; cómo los sacerdotes, otrora impasibles en sus trajes de plumas, ungidos sus rostros con ocote e insectos quemados, los cabellos chorreando resina y sangre, se arrodillaban suplicando piedad. Nada podía hacerse:

el mundo se derrumbaba. Los dioses habían abandonado a los mexica.

Los habitantes de Quiahuixtlan solo miraron las chispas de la fogata y el humo del copal que se alzó en lo alto de la montaña hasta el amanecer, sin sospechar que pronto la ciudad de la lluvia sería el lugar de reunión de los guerreros barbados y entre sus murallas se congregarían los treinta pueblos tutunakú que iniciarían una nueva era. Ellos no lo imaginaban, pero yo lo vi todo aquella noche.

De nuevo comenzó a caer una finísima lluvia gris que picaba el manto impasible de las lagunas y les erizaba la piel. Yo observaba el horizonte a mi regreso del monte sagrado, antes de comparecer ante el Consejo de Ancianos. Detrás de las nubes había visto claramente lo que no estaba al alcance de los demás mortales.

Las antorchas fragantes proyectaban sombras ominosas en los muros del palacio. Sacerdotes y señores principales ocupaban sus lugares, en cuclillas sobre sus petates coloridos. Quetzaláyotl, Nuestro Gran Señor, me miraba con severidad desde su icpalli cubierto de pieles de jaguar. Un sirviente le extendía su pipa de tabaco ya encendida y el aroma de la hoja mezclada con liquidámbar me sumió en una ensoñación agradable que por un momento me hizo olvidar a qué había acudido a aquel sitio.

Cuando, con palabras entrecortadas, conté lo que había visto, la mirada de todos se clavó sobre mí con mayor intensidad. Por fin, Quetzaláyotl habló:

—El arribo de esos hombres puede ser la respuesta a nuestras plegarias: la destrucción de los mexica.

—Pero yo he visto no solo la derrota de nuestros enemigos, sino también la nuestra.

—El futuro nunca se muestra con claridad en la bruma de las revelaciones —intervino Katsiná con gesto fiero.

—¿Pretendes que dejemos pasar la oportunidad de vencer a los mexica después de todo lo que hemos sufrido en sus manos?

Mi padre, que también presidía la reunión, hundió sus ojos en mí al lanzarme la pregunta, con una mezcla de amargura y tristeza. No resistí su mirada.

¿Qué podía hacerse? ¿Adónde podría llevar a mi pueblo para salvarlo de lo que venía? ¿Habría que salvarlo? La palabra de los consejeros sería la misma que se proclamaría en todos los altépetl del Totonacapan. No había manera de luchar contra lo inevitable.

Cuando salí del recinto sagrado me pregunté con angustia: ¿por qué Katsiná me había forzado a saber?

Entonces lo entendí: el conocimiento era, sin duda, mi castigo.

3

QUIAHUIXTLAN
Abril-junio de 1519

Aquella tarde me ocupaba en enseñar a la princesa las historias que nos habían legado nuestros ancestros sobre los diferentes pisos del cosmos y lo hacía de mala gana. Aunque la joven no me resultaba desagradable, hubiera preferido instruir a cualquier otra. Lanxánat, cuyo nombre significa «Flor Hermosa», hija de nuestro bendecido, era sin duda una belleza, pero confiaba demasiado en su rango y atributos. No le parecía importante aprender nuestros ritos y tradiciones. Eso me molestaba más.

Mientras yo le explicaba que el mundo de los dioses era una casa enorme, cuya puerta era tan ancha y grande que ningún ser humano podría distinguirla, ella se miraba en el espejo de obsidiana y ordenaba a sus esclavas que ensartaran las cuentas de chalchihuite en sus cabellos antes de trenzarlos y construir con ellos una impresionante estructura sostenida por horquillas de jade y listones coloridos.

—¿Por qué no puedo pintarme la cara de rojo? ¡Sería tan atractivo!

—Porque la pintura roja en el rostro es propia de prostitutas y de mujeres otomime. No eres ni una cosa ni la otra. Eres tan hermosa, Lanxánat, que con solo usar plumas en el pelo y los huipiles pintados, que hilan y decoran para ti tus doncellas, tendrás a tus pies a los más orgullosos guerreros.

Me molestaba perder el tiempo en esos comentarios y repetir a una niña mimada lo que mil veces le había dicho. Seguí con mi relato, aunque sospechaba que la princesa no estaba poniendo atención.

—Al morir, iremos a la casa de los dioses. En ella hay muchas ciudades. En algunas hay jardines cubiertos de flores perfumadas; en otras viven criaturas monstruosas que comen doce veces las almas de los que han obrado mal en vida y que han muerto de manera deshonrosa.

Aun sabiendo que mis palabras se perdían en las ensoñaciones de la escuincla mimada, le expliqué que a cada uno de nosotros le correspondía una ciudad, conforme a su actuación en este mundo. Hay ciudades con luces de muchos colores, con un pastizal fino que se mueve cadenciosamente con el viento. En medio de ese pastizal se eleva un árbol sagrado, una pochota, que extiende sus raíces como brazos que se aferran a la tierra... Entre sus ramas brillan los niños que mueren al nacer y que no han probado la leche de sus madres, convertidos en estrellas.

En la otra mitad del mundo de los dioses viven los dueños del agua, del maíz, del viento, de la lumbre, de la tierra, quienes desde ahí miran lo que hacemos los seres humanos. Observan si pedimos permiso para sembrar, si respetamos el agua, si tenemos devoción en nuestras oraciones o en nuestras danzas. Ellos ponen atención a todo y mandan buenos o malos presagios conforme a los méritos de la gente.

La jovencita bostezó con ostensible fastidio, mientras sus doncellas le pintaban los dientes de azul y pegaban polvillo de turquesa en sus uñas. Estaba convencida de que ella, por ser quien era, merecía todos los buenos presagios y tendría asegurado un futuro colmado de honores, en el que cada uno de sus caprichos sería satisfecho. En silencio debe haberse preguntado por la utilidad de esas historias de las ancianas que a ella nada le decían.

Estaba por reprender a esa nariz de hoja de maíz, a esa cabeza de calabaza, que me estaba sacando de quicio, cuando Katsiná entró en la habitación de Lanxánat, precedido por dos sirvientas que no se atrevieron a detenerlo.

—Tenemos noticias. Nuestro señor Quetzaláyotl nos espera en sus aposentos.

El Adivino y yo cruzamos miradas sin decir palabra. Estaba ocurriendo lo que se nos había revelado a través de las plantas sagradas. Los hombres venidos de más allá del mar estaban ya en nuestras tierras.

Cuando llegamos, nuestro señor nos hizo una seña para que nos acercáramos a su lujoso icpalli al fondo del recinto sagrado. Los braseros donde se quemaban el liquidámbar y el copal daban al salón una atmósfera irreal, como de sueño. Los rasgos de Quetzaláyotl se habían endurecido, su mirada estaba perdida en un punto del muro frente a nosotros. Parecía examinar con detenimiento cada uno de los trazos amarillos del mural que, pintado con preciosura en las paredes, describía la creación del mundo.

Los sacerdotes permanecían acuclillados a su lado. Sus largas sayas oscuras, sus cabellos enredados por la sangre seca y sus rostros pintados de negro les daban un aspecto temible. Los guerreros, con sus quémitl bordadas y sus sandalias entretejidas con chalchihuites, aportaban un toque de color y alegría al recinto, aunque sus rostros permanecían inexpresivos. Solo Qesqáh se atrevió a mirarme por un instante; acto seguido, sus ojos volvieron a fijarse en nuestro bendecido, nuestro tasikunalá. Yo era la única mujer en el salón, lo cual constituía un honor, aun cuando no se me permitiera hablar ante el Consejo de Señores más que en casos excepcionales.

—¡Lope Luzio! —pronuncié el obligado «señor, gran señor» con reverencia, tocando el piso con la cabeza, para luego ocupar mi lugar detrás de los consejeros.

—Los hombres venidos del mar han llegado a Chalchiuh-cuecan de nuevo.

La presencia de los hombres blancos ya no nos resultaba del todo extraña. Habían venido antes. Nada habíamos entendido entonces porque hablaban una lengua desconocida, rasposa. Después se habían marchado, perdiéndose entre las olas. Uno de ellos se quedó en la costa, pero muy poco pudimos extraer de él antes de que se internara en los senderos de las montañas. Cuando volvió, se mostró amable y desempeñó las tareas que se le encomendaron, además de agradecer los alimentos y mantenerse apartado para ocultar su miedo.

—Esta vez es diferente —dijo Qesqáh—. Son muchos más. Se han contado once casas flotantes y muchos, tal vez cientos de extranjeros. Han hablado con Teuhtlilli.

El jefe militar mexícatl de Cuetaxtlan arribó a Chalchiuh-cuecan acompañado por los enviados de Motecuhzoma. Pinotl, el señor de los pinome, pueblo aliado de los tenochca, escoltaba a un sacerdote de Huitzilopochtli y a otros nobles guerreros que iban a ofrecer regalos a los recién llegados. El hueyi tlahtoani, como nosotros, supo de las otras visitas y se enteró de esta antes que nadie, desde que las barcas de los extranjeros tocaron los reinos del Mayab.

Un murmullo general se levantó entre los miembros del consejo. Parecía que un panal de abejas se hubiera metido al cuarto. Solo yo observaba en silencio los rostros angustiados de los ancianos y sacerdotes, y escuchaba los comentarios de los guerreros, entretejidos con violentos ademanes contra imaginarios enemigos para demostrar su valor.

Otro de nuestros guerreros continuó el relato:

—De las casas flotantes han bajado unos perros muy grandes, feroces, que permanecen jadeando siempre al lado de los extraños; además hemos visto otras bestias, unos venados altos sobre cuyos lomos se montan.

Esos venados habían corrido por toda la playa, levantando arena con las patas y haciendo un ruido espantable con los cascabeles de metal que traían amarrados del cuello. Luego los extranjeros habían prendido fuego a unos cilindros de metal que lanzaron pelotas a gran velocidad, con enorme estruendo y humo. Teuhtlilli, Pinotl y los enviados de Tenochtitlan no disimularon el susto. Desde el lugar donde se escondían, a cierta distancia, nuestros espías habían podido ver sus expresiones de terror.

En el hermoso rostro delgado de Quetzaláyotl se dibujó una sonrisa de burla. Desde ese momento respetaría y consideraría amigos a aquellos extranjeros que podían hacer temblar a los enviados de Motecuhzoma.

—Dicen que vienen de un reino más allá del mar, Castilla. Y que su rey es poderoso, más poderoso que el hueyi tlahtoani de Tenochtitlan.

—Los enviados del tlacatecuhtli entregaron regalos a los recién llegados: ropas de algodón, penachos, unos exquisitos medallones de oro y plata con nuestros calendarios, además de alimentos que los extranjeros comieron gustosos.

Las especulaciones no se hicieron esperar: ¿por qué darles regalos?, ¿acaso los mexica les temían? Se hablaba de profecías y augurios que habían contrariado el corazón del tlahtoani; se decía que la visita de aquellos hombres estaba escrita en los códices antiguos. ¿A qué habían ido los embajadores mexica? ¿A constatar los dichos de los hechiceros?

—Los extranjeros les dieron a su vez joyas y trajes. Y luego expresaron su deseo de ir a conocer a Motecuhzoma hasta Tenochtitlan.

De nuevo se levantó el barullo, ahora con mayor intensidad.

—¡Insensatos!

—¡Cabezas de metate!

—¿Cómo osan marchar a Tenochtitlan? ¿Será posible?

Quetzaláyotl por fin se dirigió a nosotros; levantó su bastón de mando para imponer silencio. Solo se escuchaba el crepitar de los braseros cuando preguntó:

—¿Y cómo lograron entenderse?

Era una pregunta simple, pero —lo comprendimos entonces— fundamental. Qesqáh respondió animado, como si hubiera estado esperando desde el principio a que surgiera el tema.

—Su señor tiene dos *lenguas*. Una es un hombre blanco que se quedó abandonado en uno de los viajes anteriores y tomó las costumbres mayas; habla el idioma de Castilla y el maya. La otra *lengua* es una mujer.

De nuevo se hizo absoluto silencio. Todos me miraron, como si yo pudiera entender mejor aquello o como si estuvieran calculando las capacidades de la intérprete sopesando las mías.

—Es una popoluca de Olotla, pueblo cercano a Coatzacoalco. Los mayas la tenían como esclava en Potonchán. La obsequiaron a los blancos junto con otras veinte mujeres. Habla maya y mexicano. Entre los dos traducen las palabras de su señor a los enviados mexica.

Curioso artilugio, pensé. Desde ese momento quise conocer a la mujer a la que permitían hablar, la que tenía un papel tan importante en ese encuentro. Después estuve fastidiando a Qesqáh con mis preguntas: ¿cómo era ella?, ¿cómo eran sus vestidos?, ¿con qué palabras hacía llegar los deseos de los extranjeros a los mensajeros del emperador?

Nuestro señor guardó silencio un momento antes de dirigirse al consejo con ritmo pausado.

—Tenemos que permanecer atentos. Es preciso hablar con el señor Xicomácatl y averiguar qué piensan hacer en Cempoallan. Veremos si los extranjeros se quedan, veremos si Motecuhzoma lo permite. Así podremos saber si son quienes esperamos.

Pronto nos dimos cuenta de que los extranjeros habían llegado para quedarse por tiempo indefinido. Una luna completa había pasado y ellos seguían ahí, en las chozas de bejucos techadas con las telas mediante las cuales se impulsaban sus casas flotantes. Los pinome, por orden de los mexica, tuvieron que levantarlas para ellos.

Bajo la escasa sombra de sus viviendas, los extranjeros recibían a los enviados, bromeaban, reían fuerte, se gritaban entre ellos, intercambiaban mercancías con los pinome de los pueblos cercanos que se trasladaban hasta Chalchiuhcuecan atraídos por la curiosidad. Aquellos hombres pedían oro: con señas daban a entender que las orejeras, las diademas, hasta el más minúsculo adorno de ese metal era lo único que querían.

Nuestros espías nos traían noticias sobre los encuentros que los forasteros tenían con Teuhtlilli y con los guerreros enviados por el hueyi tlahtoani, los regalos que intercambiaban, los alimentos bien aliñados que les llevaban desde Cuetaxtlan. También nos mantuvieron informados cuando los mexica desaparecieron definitivamente y, con ellos, los regalos y las viandas.

Los extranjeros mandaron sus casas flotantes rumbo al norte y las vimos pasar desde lo alto de nuestra ciudad de la lluvia. No me lo esperaba. Las miré por primera vez al amanecer, cuando sahumaba el templo de Akgtzin, en las alturas. Eran grandes, enormes, más que ninguna otra barca que yo hubiera visto jamás. Blancos lienzos amarrados en largos palos de madera se servían del viento para avanzar sobre el mar. ¡Seguro cabrían en ellas muchas decenas de personas! Se quedaron en medio de nuestra bahía y los hombres bajaron en una canoa pequeña a revisar la playa. Estuvieron ahí apenas medio día, luego retomaron su viaje. ¿Irían a Nauhtla? ¿Qué dirían los mexica al verlos en Tochpan?

Me quedé largo rato en la cima de la montaña, siguiendo su recorrido. Fueron dejando una línea blanca sobre la turquesa líquida del mar. La bahía brillaba como un espejo tornasol con el sol mañanero. En el reflejo de sus aguas estaba el cielo y ahí, entre las albas sombras de las nubes, alcanzaba a vislumbrarse un mundo lejano, un tiempo nuevo habitado por seres de ropas extrañas, que hablaban un idioma raro, que tenían otros dioses, otras costumbres.

De pronto me asaltó una horrible visión: nuestro futuro era solo destrucción, sufrimiento, olvido y silencio. Vi Tenochtitlan incendiada, al tlahtoani amarrado con un pesado mecate de metal, las aguas del lago teñidas de rojo, los templos mancillados y las imágenes de nuestros dioses arrojadas por las escalinatas y hechas trizas en el suelo. Vi cientos de muertos devorados por zopilotes, muertos que caminaban y caían resbalando con sus propias vísceras. También vi nuestras ciudades devastadas, desiertas, devoradas por la selva. Entonces me eché a llorar.

Cuando las casas flotantes desaparecieron tras el horizonte, volvió a reunirse el Consejo de Señores. Y de nuevo yo me limité a escuchar y observar desde mi rincón. ¿Por qué no podía ser como la *lengua* de los extranjeros? ¿Ellos permitían hablar a sus mujeres en aquel reino del otro lado del mar?

En aquel momento se despertó en mí una gran curiosidad. A pesar de todo el poder que tenía, había cosas que jamás me serían permitidas. Hasta ese día no me había atrevido a cuestionar el orden sagrado, pero aquella mujer de Coatzacoalco, sin saberlo, había venido a trastocarlo todo.

Los sacerdotes, sentados en cuclillas, miraban al piso; los guerreros, alineados a uno y otro lado del icpalli del señor, esperaban atentos sus palabras. Los sirvientes agitaban con rapidez los abanicos de plumas de quetzal para librar del calor y los mosquitos a Quetzaláyotl y a los principales. El humo de los sahumerios de copal y liquidámbar se mezclaba con las volutas del tabaco que fumaban los señores en sus pipas.

Estaba presente también Teuche, el enviado del señor de Cempoallan, y Quetzaláyotl le cedió la palabra.

—Xicomácatl opina que debemos mandar mensajeros a los recién llegados. Teuhtlilli, Pinotl y los embajadores mexica se han marchado. Motecuhzoma ha hablado: los extranjeros no deben insistir en ir a verlo a Tenochtitlan. Se expresó de manera tan clara que dejó de enviar alimentos y regalos. Los hombres blancos están desesperados. El calor, los mosquitos, el hambre los han puesto de mal humor. Se gritan, pelean entre ellos.

—¿Cómo sabremos que no van a destruirnos? —preguntó Katsiná, sin atreverse a alzar la vista—. Ellos manejan a su antojo el relámpago y el trueno. Sus bestias son poderosas.

—Mi señor Xicomácatl cree que pueden ser aliados nuestros —continuó el joven guerrero—. Manda pedir a ustedes que consideren la posibilidad. Es verdad que sus truenos y sus bestias son poderosos, por eso mismo deberíamos pensar de qué seríamos capaces si estuvieran de nuestro lado; si eso ocurriera, podríamos librarnos de una vez por todas de Motecuhzoma, de la Triple Alianza, de los tributos…

—Sería bueno escuchar primero qué tienen que decir los extranjeros, saber con qué ánimo han llegado —dijo Katsiná.

Los señores estuvieron de acuerdo. Escucharían a los extranjeros y, si sus palabras eran favorables, serían nuestros amigos. Sonaron las flautas, los huéhuetl, los teponaztli, y se ordenó un sacrificio ritual en el templo para asegurar el triunfo de la alianza.

Las dudas expresadas por Katsiná me dieron la certeza de que él sabía tan bien como yo que la derrota de Tenochtitlan afectaría nuestro futuro. ¿Por qué no se atrevía a decirlo? Lo miré con fijeza y él no pudo sostenerme la mirada. Más tarde subí hasta el templo donde vivía y esperé paciente a que terminara sus plegarias del atardecer.

—El gran Chichiní y sus dioses te conserven la vida por muchos años —comencé.

—Ya sé a qué has venido —me dijo sin más preámbulos.

—¿Por qué no dijiste lo que sabes? ¿Por qué no dijiste que después del futuro triunfal vendrá el futuro de la derrota? ¿Por qué no dijiste que nuestras ciudades se perderán en el olvido y nuestros dioses tendrán que ser reverenciados a escondidas?

—¡Niña necia!

Su rostro pintado de negro, sus cabellos largos y pegajosos por la sangre coagulada, sus dientes teñidos de rojo, su presencia toda lograron intimidarme, pero a pesar del miedo le sostuve la mirada.

—Lo más importante es derrotar a los mexica. Hemos esperado muchos soles este momento. De los extranjeros nos ocuparemos luego.

—¡Nos quitarán la lengua! ¡Nos quitarán los dioses! ¡Nos quitarán todo lo que somos, lo que hemos sido por siglos!

—¿Y qué hicieron los mexica? —Me echó encima su aliento hediondo—. ¡Exactamente lo mismo! Los extranjeros pensarán que nos han impuesto lo suyo, pero ellos no se irán como llegaron. Un día, en estas mismas tierras, ellos ya no serán ellos y nosotros ya no seremos nosotros. Construirán sus edificios intentando domeñar nuestras selvas, pero no saben que las raíces y las ramas de nuestras ceibas crecerán entre sus muros. Pensarán que nos impusieron su lengua, sus costumbres, sus vestidos, sus comidas, pero ignoran que llevarán consigo los nuestros.

Por un momento guardamos silencio, con la mirada fija en el brasero que iluminaba la figura de Quetzalcóatl. Cuando Katsiná vio que sus argumentos no eran convincentes, continuó:

—¿Sabes que, con todos sus sortilegios, los hechiceros de Motecuhzoma nada pudieron hacer contra los recién llegados?

El tlahtoani los envió para que enfermaran al extranjero y lo llenaran de llagas, para que sintiera un miedo como nunca había sentido y tomara sus canoas de regreso. ¡No lograron nada! Y fueron ellos los que regresaron a Tenochtitlan, asustados por su fracaso. —Hizo una larga pausa, para que yo reflexionara sobre lo que me decía. Luego continuó—: Solo uniéndonos a los extranjeros podremos vencer a los mexica, pero lo más importante es que solo siendo uno con ellos evitaremos que su poder nos aniquile. ¡A ver si lo comprendes de una vez!

Cuando bajé la escalinata del templo, una tristeza enorme hacía presa de mí. Era el miedo lo que guiaba los pasos del Adivino. Era el miedo a nuestra destrucción lo que guiaba a mi pueblo. ¿Quién podría asegurar que esos pasos no nos llevarían precisamente hacia el abismo? El mundo estaba condenado. En todo caso, era el punto de inicio de un mundo nuevo. Recordé las enseñanzas de las ancianas, mis maestras: como el huso en el cajete da vueltas al hilo, nada debe detenerse jamás.

En los días siguientes, nuestros guerreros fueron a hablar con los recién llegados. Qesqáh me lo contó todo después de que nos amamos en la oscuridad. La novedad de la presencia de aquellos hombres no atenuaba el deseo, en especial, porque teníamos que desahogarlo en secreto, en mi cámara, cuando todo el mundo se había retirado a dormir, por más que nuestra clase pudiera darse licencias que los otros no soñarían jamás. Ahí, sobre mi lecho, mirando por la puerta a la bahía, nos habíamos amado muchas veces hasta el amanecer, con todo el vigor de nuestra juventud.

Mis padres habían hecho un acuerdo con sus padres desde que éramos pequeños. Cuando niños, jugábamos desnudos en las lagunas, recogíamos caracoles para hacer collares, cazábamos chachalacas que luego comíamos asadas en el fuego. Qesqáh era mi mejor amigo, con quien podía emprender aventuras en los humedales, buscar tortugas y acorralar cangrejos.

Luego, cuando fuimos adolescentes, en esos mismos humedales descubrimos los secretos de nuestros cuerpos y dimos rienda suelta al placer sin ningún límite. Mis pechos incipientes florecieron en su boca; su primera semilla se derramó en la mía. En las ramas de los apompos y las caobas ideamos maneras caprichosas de acoplarnos.

Nuestra mayor felicidad consistía en untarnos los frutos del zapote y lamernos la piel, buscando el olor del otro confundido con el sabor de la fruta. Esos olores —el zapote, la humedad profunda de las selvas que crecían en el agua y la piel de Qesqáh— eran desde entonces uno solo, irresistible para mí.

Lo más natural, lo más lógico, era que fuéramos pareja algún día. Nuestra unión era agradable a nuestros ancestros y habíamos efectuado la ceremonia del compromiso formal hacía no mucho, pero teníamos que esperar una vuelta completa del sol contada a partir de la realización del compromiso.

Aquella noche nos amamos como siempre que se presentaba la oportunidad. Qesqáh me sorprendió con un obsequio especial: una rara orquídea cuyo sensual aroma llenó todo el recinto.

—¿Dónde encontraste esta maravilla?

—Junto al río Huitzilapan, colgaba de un árbol de cuajilote. Es tan hermosa como tú. Huele como tú.

No pude resistirme al halago y lo abracé.

Antes de entregarnos a las caricias fuimos al temazcal, donde mis doncellas tenían preparadas las piedras calientes y las hierbas aromáticas. Ahí, en medio del vapor, iluminados solo por el resplandor de las piedras al rojo vivo, comenzamos a acariciarnos. Nuestras bocas se unían voraces, nuestras lenguas buscaban sabores nuevos, texturas, humedades, profundidades abisales, mientras nuestra excitación crecía.

Para bajar el calor, nos metimos a la alberca de agua fresca cubierta de blancas flores de yoloxóchitl; los cocuyos revoloteaban a nuestro alrededor encendiendo súbitas flamas entre las hojas e iluminando las raras flores de la selva que solo abren de noche y perturban los sentidos con su fragancia.

De regreso en mis aposentos, mis doncellas nos esperaban para frotarnos el cuerpo y el cabello con aceite de vainilla. De pie, uno frente al otro, alumbrados por la luz mortecina del brasero, veíamos cómo las jóvenes tocaban al otro, esparciendo el aceite en las pieles que se erizaban ante el contacto. No dejamos de mirarnos, guardando total silencio, disfrutando el aroma de la vainilla mezclado con el olor de la exótica flor que Qesqáh había traído y sintiendo las manos morenas de las mujeres palpar los brazos, las piernas, los pechos, los sexos, cuya excitación se volvió insoportable.

Al quedarnos solos nos fundimos en un abrazo apasionado que nos condujo de inmediato al éxtasis. Luego iniciamos el juego una y otra vez, como siempre, hasta que nuestros cuerpos quedaron exhaustos, poco antes del amanecer. Solo entonces, así, medio dormidos, pedí a mi amado que me contara sobre su encuentro con los hombres blancos.

—¿Cómo son? ¿Pudiste verlos de cerca?

Qesqáh miraba al techo cuando me respondió. Aún yacía desnudo sobre el lecho y, mientras yo lo escuchaba, acariciaba su hermoso torso, lustroso por el sudor.

—Tienen pelo en la cara y en el cuerpo. Mucho pelo. Visten camisas de algodón, pero cuando quieren demostrar su superioridad usan unos chalecos y sombreros de metal que brillan con el sol. Pueden cubrirse el cuerpo enteramente con ellos. Portan lanzas y estandartes de colores; sus armas tienen filos mortales y son todas de metal. Llaman a su capitán Cortés; él tiene el pelo oscuro y la mirada decidida de los que mandan. Hablan un idioma incomprensible, muchas veces parece que están enojados, gritan. Pero todos se humillan ante dos maderos cruzados y el dibujo de una diosa, mientras su hombre sagrado les habla.

Yo quería preguntarle de nuevo si había visto de cerca a la *lengua* de Coatzacoalco, pero me contuve. Qesqáh continuó. Parecía hablar para sí mismo, para entender mejor lo que había observado.

—Tienen un olor muy fuerte. No se parece a ningún otro: es profundo e intenso, ácido, como de maíz fermentado, pero también desagradable, como de animal muerto. ¿Sabes?, como cuando la carne no se ha descompuesto del todo. Tengo muchos días pensándolo. ¡No encuentro manera de definir su olor!

Nuestro pueblo se guía por su capacidad de distinguir los olores. La inteligencia de una persona se mide por su olfato. Si queremos insultar a alguien, lo llamamos «nariz de hoja de elote» o «nariz de muerto». Qesqáh tenía la reputación de ser el más inteligente de Quiahuixtlan, por eso para él era impensable no poder definir el olor de los extranjeros.

—Lo más curioso es cómo nos miran ellos a nosotros. Nos revisaron muy de cerca, para ver nuestros adornos: los bezotes de nuestros labios, las argollas de nuestra nariz, las piedras y metales en las pequeñas mutilaciones de nuestros dientes, nuestros tatuajes, ¡como si nunca hubieran visto nada parecido! Nos sopesan, nos miden con sus ojos pequeños y codiciosos. Nos reconocen distintos a los embajadores mexica y no saben cómo definirnos.

De nuevo estaba a punto de preguntarle por la mujer que los acompañaba, cuando me dijo de súbito:

—Hemos convencido a los extranjeros de venir a nuestros territorios. Se sorprendieron mucho de que hubiera ciudades tan cercanas a su playa desierta. Los hombres en sus casas flotantes han regresado de la exploración y les han hablado de nuestra bahía. Pronto estarán aquí.

No pude evitar un estremecimiento. Aquella revelación me dejó pasmada. ¡Entonces era cierto! Todo lo que había visto en la montaña estaba por suceder.

Al día siguiente, cuando Chichiní aún se ocultaba bajo la inquieta piel de las olas, un mensajero entregó un recado de Quetzaláyotl: esperaba al consejo en su palacio de inmediato. Qesqáh salió por una puertecilla lateral para que nadie lo viera y yo me apresuré a atender el llamado de nuestro bendecido.

—Llegaron los corredores de Cempoallan. Los extranjeros vienen en camino.

—Tenemos que prepararnos para su visita. La gente debe salir de la ciudad: no sabemos cuáles son sus intenciones —dije, sin pensar en que mi papel era callar en aquel consejo.

—¿Te di permiso de hablar, acaso? —La mirada de Quetzaláyotl denotaba su furia ante mi impertinencia.

Katsiná sonrió satisfecho al ver cómo me sonrojé de rabia y bajé la vista.

—Xtaaku tiene razón —dijo enseguida nuestro señor—. Que la gente se refugie en el monte. Los extranjeros pueden atacarnos. Nuestro pueblo no debe regresar hasta que estemos seguros de sus propósitos. Qesqáh, tú y tus guerreros permanezcan en guardia arriba, en lo alto de la montaña sagrada, por si hubiera que atacar a los recién llegados. Que solo se queden a protegernos unos cuantos.

No había alcanzado el sol su cénit cuando Cortés, sentado en su enorme venado cuajado de cascabeles, subió la cuesta de nuestra ciudad-fortaleza, seguido por una nube de mariposas multicolores. Solo los señores, las ancianas y los sacerdotes estuvimos asomados en nuestras terrazas para presenciar la entrada del extranjero del que tanto habíamos oído y para constatar los augurios de guerra que revoloteaban a sus espaldas.

4

QUIAHUIXTLAN
Junio de 1519

El contingente de los extranjeros subió hasta la plaza principal de nuestra ciudad, donde el Consejo de Señores los esperaba en silencio en lo alto del palacio. Ahí estaba yo también. Los sombreros de metal de algunos soldados, sobre los que el sol caía a plomo, reflejaban el cielo en su superficie; el brillo intensísimo nos obligaba a cerrar los ojos. Los extranjeros sudaban; sus caras estaban rojas por el esfuerzo de ascender por nuestro empinado cerro.

Nos miramos con sorpresa. A pesar de todo lo que me habían dicho sobre los recién llegados, nunca me imaginé estar tan cerca de ellos y ver cómo eran. ¡Tan distintos! A ellos de seguro les pasó lo mismo. No me parecían dioses. Eran simples hombres de otros pueblos, con artefactos desconocidos para nosotros. Los venados que montaban eran algo diferentes: la altura de aquellas bestias, los ojos inteligentes, los sonidos que proferían cuando se paraban sobre sus patas traseras, todo ello nos impresionó mucho.

En medio de aquel grupo de personajes que procuraban hacerse de un lugar en la plaza, en nuestro juego de pelota y en las terrazas bajas donde vivía el pueblo, vi a la *lengua* de Coatzacoalco. Era una mujer sumamente joven, tal vez menor que yo; vestía un huipil de algodón muy gastado y traía los cabellos recogidos en dos cuernecillos sobre la frente, sin ningún adorno.

Sus únicas joyas eran dos sartas de cuentas coloridas como de cristal de roca, iguales a las que Cortés nos dio más tarde. Miraba todo y a todos con una especie de atrevimiento que me desconcertó. ¿Quién se creía? Por lo que yo sabía, era apenas una esclava que se había ganado el favor del capitán. Siempre se mantenía a su lado, junto al extranjero que había vivido con los mayas, y entre los dos le daban las explicaciones.

Un rato más tarde, Cortés bajó del lomo de su venado. De pie junto a nuestro señor no parecía muy distinto. Eran más o menos de la misma estatura. El extranjero tenía la mirada dura, aunque de tiempo en tiempo sonreía, cuando alguno de sus allegados le decía algo que le causaba gracia. Aunque no entendíamos sus palabras, era evidente que tenía un enorme don de mando y con un solo gesto se hacía obedecer de todos.

Nuestro señor se sentó frente al brasero ritual con el capitán Cortés, y Katsiná los sahumó con copal a los dos, a fin de dar la bienvenida a los visitantes. Quetzaláyotl hizo que sus sirvientes entregaran algunos regalos al extranjero: sartales de cuentas de oro con pectorales de obsidiana y jade, abanicos de plumas con un medallón de oro, paños de algodón y un penacho de plumas rojas sostenidas por una diadema de oro.

—Teuhctli, reciba usted esto de buena voluntad. Si más tuviera, más le diera —dijo nuestro señor con solemnidad.

Llamaba a aquel hombre «señor», por no tener mejor nombre para él. ¡Quién iba a pensar que, entre la confusión de lenguas y lo que los forasteros querían entender, terminarían creyendo que lo llamamos *téotl*, «dios»!

Cortés bajó la cabeza en señal de reverencia cuando sus *lenguas* tradujeron el mensaje. Sin embargo, vi cómo el extranjero y sus capitanes procuraban contener su asombro ante los ricos presentes que los criados iban entregando.

A cambio, recibimos objetos muy curiosos que nunca habíamos visto: artefactos de metal que se manejaban con dos dedos y servían para cortar, de manera muy precisa, la tela, los cabellos y otros materiales, sin hacer prácticamente ningún esfuerzo. También nos regalaron agujas muy finas que podían coser con mayor delicadeza cualquier tela, no como las nuestras que son de hueso, o de espinas de pescado, y no permiten la misma minuciosidad.

El obsequio que más llamó mi atención fue un espejo donde se reflejaban con claridad nuestras imágenes, a diferencia de los nuestros de obsidiana, en los cuales, por más pulidos que estén, apenas podemos distinguir nuestros rasgos. A los señores les regaló cuentas de cristal colorido, algunos sombreros de tela roja y ropajes como los que ellos portaban.

Recibimos a los extranjeros con nuestras mejores viandas. Habíamos preparado un banquete en el salón principal del palacio. Ahí agasajamos a los visitantes con lo mejor de nuestros mares, lagunas y selvas.

No nos gustó su forma de consumir nuestros alimentos. A nosotros, desde pequeños, nos educan en las maneras más exquisitas: usar solo dos dedos, comer despacio y en pequeños bocados, no llenarse la boca ni hablar mientras se saborean las viandas. Aún siento en mis manos el ardor de la vara de carrizo con que la Abuela Pilam me golpeaba cuando cometía algún desacato.

Si estos grandes señores venían de un reino tan importante y su rey era más poderoso que Motecuhzoma, ¿cómo era posible que tuvieran maneras de salvajes? Usaban toda la mano para asir la pata de totol, sin importar que el molli les escurriera por los pelos de la cara; se llenaban la boca y la abrían mientras masticaban grandes trozos de venado asado, mostrando una avidez que sería impensable en una mesa de gente noble. Tiraban por un lado las hojas de itacasacna de los púlacles, en vez de doblarlas y dejarlas en la mesa, y, por supuesto, jamás se lavaban manos y boca entre platillos.

Conservaron todo el tiempo a su lado a los enormes perros feroces —porque supimos que eran perros, aunque no como los nuestros—, que alimentaban de su propio plato entre risotadas. Quetzaláyotl y Xicomácatl tuvieron que contener el asco cuando por fin se sirvió el cacao y vieron las barbas de los invitados teñidas de achiote sin que ellos se cuidaran de limpiarse.

Por las criadas cempoalteca que los acompañaban supe que su ciudad los había impresionado. Que incluso creyeron que los muros de templos y palacios eran de plata, por el blanco reluciente de las conchas y otros seres de mar con que los recubren. Las muchachas se burlaban al contarme; se reían a carcajadas de la ingenuidad de los recién llegados.

Si en Cempoallan se sorprendieron de las huertas dentro de las casas y de los canales y albercas que hay por doquier, no pudieron menos que quedar atontados con la vista del mar desde la plaza central de nuestra ciudad Slan Chiwix —«ciudad hecha de piedra fina», que los mexica habían traducido como Quiahuixtlan, «ciudad para pedir lluvia»—, custodiada por la montaña que nos protege y nos acerca al cielo.

Cempoallan es la ciudad comercial: en ella se han establecido gentes de muchos lugares a lo largo del tiempo y se hablan varios idiomas. En su mercado pueden encontrarse las cosas más inesperadas, como el ámbar de los mayas, las enormes conchas y valvas de nuestros mares, animales del desierto, pieles, esclavos de Tabscoob, tejidos primorosos de Tzauhtla, tinturas de cochinilla o de añil, cerámica de todos los colores y, sobre todo, obsidiana. Sus sementeras llegan lejos, gracias a los canales con que supieron domesticar el agua, y son famosas sus cosechas de maíz, tomate, calabaza y otras muchas verduras y frutas.

Quiahuixtlan, en cambio, es la ciudad sagrada donde se encuentra el templo más grande y más alto dedicado a la diosa

Kiwichat. Aquí acude la gente de los treinta pueblos tutunakú a pedir lluvia. Vienen humillados desde lejos a suplicar a los dioses; suben penosamente la montaña, pidiendo que se les permita sobrevivir. Ascienden hasta lo más alto y entregan sus ofrendas junto al espejo de agua de lluvia que ahí se esconde. Los gobernantes también vienen a consultar a los sacerdotes sobre la conveniencia de hacer la guerra o convocar la paz. Las curanderas llegan igualmente a consultar a las ancianas.

Quiahuixtlan es también la ciudad de los muertos. Aquí descansan, desde aquí velan por nosotros, y por las noches sus espíritus salen a convivir con los vivos y a brindarnos su consejo. Muy pocos lugares en el Totonacapan tienen santuarios para ellos; es tarea de los sacerdotes y sacerdotisas mantener este espacio sagrado y tener siempre las ofrendas listas. Aunque nuestra misión es la más venerable y de ella depende la marcha del universo, no por ello dejamos de ocuparnos de los oficios más comunes que hacen posible nuestra sobrevivencia cotidiana.

Los extranjeros se admiraron de las terrazas de piedra que nos permitieron arrebatarle alguna tierra a la montaña, y cultivar maíz blanco, amarillo y azul, chiles, chayote, calabaza y otros alimentos. Además de nutrirnos, esos cultivos nos dan gran placer al verlos, por su combinación de colores. Aquellas terrazas también nos sirven como muralla de defensa contra los ataques de nuestros enemigos. Abajo, junto a las playas, están las lagunas de donde extraemos la sal y, custodiadas por la peña, se conservan las trampas en que guardamos a los peces vivos.

Si bien nuestro mercado no está a la altura del de Cempoallan, puede encontrarse en él gran variedad de productos traídos por los pochteca de todos los rumbos del mundo. Así hemos logrado dominar las lenguas: nuestros señores, los sacerdotes, así como todos los nobles y comerciantes, hablamos mexicano y otómitl, además del tutunakú.

Los extranjeros no comprendieron el carácter sagrado de nuestra ciudad. Más que de asombro, sus caras eran de susto cuando vieron nuestros templos pintados de rojo y las figuras de Tlazoltéotl, Quetzalcóatl y nuestro señor Xipe Tótec presidiendo las ceremonias.

Tampoco pudieron entender nuestro baile. Los viejos y los danzantes habían subido a la montaña en busca del Zacaxtibú, el árbol sagrado, como lo mandan los dioses desde el principio del tiempo. Habían pedido permiso a Kiwikgoló para cortarlo y después, ya en la plaza central, habían sacrificado, como siempre, a una víctima propicia: un totol negro. Con su sangre se preparó el palo enterrado en la tierra y los danzantes, los viejos, el sacerdote y todo el pueblo iniciamos la ceremonia en medio de nubes de copal, rezando a Akgtzin.

Los danzantes subieron luego a lo más alto del palo sagrado. El encargado de mantener el ritmo tomó su lugar en el centro y desde ahí tocó su flauta de hueso y su pequeño tambor-sonaja, volviendo el rostro hacia los cuatro rumbos del universo. Cuando el momento fue propicio, los cuatro hombres con sus grandes penachos y sus vestidos relucientes que imitaban el colorido plumaje de los pájaros, amarrados de la cintura con su cuerda de ixtle, se lanzaron al vacío entre los gritos de admiración e incredulidad de los recién llegados.

Trece vueltas dieron, sin que el hombre-pájaro que permanecía en lo alto dejara de tocar un momento. Trece vueltas entre los cuatro, para completar los cincuenta y dos años de nuestro siglo y pedir que en ellos todo fuera propicio. Cuando la danza acabó, el profundo sonido de la caracola ritual se perdió entre las olas distantes y las montañas. Los extranjeros no entendieron nada, a pesar de los esfuerzos de sus *lenguas* por explicarles lo que ellos mismos apenas lograban comprender.

Escuchando a la mujer de Coatzacoalco me enteré de que Cortés y los suyos se quedarían en nuestra ciudad por tiempo indefinido. Pronto se prepararon para dormir. Nuestro señor hospedó a los capitanes más importantes en su palacio y en el de los otros señores principales en torno a la plaza. Los demás encontraron un lugar para descansar entre los árboles, a las afueras de los barrios, en las faldas del cerro.

Cuando todo estuvo tranquilo y solo se oían a lo lejos los murmullos de los soldados en ese idioma extraño y rasposo que me desagradaba tanto, me acerqué a la princesa Lanxánat y a sus sirvientas para conocer sus opiniones sobre lo que había ocurrido. A mi llegada vi que la jovencita, acompañada de sus doncellas, jugaba lizla —lo que los mexica llaman patolli—, y entre lanzada y lanzada de los frijoles sobre el tablero comentaba con sorna la apariencia de los extranjeros, los vestidos, los adornos.

—¿Se dan cuenta de los pelos que tienen en la cara?

Las damas y sirvientas se reían. Yo había visto cómo nuestra gente se había acercado a los fuereños para tocarles las mejillas, para jalarles el cabello.

—¡Y de qué colores! Pelos amarillos, como de elotes tiernos; pelos rojos como pintados con cinabrio…

—¡Y todas las tonalidades intermedias!

—Al igual que sus ojos. ¿Vieron que los tienen cafés como ojos de tigre, negros como pequeñas obsidianas, azules y verdes como pedazos de turquesa y jade?

Las sirvientas dejaron escapar un suspiro de admiración.

—¡Qué rostros más feroces! ¡Qué vestidos más pesados y raros!

—¡Y cómo huelen!

Recordé el comentario de Qesqáh y tuve que darle la razón: no olían a nada conocido. Tal vez al tufillo ácido que despiden las flores cuando ya están muertas y se convierten en una masa pegajosa en la sombra húmeda de la selva. Tal vez a los tamalli que se echan a perder con el calor.

—¿Serán como nuestros hombres? ¿Por qué andan tan cubiertos? ¿Qué ocultan bajo esos trapos tan sucios?

Las sirvientas dejaron escapar unas risitas pícaras. La curiosidad se palpaba detrás de sus sonrisas; noté en ellas incluso el deseo por aquellos cuerpos. Cuchicheaban, sonrientes, mostrando sus dientes pintados de añil, comentando la excitación que habían descubierto en esos hombres cuando miraban a las sirvientas e hijas de artesanos con los torsos desnudos.

—¡Parecen téenek de tan bien dotados! —se atrevió por fin a exclamar la más locuaz.

—¿Serán tan lujuriosos como ellos? —dijo la otra, en medio de nuestras risas.

—¿Qué piensan de la *lengua* de Coatzacoalco? —pregunté, para cambiar el tema.

—Se llama Malina. Así la llamaron ellos. Doña Malina —murmuró una joven sirvienta—. Me lo dijeron los de Cempoallan que ahora caminan con los extranjeros.

—Tona Malina.

—Ella no muele maíz, no cocina, no duerme con las demás. Es la mujer de un capitán principal y es la *lengua* de Cortés. No se le despega nunca.

—¿Vieron sus collares de cuentas? ¡Qué colores!

—Yo le pediré a mi padre que me dé los que recibió del capitán —dijo Lanxánat, con un brillo codicioso en su mirada.

Los forasteros trajeron unas pocas mujeres en sus casas flotantes, pero el señor de Potonchán les regaló, junto con Malina, veinte esclavas que hablaban maya. De este modo, cuando aquel ejército entró en nuestra ciudad, estaba conformado por hombres y mujeres de distintos colores, con ropajes disímiles, hablando diferentes lenguas.

En los siguientes días, a nuestro consejo de gobierno se unieron Cortés y varios de sus capitanes principales, además de un hombre que parecía ser sacerdote, con una tilma oscura, muy parecida a la de nuestros hombres sagrados. A mí se me permitió asistir, ocupando un lugar muy al fondo, sin tener derecho a usar la palabra.

Cortés quería saber de los mexica. Ya los enviados de Motecuhzoma le habían informado bastante de aquel reino, pero él estaba interesado en averiguar cuál era nuestra relación con ellos. Xicomácatl, también presente, lo puso al tanto de nuestras penurias. Los demás caballeros tutunakú, impasibles, se apenaban al escuchar los sollozos poco varoniles del señor de Cempoallan. Hubieran querido contradecirlo, pero sabían que todo lo referido por él era cierto.

—Nos obligan a entregar tributos: mantas hiladas con plumas o con pelo de conejo que nuestras mujeres tienen que tejer sin descanso, así como una enorme cantidad de pelotas de hulli para el juego sagrado. Se llevan el liquidámbar de nuestros bosques para aromatizar sus palacios, y los peces, las conchas: ¡lo mejor de nuestros mares! Vienen por nuestro cacao y no les importa si queda suficiente para nosotros. Y, sobre todo, nos arrebatan a nuestros jóvenes, a nuestros niños, a nuestras jovencitas, ¡apenas tiernas flores de vainilla!, para tenerlos como esclavos en sus campos o sacrificarlos a los dioses. Algunos calpixque o recogedores de tributos ni siquiera se llevan a las mujeres, solo las violan a su paso, y nosotros debemos soportar la vergüenza, la tristeza.

—Y todo eso, ¿a cambio de qué? —intervino Quetzaláyotl—. ¿De protección? En todo el tiempo que tienen quitándonos nuestros bienes, jamás nos han protegido de nada. Nunca han estado aquí para defendernos cuando alguno de los pueblos cercanos ha querido robarnos, despojarnos de nuestras tierras o entrar a nuestras ciudades; han brillado por su ausencia cuando los habitantes de las capitanías que controlan los mexica pretenden abusar de nosotros.

—¡Tzingapacingo! —gimió Xicomácatl, limpiándose las lágrimas con su quémitl.

Los extranjeros se quedaron en silencio, sin comprender.

—Esa es una colonia mexícatl; quienes viven ahí nos humillan y saquean nuestros campos constantemente —informó Qesqáh—. Los enviados de Motecuhzoma nunca han puesto remedio.

Cortés no decía nada. Solo escuchaba, guardando todos los datos en su cabeza. De vez en cuando asentía, como si comprendiera perfectamente la situación, y luego murmuraba unas palabras al oído de sus allegados.

En medio de una de esas reuniones, un criado se acercó a nuestro señor para darle un mensaje urgente. Por el cambio en su rostro y la extrema palidez de su piel, como si hubiera visto a un muerto, comprendimos que algo grave estaba a punto de ocurrir.

Pinotl y los calpixque no tardaron en llegar a la plaza. Venían como siempre: altivos, vestidos con elegancia, con el pelo recogido en sus tocados tradicionales para mostrar su rango, oliendo las flores de cacaloxóchitl que traían en las manos, como si no quisieran respirar nuestro aire, y seguidos por sus sirvientes, que los abanicaban para librarlos de los mosquitos y el calor.

Nuestro señor Quetzaláyotl temblaba. Sabía que a Motecuhzoma no le agradaría que hubiera dado tan grande bienvenida a los extranjeros. Se levantó para pedir que se recibiera a los recaudadores de tributos conforme a su rango y encargo: había que ofrecerles flores, totoles, cacao y frutas para que se solazaran. Todavía esperaba poder explicarles por qué los forasteros estaban acomodados en la ciudad.

Pero la orden de Cortés, dada a través de Malina, una vez que se enteró de lo que estaba ocurriendo, fue que los apresáramos de inmediato.

—Que los amarren a palos y los encierren en el cuarto contiguo al suyo para poder vigilarlos —dijo Malina que decía Cortés.

Todos nos quedamos sorprendidos. No hubo un solo ruido en el salón principal; solo el crepitar del copal sobre el brasero rompía el silencio. No comprendíamos de dónde sacaban los extranjeros el valor para enfrentar a los poderosos recaudadores que tanto miedo nos causaban siempre y, al hacerlo, enfrentar también al propio Motecuhzoma.

Quetzaláyotl consultó con la mirada a mi padre, a Katsiná, a Qesqáh y a otros señores principales. Al ver que sus consejeros estaban de acuerdo, dio su consentimiento en silencio. Aquel era el momento de decidir la suerte de su pueblo, de nuestro pueblo. Y, en ese instante, el señor de Quiahuixtlan fincó su futuro junto a los extranjeros.

En total incredulidad, los calpixque, con todo su boato, con todo su orgullo, fueron amarrados y encerrados en una habitación oscura; en el momento en que se los llevaron atados a un grueso tronco, sin saber por qué, todos los que estábamos presentes nos alegramos. Algo estaba a punto de suceder. Algo iba a cambiar para siempre. Lo decía el fuego, lo decía el humo del copal, lo decía la mirada determinada del capitán Cortés, y todos lo creímos.

A la mañana siguiente, la caracola anunció que debíamos reunirnos de inmediato en el palacio. Nos encontramos con la novedad de que algunos enviados de Motecuhzoma habían escapado durante la noche. Nuestro señor Quetzaláyotl estaba furioso y de inmediato mandó dar muerte a los demás.

—Solo estaban obedeciendo órdenes, no puedes matarlos —dijo Malina que decía Cortés—. Los llevaremos a las casas flotantes que ya llegaron y los mantendremos prisioneros ahí. Nos podrán servir luego para hacer un trato con los mexica.

Desde el día anterior habían arribado a nuestras playas las casas flotantes de los extranjeros. Contamos once a medida que tocaban la costa frente a nosotros. Y muchos del pueblo nos maravillamos al ver aquellas grandes canoas que no necesitaban remos, ya que eran impulsadas por telas. Algunos de nuestros guerreros se atrevieron a acercarse en sus barcas de pesca para examinar la madera de sus caparazones. ¿Cómo podrían mantenerse a flote con tan gran volumen? ¿Cómo esos forasteros habían logrado convertir los árboles en tamañas embarcaciones? ¿Cómo habían unido los trozos de madera?

Quetzaláyotl reunió a los nobles, sacerdotes y ancianos de Quiahuixtlan junto a los señores de Cempoallan. Quería oír la voz de los pipiltin. A todos nos había impresionado mucho la manera en que Cortés manejó el asunto de los calpixque: no parecía temerles. Pero ¿quién no le temía a Motecuhzoma?

—¿Serán dioses? —preguntó uno de los señores.

—No. Yo los he visto rechazar la sangre de la que se nutren nuestras divinidades —dijo Qesqáh—. Comen nuestros alimentos, duermen y sudan como nosotros.

—Pero no son como nosotros —reviró mi padre.

Los miembros del consejo asintieron y agregaron detalles que probaban el aserto: los trajes de metal, las casas flotantes tan grandes como una fortaleza, los cilindros que escupen fuego, los enormes venados, los furiosos perros y, sobre todo, el hecho de que los hechiceros del tlahtoani no hubieran podido hacerle daño a ningún extranjero.

Katsiná cambió el curso de la conversación:

—Tenemos que perseguir a los calpixque que huyeron. Si llegan a Tenochtitlan será nuestra perdición. Motecuhzoma se enterará de nuestra alianza con los forasteros.

—El hueyi tlahtoani lo sabrá de todos modos —dijo Xicomácatl—. Si no es que ya lo sabe… ¿Han olvidado que estamos rodeados de espías? Hemos de usar esta alianza para nuestro beneficio y estar muy alerta a las reacciones de Motecuhzoma.

—No hay marcha atrás —coincidió Katsiná—. Hemos labrado nuestro destino.

—Es el momento de librarnos de una vez de los mexica. Si alguien puede hacerlo es este extranjero, con sus casas flotantes, con sus venados gigantes, con sus cilindros que lanzan fuego, con sus vestidos de metal que resisten los ataques, con sus feroces perros: con todo eso que los hace distintos —dijo Qesqáh.

Los ancianos sabios estaban de acuerdo. ¿Sabrían lo mismo que yo? ¿Se les habría revelado lo que Kiwichat me dijo? Venceríamos a los mexica, caería el imperio, pero tarde o temprano los recién llegados nos harían daño también. A pesar de todo, nuestro destino era ir con ellos. Nuestro sino era ayudar a derrotar a nuestros enemigos de siempre. Lo que pasara después no estaba en nuestras manos.

Cuando la deliberación terminó, hicieron venir a Cortés, a sus *lenguas* y a sus capitanes.

—Nos levantaremos contra los mexica si tú vas a la cabeza —dijo Quetzaláyotl.

Alcancé a ver la sorpresa del capitán, aunque se recompuso enseguida.

—¿Cuántos guerreros pueden reunir? —dijo Malina que decía Cortés.

—Muchos miles. Convocaré a los treinta pueblos totonacas que marcharán contigo.

Así quedó acordado. Y mientras el capitán y sus tropas se aprestaban a acomodarse cerca de la playa frente a nosotros, nuestro señor mandaba publicar la buena nueva: desde ese día ya no seríamos tributarios de los mexica. Con aquella noticia ordenaba que de todos los confines del Totonacapan vinieran los guerreros y señores que habrían de hacer la guerra a Motecuhzoma.

Los siguientes días, casi dos lunas completas, los extranjeros no dejaron de bregar en la playa. Construían casas, aplanaban el suelo para hacer una plaza, levantaban muros de piedra y lodo. Esa no sería una residencia temporal: habían llegado para quedarse. Todos sus hombres y muchos de los nuestros dedicaron sus esfuerzos a edificar la nueva ciudad, incluido el capitán. ¿Por qué, si era tan poderoso y tenía tantos sirvientes, sudaba bajo el sol cavando zanjas y apilando piedras? No lo pude entender. Luego, al caer la tarde, recluido en su choza de telas y bejucos, pintaba en el papel, escribía a su soberano de más allá del mar.

Había muchas más cosas que no entendíamos. Cortés había dicho que nuestro señor sería vasallo del suyo. Pero era difícil saber qué significaba aquello. Nunca habíamos visto a su señor y no sabíamos si existía siquiera aquel reino que ellos llamaban Castilla; solo teníamos la palabra de ese recién llegado. Era verdad que tampoco conocíamos al hueyi tlahtoani, pero algunos habían ido a Tenochtitlan y nos habían asegurado que Motecuhzoma en efecto existía, además de que sus castigos eran muy reales cuando no cumplíamos.

Por el momento, el asunto del vasallaje con los caxtilteca nos preocupaba muy poco, pues aún no sabíamos qué tendríamos que entregar exactamente. Hasta entonces parecía ser mucho menos de lo que ya dábamos a nuestros opresores: a los extranjeros nada más les conseguiríamos comida y asumiríamos parte del costo de la próxima guerra. Eso resultaría insignificante si a cambio lográbamos liberarnos del yugo mexícatl.

5

QUIAHUIXTLAN-VILLA RICA
Junio-agosto de 1519

Un día Cortés llegó hasta el palacio de Quetzaláyotl con sus capitanes y los señores que pintaban signos en los libros. Dijeron que a partir de entonces Quiahuixtlan se llamaría Archidona, como una ciudad que había en el reino de donde habían venido. Los dejamos hacer porque no queríamos contrariarlos, pero nosotros nunca pudimos pronunciar esa palabra que nos parecía fea y no nos decía nada, por lo que pronto la olvidamos.

Lo que importaba era que aquellos hombres pelearían de nuestro lado. Si eran poderosos, nosotros también lo seríamos, por lo menos lo suficiente como para vencer al tlahtoani: más de lo que jamás hubiéramos imaginado. Todos nos preguntábamos con la esperanza revuelta: ¿cómo sería un mundo sin Motecuhzoma?, ¿qué se sentiría pasear como triunfadores en Tenochtitlan?

Incluso antes de que hubiera piedra sobre piedra, a la ciudad que estaban construyendo la llamaron Villa Rica de la Vera-Cruz. Aquel nombre tampoco me decía nada. Solo intuía que tenía relación con los dos palos cruzados que habían dejado en nuestro templo, después de haber hecho rodar a nuestros dioses por las escaleras.

¡Cuánto sufrimos al presenciar aquel tristísimo espectáculo! Por más que yo ya lo hubiera visto gracias a las semillas de ololiuhqui, nada se comparaba con vivirlo, con padecerlo en la realidad. ¡Qué no habría dado, cuánto habría sido capaz de sacrificar, con tal de que mi pueblo no hubiera visto tales horrores! Y ese era solo el principio.

Recuerdo aquel como un día aciago. Desde el amanecer comprendí que algo terrible ocurriría: al levantarse sobre el horizonte, Chichiní dejó un lago de sangre en las aguas de nuestra bahía. Los hombres vestidos de metal subieron hasta nuestra ciudad con los filos de sus espadas brillando al sol. La dulce voz de Malina se convirtió en un grito ronco cuando transmitió la orden: teníamos que echar abajo las representaciones de nuestros dioses.

—¡No! —grité a mi vez. Y sin pensarlo protegí con mi cuerpo la imagen de Tlazoltéotl detrás de mí—. Sabes muy bien que nos sobrevendrá la desgracia. ¿Tú, entre todos, vas a pedirnos eso?

—Su dios es mucho más poderoso —me respondió la *lengua* de Coatzacoalco, sorprendida por mi arrebato—. Me han dicho que nuestros ídolos nos mantienen engañados.

—¿Y tú les crees? ¡Tú sabes quién hace que el sol salga cada día, quién nos permite tener buenas cosechas! ¡Tú sabes quiénes nos permiten sobrevivir!

—¡Es su dios! ¡Su dios impidió que los hechiceros de Motecuhzoma les hicieran daño! ¡Su dios los hizo llegar hasta acá para que conociéramos sus palabras! ¡Su dios todo lo puede y les ha ordenado no consentir más sacrificios!

Desde pequeña me enseñaron que Quetzalcóatl había prohibido los sacrificios humanos y la duda se clavó en mi corazón como espina de maguey. ¿Serían estos hombres los enviados de la divina Serpiente Emplumada y no habíamos entendido sus palabras? Me quedé muda; fue como si el tiempo se detuviera.

De una sola ojeada vi que los caxtilteca se preparaban para usar sus armas. Vi a Qesqáh sujetar su macuáhuitl, dispuesto a jugarse la vida. Vi a la gente acercándose al templo con piedras en las manos. Vi a nuestro señor Quetzaláyotl descender a toda prisa de su silla de manos y a Cortés hablando con Malina.

—¡Xtaaku! ¡Baja de ahí enseguida! —ordenó nuestro señor y en su voz resonaba el eco de los poderosos truenos de Akgtzin.

Lo obedecí porque enfrentar su ira hubiera sido insensato. Y mientras bajaba la escalinata, rodeada por un silencio absoluto, escuché a Quetzaláyotl dirigirse a Cortés:

—Teuhctli, nosotros no tocaremos a nuestros dioses, so riesgo de que un castigo terrible acabe con el mundo entero.

—Entonces lo haremos nosotros —dijo Malina que decía Cortés.

Este y sus hombres echaron abajo las representaciones de Huitzilopochtli, Mictlantecuhtli, Tláloc y Ehécatl, mientras escuchaban nuestros gritos de terror.

Xicomácatl y mi señor Quetzaláyotl tuvieron que contener las lágrimas, sabedores de que su silencio sería el precio por ser librados del yugo del tlahtoani. Sabían, incluso, que era el precio por conservar nuestras vidas. Yo también lo comprendí en ese momento y me dirigí al pueblo con palabras suaves, consciente de que aquello podía acabar en un baño de sangre.

—Papacitos míos, mamacitas mías: ¿a qué rebelarnos contra lo inevitable? Nuestro señor ha hablado y serán los extranjeros quienes carguen encima la ira de nuestros dioses. Así sabremos si son realmente poderosos y si merecen ser nuestros aliados. Si los dioses los destruyen, habremos de dar por terminado nuestro pacto y nada se habrá perdido. Con nuestras manos hemos hecho las imágenes de nuestros dioses, ¡podemos volver a hacerlas!

Cuando los habitantes de Quiahuixtlan soltaron las piedras que ya preparaban para el ataque, un solo lamento recorrió la plaza, como si las cihuapipiltin se hubieran soltado en pleno día.

Mas yo, en cambio, respiré aliviada. Nuestra gente viviría para recibir la luz del sol una vez más.

Estábamos acostumbrados a adoptar nuevas deidades, pero siempre conservando las propias. Incluso habríamos aceptado la destrucción de nuestros dioses si la derrota infligida hubiera sido definitiva. Lo que no podíamos comprender era por qué habíamos de permitir tal agravio si seríamos los vencedores, si aquellos extranjeros eran nuestros aliados. De pronto me surgió la pregunta en el fondo del pecho y me quedé helada: ¿la alianza era un engaño y en verdad ya nos habíamos dado por vencidos?

No solo los señores lloraron ese día. Nuestros guerreros se ocultaron en la maleza para gemir y golpear los troncos de los añosos cedros.

—¡Ay de nosotros! —decían—. ¿Por qué hemos de soportar el dolor de ver en silencio cómo derriban nuestros dioses, cómo destruyen nuestros templos, cómo acaban de un golpe con nuestra religión?

—¿Cómo es que no hemos de levantar nuestras lanzas contra quienes tanto nos ofenden? —decían—. ¿Cómo iremos a su lado cuando empiece la guerra?

La gente se jalaba los cabellos y lanzaba gritos de terror, esperando el momento en que Akgtzin nos fulminara con sus rayos. Pero fue más extraño ver que no pasaba nada. No dejó de salir la luna esa noche, ni dejó de salir el sol al día siguiente. La primera estrella de la madrugada vino como todos los días a anunciar la aurora.

Las ruinas de nuestros dioses habían dejado un vacío terrible en nuestros templos, en nuestras vidas. Sin embargo, el perdón o el olvido de quienes controlaban nuestros destinos era peor: su silencio resultaba insoportable. ¿Habíamos vivido en la mentira? Cuando subí a la montaña en busca de respuestas, me tranquilizó el susurro de Kiwichat en mi oído:

—Cambian los nombres, cambian las formas, pero invariablemente estaremos contigo y con tu pueblo. Búscame con otros rostros; entonces sabrás que siempre estaré en tu corazón y en todas las cosas de la tierra. Tendrás que aprender a encontrarme en ellas.

En ese momento me sentí serena. Nuestros dioses sagrados jamás nos abandonarían.

Pronto nos acostumbramos a los recién llegados. Yo solía espiarlos entre las chacas, entre los cuajilotes, intentando comprender sus acciones. En las casas flotantes habían llegado más hombres de varios colores, con vestidos diferentes; me di cuenta de que no todos hablaban la misma lengua. También vinieron otras mujeres, además de la que andaba con ellos a pie y era esposa de uno de los capitanes. Ella, para mi sorpresa, vestía las mismas ropas que los hombres y reía y bebía y agitaba su espada igual que ellos.

Aquello me admiró mucho. ¿Cómo era que esas mujeres tenían tanta libertad? ¿Cómo era que esa hablaba alto, miraba a los hombres a los ojos, caminaba pisando fuerte, como si poseyera la tierra, sin temor? A mí enseñaron que una mujer debe andar con suavidad, como acariciando el suelo, para que sus huellas sean apenas visibles y su llegada solo sea anunciada por el tenue perfume de su cabello. Insistieron en que mi voz debía ser dulce y que jamás debería mirar de frente a nadie más que a mis iguales.

Los extranjeros trabajaban el día entero en la construcción de su ciudad y por la tarde se reunían bajo los techos que habían fabricado con las telas que impulsaban sus canoas. Entonces cantaban, bebían un líquido oscuro que los emborrachaba como el octli y se reían muy fuerte, abrazando a sus nuevas mujeres, nuestras mujeres.

La noticia de la llegada de los caxtilteca pronto se extendió por todos los pueblos de la costa y a diario se congregaba en Villa Rica una multitud que venía a ofrecerles flores, totoles y tamalli. Querían ver los venados gigantes y podían quedarse largo tiempo observando cómo aquellos animales comían el maíz quebrado que las sirvientas molían en el metate, cómo orinaban con estruendo, cómo sacaban el aire por la nariz y se levantaban sobre sus patas traseras cuando algo los inquietaba. Algún valiente incluso se acercó a tocarlos.

También por invitación de los señores, Cortés y sus capitanes visitaron otras ciudades, como Paxil, y regresaron impresionados de nuestro pueblo. Los extranjeros querían reconocer lo mejor posible el territorio en que se encontraban a fin de anticipar un ataque de los mexica, por más que sus negociaciones con ellos hubieran mejorado al entregarles a los calpixque liberados de la ira de mi señor Quetzaláyotl, gracias a su insistencia.

Qesqáh me contó que los hombres de Cortés se internaron hasta Tzingapacingo, la colonia mexícatl situada al este, para dar un escarmiento a los calpixque y guerreros que ahí había. Dijeron que era para complacernos, ya que Xicomácatl y Quetzaláyotl habían señalado repetidamente los abusos cometidos por aquellas gentes.

Era importante llegar hasta ahí, ya que, al enterarse los calpixque mexica de que los otros pueblos tutunakú se habían manifestado libres de los tributos, preparaban un ejército en Tzingapacingo para acabar con la rebelión. Aquello era muy grave: Motecuhzoma había dejado muy claro que no quería que los recién llegados fueran a su ciudad y los caxtilteca sabían que, en caso de que se reuniera un ejército de aliados mexica en la región, jamás podrían llegar a Tenochtitlan.

Los extranjeros también querían ver si era posible subir hasta Nauhtla y Tochpan, y tomar el camino principal a la ciudad de los mexica. Pero pronto comprendieron que enfrentarían demasiado peligro en una vía tan transitada, por donde circulaba la mayor cantidad de mercancías hasta el reino de Motecuhzoma.

Quedaba subir por Xallapan, la región de los manantiales en la arena. Los caminos de ascenso hasta allá eran dos y uno de ellos presentaba inconvenientes por la temporada de lluvias. Con un ejército enemigo al acecho, la ruta se convertiría en una trampa mortal para todos; por ello era preciso estudiar cuidadosamente las opciones y explorar el terreno.

Los extranjeros volvieron victoriosos de su incursión a Tzingapacingo. A Malina le dijeron que habían vencido sin siquiera presentar batalla, ya que los mexica habían corrido a esconderse en las montañas al ver a aquellos hombres vestidos de metal, montados en sus enormes venados. Esa fue la historia que creyeron y contaron los recién llegados a quienes quisieron escucharlos. Pero los guerreros de nuestro pueblo que los acompañaron nos dieron otra versión entre risas:

—Mataron a los calpixque y la gente del pueblo huyó llena de miedo. Nosotros sacrificamos a los guerreros que quedaron, para darles un escarmiento y que jamás vuelvan a acercarse a nuestras ciudades.

—Comimos de sus carnes a la manera ritual, pero ¡hubieran visto qué caras de horror tenían nuestros aliados! ¡Nos miraban como si fuéramos seres del inframundo!

—Repetían una y otra vez que su dios no les permitía hacer sacrificios y menos comerse a otros seres humanos.

—Son extraños.

—¡Quién sabe si alguna vez podamos entendernos!

Un día el capitán Cortés hizo cosas inesperadas. Mandó construir aparatos que yo nunca había visto, en medio de la que sería la plaza de su ciudad. Convocó a todos los habitantes al amanecer y, mientras todos guardaban un silencio grave, pronunció palabras solemnes que no comprendí. Entonces subieron a un hombre al aparato de madera y lo colgaron del cuello con un mecate; después a otro.

Los cuerpos se balancearon en el vacío un buen rato, pataleando; luego se quedaron inmóviles, al tiempo que un murmullo creciente se esparcía entre la multitud que miraba aquella escena macabra. Después el capitán hizo castigar a otros dos: los golpearon con una correa de cuero en la espalda hasta dejarlos sangrando. A otro le cortó un dedo del pie. Quienes lo presenciamos nos quedamos azorados: nunca habíamos visto que nadie fuera reprendido de esa manera.

Aquellos extranjeros debieron haber cometido una falta grave para que Cortés, que tantas veces nos dijo que no podía permitir que se sacrificaran prisioneros, que incluso nos obligó a derribar el tzompantli, los condenara. ¿Qué habían hecho los que ahora colgaban del mecate? ¿Qué podría ser tan terrible para que no los bajaran de ahí? Los cuerpos siguieron suspendidos hasta que los devoraron los zopilotes. Sus cuencas vacías mirarían al mar por toda la eternidad y sus muertes serían un recordatorio permanente para los vivos.

Esa tarde, cuando nos bañábamos en el temazcal, escuché a Malina decirle a una de nuestras doncellas que aquellos señores pretendían rebelarse contra Cortés y robarse las casas flotantes para volver a sus tierras más allá del mar. Yo quise acercarme a ella, preguntarle otras cosas, pero no me atreví.

Al día siguiente, los caxtilteca sacaron todos los objetos de valor de sus barcas y las desarmaron lo más posible: quitaron los maderos más grandes, se llevaron las telas y estrellaron los restos contra las rocas del acantilado. Las figuras inclinadas de aquellas orgullosas casas de madera eran un lúgubre recordatorio para los recién llegados. Así supe que ellos habían comprendido, del mismo modo que nosotros lo habíamos hecho, que no había marcha atrás: los extranjeros se quedaban varados en la playa con nosotros. Y nosotros habíamos elegido seguir su destino.

Solo una de las casas de madera quedó en pie y pronto se hizo a la mar con algunos capitanes, entre ellos el que había sido esposo de Malina. En la barca se empacaron para su rey muchos de nuestros libros sagrados que los caxtilteca habían conseguido en Huitzilapan, joyas primorosas de oro y plata, objetos de plumas riquísimas, lienzos de algodón y otros regalos magníficos recién traídos por los nuevos emisarios de Motecuhzoma.

Se embarcaron también algunos sirvientes de nuestro pueblo: tres hombres y dos mujeres. Cortés quería enseñarle a su señor cómo éramos, cómo hablábamos. Ese día me asaltó como nunca la envidia: ellos atravesarían el mar y verían reinos que ninguno de nosotros conocía. ¿Dónde estarán ahora esos jóvenes? Nunca volvimos a saber de ellos.

En medio de este revuelo constante, nuestro señor Quetzalá- yotl entregó a la princesa Lanxánat y a otras doncellas nobles a los teteuhctin. Era costumbre en nuestro pueblo hacer de nuestros aliados parte de la familia, para volvernos insepara- bles. El anuncio tuvo lugar en el seno del consejo, al que acu- dieron también los capitanes y los hombres que dibujaban en los libros. Mi sorpresa no tuvo límites cuando Malina dijo:

—Capitán dice que Xtaaku también debe ser esposa de uno de los suyos.

Un murmullo se levantó en el salón antes de que Quetza- láyotl informara:

—Imposible. Es la prometida de Qesqáh, uno de nuestros más valientes guerreros.

Cortés y sus *lenguas* intercambiaron frases mientras mi corazón pendía de un hilo. Por fin Malina nos comunicó la voluntad del teuhctli:

—No hay acuerdo sin Xtaaku.

Los murmullos se volvieron protesta unánime y mi alma se fue hundiendo en un abismo interminable. Dejé de escuchar, dejé de ver a mi alrededor, y las lágrimas corrieron por mis mejillas sin que pudiera controlarlas. Sabía que aquel acto era una imposición más de la voluntad de los extranjeros sobre mi pueblo y que así estaban castigando mi rebeldía. Después de una larga deliberación, nuestro bendecido pronunció, con la cabeza baja, la frase que sellaría mi destino:

—Sea, pues.

Furioso, Qesqáh abandonó el recinto y mi padre no se atrevió a mirarme cuando sentenció, solemne:

—Xtaaku será esposa de quien Cortés decida.

Los caxtilteca exigieron sellar la alianza en sus propios términos: las mujeres debían ser bautizadas y, aunque permitirían la realización del ritual según nuestras costumbres, su hombre sagrado intervendría también.

Al salir del palacio, la luz de la tarde me golpeó el rostro como una bofetada. Caminé sin rumbo, tambaleándome, como si hubiera bebido octli hasta hartarme. En un momento mi vida había cambiado y todos los planes, todos los sueños del futuro se habían desvanecido. Sin buscarlo, encontré a Qesqáh sentado bajo un puxni florecido. Los botones blancos que el viento había desprendido del árbol formaban un círculo fragante alrededor de quien debió ser mi marido. Comprendí que había llorado y lo abracé en silencio.

—No somos dueños de nuestro destino —me dijo al oído—, pero sí de nuestro corazón. Nadie nos podrá quitar lo que sentimos y yo siempre estaré cerca de ti.

A partir de entonces inicié con las otras princesas el largo ritual para la boda. Esta vez la preparación sería por partida doble: el hombre sagrado nos enseñaría lo más elemental de su religión antes de verter agua sobre nuestras cabezas en la ceremonia que ellos llaman bautizo y, por otro lado, nuestros familiares nos recordarían todo lo que habría que saberse antes de contraer matrimonio.

Yo no puse reparos a las charlas con el sacerdote: tenía curiosidad, quería entender. Así, en el frescor del templo que ellos habían encalado y lavado para consagrarlo a su diosa blanca, nos reunimos a escuchar la voz pausada del hombre sagrado, las palabras apresuradas de Aguilar —el intérprete que había vivido con los mayas—, seguidas por la dulce expresión de Malina. Pero, por más que me empeñé en sacar algo en claro de aquellas explicaciones, apenas lo conseguí.

Ellos decían que el verdadero dios era solo uno y estaba en todas partes. Eso podía aceptarlo: sin duda se referían a Kiwikgoló. Pero cuando aquel hombre añadió que ese dios era el padre y también el hijo y también un espíritu sagrado, las cosas se volvieron muy confusas. Nuestros dioses podían ser dos y ser el mismo: la pareja primigenia Ometecuhtli y Omecíhuatl; o el dios del fuego, que era Aqsqoyat y Tysqoyat, él y ella a la vez. Sin embargo, ¿qué sería ese espíritu sagrado que también era dios? ¿Su dios podía ser padre de sí mismo?

Mis dudas me llevaron a tener largas discusiones con el hombre sagrado, con la intermediación de Aguilar y de Malina, que no estaban muy contentos, ya que preferían pasar el mayor tiempo posible con Cortés, desentrañando las rutas potenciales de ascenso hacia Xallapan y revelando a nuestros guerreros las tácticas bélicas de los extranjeros. Pero las explicaciones sobre su religión también eran de suma importancia para nuestros aliados, y la orden había sido que las *lenguas* colaboraran en todo para hacernos entender y adoptar sus creencias.

Eso de que el hijo de ese dios hubiera tenido que ser sacrificado para salvarnos a todos no era aceptable para mí. Quetzalcóatl se había inmolado porque había actuado mal y avergonzó a su pueblo, pero este dios Jesús o Cristo, del que hablaba el sacerdote, nunca había hecho nada malo.

—¿Por qué Jesús había de morir por otros? ¿De qué serviría a otros su muerte? —pregunté.

—Lo hizo para salvarnos —me respondió el hombre sagrado a través de Malina, que cada vez necesitaba menos de Aguilar, a fuerza de haber repetido la misma historia cientos de veces.

—¿Salvarnos de qué?

—Nacimos como pecadores, porque Adán y Eva, los padres primigenios, fueron expulsados del Paraíso.

Mi cara de sorpresa no pasó inadvertida para nadie. ¿Sería como Kiwichat cuando traicionó a su marido y fue a yacer con Tezcatlipoca? ¿Pero por qué habríamos nosotros de pagar el precio del desacato?

—¡Somos pecadores! —exclamó con los ojos desorbitados y una expresión fiera una mujer caxtiltécatl, que hasta entonces no había abierto la boca, pero que había estado presente durante las lecciones—. Nuestra naturaleza nos inclina al mal, y, si no nos acogemos a Dios, ¡iremos al infierno!

Instintivamente adopté una posición defensiva. No me gustaron el tono ni el gesto feroz de aquella mujer que se comportaba de manera distinta a las demás. Sus vestidos le cubrían todo el cuerpo, incluso la cabeza, sin importar cuánto calor hiciera.

—¿Pecadores? ¿Dónde es el infierno? —seguí preguntando.

—¡Bestia! ¡Bruta! —exclamó la mujer.

El hombre sagrado la calmó y la sacó del recinto. A pesar de que Malina no tradujo sus palabras, entendí que había dicho algo terrible.

Las princesas y doncellas, que habían escuchado aquella discusión, me rodearon.

—¡Mujer horrible!

—¡Huele a muerto!

—¡Huele a carne podrida!

Era verdad. Con desagrado, todas quisimos dar por terminadas aquellas conversaciones. Claramente no íbamos a llegar a ninguna parte. Pero el hombre sagrado regresó y nos dijo con voz dulce a través de Malina:

—Los pecados son hechos vergonzosos, errores terribles que contravienen la voluntad de Dios. Y el infierno es un lugar de castigo eterno adonde van al morir quienes no han obrado bien en vida.

¡Haberlo dicho así! Eso sí podía comprenderlo. Tal vez nuestras creencias no eran tan distintas después de todo. ¿No era verdad que Tlazoltéotl se comía y perdonaba los hechos vergonzosos de sus hijos? Por otra parte, existía sin duda un lugar oscuro en la casa de los dioses al que iban quienes morían cobardemente o con deshonor. Pero aquel que actuaba en contra de la tierra y los seres vivos, o quien desobedecía los mandatos de los dioses, obtenía su castigo en vida, con un destino funesto: una enfermedad horrible o la pérdida de las cosechas.

Además de las princesas, el hombre sagrado, las *lenguas* y la horrible mujer que lanzaba fuego por la boca, asistía de vez en cuando a las reuniones un jovencito de cabello rojo y pecas en las mejillas que no tendría más de doce años. Le decían Orteguilla, como a su abuelo, un soldado viejo y correoso, favorito de Cortés. Así lo conocí y así me acostumbré a llamarlo.

El joven permanecía en silencio durante las explicaciones del hombre sagrado y escuchaba con atención mis objeciones. Tenía tanto talento que pronto habló en mexicano y aprendió algunas palabras en tutunakú. Al terminar las lecciones iba detrás de mí, asegurándose de que llegara a mi casa. Tardó algún tiempo, pero trabamos cercana amistad.

Ya de noche, yo seguía dándole vueltas a mis dudas, preguntas y angustias. Era mi modo de no pensar en lo que me esperaba: ser la mujer de uno de esos rudos caxtilteca que olían tal mal; no quería ni verlos para no preguntarme quién de ellos sería.

Concentrarme en la religión era mi manera de no tener presente que jamás, ya nunca, podría disfrutar del cuerpo de Qesqáh y que nuestra historia había acabado. Hubiera querido sentir entusiasmo por mi boda, por el hilado de mi huipil para ese día o por las ceremonias que eran tan importantes para nosotros. Pero si me hubiera entretenido en eso, habría caído, a no dudarlo, en el dolor más espantoso al corroborar una y otra vez que quien me desposaría sería un extraño y no el hombre al que había sido destinada desde la infancia.

Por eso me empeñaba en pensar, hasta en sueños, en las historias del sacerdote. ¿Ese Jesús sería como nuestros sacrificados, que debían ser los más valientes guerreros y las más puras doncellas? ¿Era un mensajero que tenía como misión restaurar el orden cósmico? ¿Sería ese el Hijo del Sol que siempre estuvimos esperando y cuya llegada acabaría con todo el sufrimiento? La ceremonia que el hombre sagrado realizaba a diario, los palos cruzados, todo era un recordatorio de ese sacrificio. Jesús ya había muerto por todos, repetía el sacerdote, no era necesario dar muerte a más gente.

Y así como nosotros comíamos la carne del sacrificado y luego su sangre mezclada con semillas de amaranto y hulli, ellos comían «el cuerpo de Cristo», que era un delgado círculo blanco que se deshacía en la lengua, y «la sangre de Cristo», que era el líquido oscuro con el que solían emborracharse.

El sacerdote repetía mil veces que solo había un dios verdadero, pero yo había visto muchas imágenes de diosas y dioses a los que los caxtilteca se encomendaban con fervor. Finalmente entendí que la madre de ese dios Jesús —que yo sabía que no podía ser sino mi señora Kiwichat— era conocida con distintos nombres; al igual que la Madre de Todo lo que Existe, que era Toci, Tlazoltéotl, Coatlicue, Tonantzin y otras muchas a la vez, ella era María, Carmen, Remedios… Comprendí que todas eran la misma y que ahora habría de llamarla «Virgen». No supe bien cuándo el nombre de Kiwichat y la imagen de esa diosa blanca comenzaron a empalmarse hasta hacerse una sola.

Cuando las lecciones con el sacerdote terminaban, tenía que hilar, bajo la supervisión de mi madre y de la Abuela Pilam, mi huipil de boda. Mientras contaba los hilos, debía escuchar los consejos de ambas para convertirme en una buena esposa. La obediencia y la fidelidad eran los pilares de los que una mujer jamás debía separarse.

—No mires de frente a los desconocidos ni te rías con ellos.

—No camines de manera apresurada por la calle.

—No entres sola a las casas que no conozcas, por no dar qué decir.

—No sigas nunca los malos deseos de tu corazón.

También me explicaron cómo responder a las caricias de mi marido y qué había que hacer para mantenerlo siempre complacido.

—Recuerda que Kiwichat es también la Madre de los Placeres Carnales. No dejes de buscarlos y gozarlos —me dijo Pilam con una sonrisa socarrona.

—Y cuando crezca la vida en tu vientre, has de tener en cuenta que esa criatura es el símbolo de la alianza entre nuestros pueblos. Tú serás quien la conserve y perpetúe —añadió mi madre.

Por fin llegó el día de la boda. En esa ceremonia, la princesa, las doncellas y yo seríamos bautizadas y entregadas a los capitanes que Cortés decidiera. Mis sirvientas me prepararon con esmero. Al amanecer tomé el baño ritual en el temazcal, donde me frotaron con hierbas aromáticas y aceite de vainilla. Mi peinado era complicado y suntuoso: todo un edificio esculpido con mi pelo, cuentas de chalchihuite y plumas rojas. Lucía un pectoral de oro y corales sobre mi huipil orlado de grecas carmesí. Me cubrieron el rostro con pintura amarilla, como se hacía en esos casos, y el resto del cuerpo con una fina capa de hulli, para pegar las plumas en mi piel. Mi madre me colocó el ceñidor bordado que me regalaron cuando inicié mi vida fértil y me dijo al oído:

—Ahora comienzas un nuevo ciclo en tu vida. Nunca olvides quién eres. Honra a tu familia y a tu pueblo dondequiera que estés. Jamás contraríes a tu marido, no sea que la vergüenza y la desgracia caigan sobre ti y sobre nosotros.

Parecía que no había tiempo suficiente para todos los consejos que mi madre quería darme. Detrás de ellos percibí la tristeza que tenía al dejarme ir. Ya no sería más su pequeña. Todavía la escuché hablándome sobre la importancia de la educación de los niños, cuando las ancianas vinieron por mí formando un largo cortejo para conducirme hasta el recinto sagrado donde se iniciarían los ritos. En las manos traían teas encendidas; a medida que avanzaban, esparcían el inconfundible perfume del liquidámbar que yo tanto amaba y dejaban una estela fragante a nuestro paso. En medio de las nubes de humo vi cómo la gente arrojaba pétalos de flores blancas y amarillas sobre nosotros, gritando parabienes.

Llegamos al templo de Kiwikgoló, que ya había sido blanqueado y despojado de todos sus ornamentos para hospedar a la diosa blanca y la cruz de madera. El hombre sagrado nos esperaba al frente, al igual que los capitanes que nos desposarían. ¡Quién iba a decir que no sería Katsiná o mi padre quienes me entregaran a un hombre, sino el extranjero al que ni siquiera sabíamos cómo llamar! Cuando estuve ante el altar, Cortés hizo llegar a mi lado a un joven capitán de cabello castaño y ojos verdosos a quien llamaban don Fernando de Mairena. A pesar de mí misma, respiré con alivio: por lo menos se había aseado y usaba ropa limpia.

No puse atención a la ceremonia. Solo pude darme cuenta de que, al derramar agua sobre mi cabeza, el sacerdote me llamó Magdalena. Luego unió mi destino al de don Fernando con palabras ininteligibles y ademanes que no me decían absolutamente nada.

Al terminar la larga ceremonia, en la que se derramó agua sobre las cabezas de todas las desposadas para imponerles nuevos nombres y se las entregó a los capitanes, nos dirigimos hacia el palacio de Quetzaláyotl. La tradición decía que la fiesta tendría que celebrarse en la casa del novio, pero nuestros maridos apenas tenían un lecho donde descansar en nuestras residencias. El salón principal se había adornado con banderitas de papel y guirnaldas de flores por doquier. Las teas y braseros se habían dispuesto en todo el recinto para iluminarlo apropiadamente, y en un rincón los músicos hacían sonar las caracolas y huilacapitztli con gran regocijo: un sentimiento que ninguna de nosotras compartíamos.

No tendríamos suegros que nos esperaran en el umbral para llenarnos de regalos y darnos la bienvenida a nuestro nuevo hogar. No tendríamos una suegra que nos entregara el cocónetl, el muñeco ritual de maíz, para asegurar que nuestra unión fuera fecunda. Dejábamos nuestras casas, nos apartábamos de nuestros padres, sin saber cuál sería nuestro destino. En ese momento se me llenaron los ojos de lágrimas: los viejos saberes, las costumbres conocidas ya no se aplicaban a esta nueva situación y no había más remedio que enfrentar la incertidumbre.

Ahí, en medio del humo del incienso ritual, Katsiná amarró mi huipil con la camisa de algodón que usaba don Fernando, en señal de que nada podría separarnos. Estaba ya servido el tamalli preparado para ese día especial, así que mi nuevo marido —aleccionado por Malina— me alimentó con él y luego él mismo comió, dando a entender ante todos que compartiríamos la comida para siempre. Aquel gesto dio inicio a una larga ceremonia en la que todas las mujeres debían pasar frente a mí para desear que nuestra unión fuera larga y prolífica.

Las damas nobles, ataviadas con espléndidos huipiles de fiesta, me pusieron guirnaldas de chaw entretejidas con flores, para que en nuestra casa jamás faltara el alimento ni la alegría. Las ancianas sabias llegaron después; una vez más me recomendaron que fuera prudente y comedida, y dejaron a mis pies sartales de caracolas. Las mujeres del pueblo desfilaron también ante mí con ramitos de flor de yauhtli, para que nunca nos llegaran los malos aires.

Luego siguió la celebración y todo el pueblo participó: bailamos hasta el amanecer —como teníamos que hacerlo para no atraer las desgracias— al son de losteponaztli, los agudos huilacapitzli y las sonajas, engalanados con collares de flores en el pecho y en la cabeza. ¡Ay! ¿Quién hubiera podido adivinar que aquella ocasión, que debía ser de regocijo, se tornaría en tormento? Ni siquiera en mis visiones provocadas por las plantas sagradas pude anticiparlo.

Mis doncellas me ayudaron a despojarme de los ornamentos rituales y del huipil de boda para ataviarme con un cámitl, el fino huipil de red, y los collares de cuentas de cristal que habían sido el obsequio de mi marido. Todavía estaban peinándome en medio de un lúgubre silencio cuando don Fernando entró al aposento que Quetzaláyotl le había asignado en su palacio por ser uno de los capitanes más cercanos a Cortés. Un sudor frío me recorría la espalda, anticipando lo que habría de venir, y temblaba sin poder evitarlo.

Mi marido se aproximó lentamente y por fin pude verlo a la luz de las teas. Sí, era joven y en su rostro barbado brillaban unos ojos verdosos como el agua de la laguna. Tenía una mirada bondadosa y una sonrisa agradable. Debe haberme dicho que me acercara a él, porque sus ademanes así me lo indicaron. Obedecí, muerta de miedo. Instintivamente quise retirarme cuando él extendió su mano para recorrer mi cuerpo desnudo por encima de la tela, pero él me lo impidió: sujetó mi hombro con la otra mano, atrayéndome hacia él en silencio.

Siguió recorriéndome pausadamente, una y otra vez, hasta que mis pezones se irguieron bajo la camisa. Entonces los pellizcó con suavidad y yo cerré los ojos, incrédula ante la respuesta de mi cuerpo, que nada tenía que ver con mi voluntad. A continuación, su mano se internó debajo de la red y encontró mi sexo humedecido.

Se despojó de la ropa y me pidió hacer lo mismo. Debe haberme encontrado agradable porque su excitación era manifiesta. Me tomó repetidas veces con un vigor que yo nunca había visto, hasta que su apetito quedó saciado cerca del amanecer. Yo estaba sorprendida ante el entusiasmo de mi reacción, a pesar de sentir el fantasma de Qesqáh atisbando por encima de mi hombro y su tacto por debajo de las rudas caricias de mi nuevo señor.

Don Fernando era una total novedad para mí: el cuerpo blanco, el cabello rizado, la abundancia de vello en su pecho, en los brazos, en las piernas, el fuerte olor que emanaba de su piel y que pronto dejé de encontrar desagradable. Me acostumbré poco a poco a sus palabras, a los susurros que dejaba caer en mi oído en la madrugada, a su lengua que no se cansaba de explorarme, a sus toscas maneras. Él, por su parte, esa primera mañana que amanecimos juntos, se limitó a acariciar mi rostro y a pedirme, a señas y en su idioma, que me quitara la argolla de la nariz y el chalchihuite que atravesaba mi labio inferior.

No me molestó complacerlo, por más que me sintiera medio desnuda sin ellos.

Comenzaba la canícula cuando se tomó la decisión de partir. Cientos de guerreros tutunakú se habían reunido ya en Quia-huixtlan para acompañar la aventura; era natural que Qesqáh fuera al frente de una de las guarniciones. Cuando lo encontré en las escalinatas del palacio me lo hizo saber con gran orgullo.

—Yo tengo que partir con ellos —le dije—, pero ¿será lo mejor para ti ir en este viaje a Tenochtitlan?

Hice la pregunta en voz muy baja, casi avergonzada. Algo me decía que la empresa era riesgosa y era posible que nunca volviéramos.

—¡Qué dices, Xtaaku! Es la oportunidad que he esperado toda mi vida. Que nuestro señor me haya considerado para dirigir uno de los contingentes es el honor más grande que un guerrero puede anhelar.

—¿Y si no volvemos nunca?

—Será porque habremos luchado con valentía y perecido en la batalla. Nos espera el Omeyocan. La muerte vale la pena si a cambio uno puede habitar para siempre en el cielo de los guerreros.

—¿Y si los caxtilteca nos traicionan? ¿Y si resultan peores que los mexica?

—¿Qué te pasa, Xtaaku? —Había decepción y tristeza en sus ojos—. Desde que era niño me preparé para esto. Cada vez que empuñaba mi propulsor de dardos pensaba en la posibilidad de disparar contra los guerreros mexica. Cada vez que mis flechas daban en el blanco soñaba que daba muerte a un guerrero águila y que me cubría de gloria al regresar. Es el momento de vengar los agravios. ¿Para qué hemos vivido, si no? ¿Crees acaso que podríamos hacerlo sin los caxtilteca? ¡Jamás!

Comprendí que había puesto en duda sus más profundos deseos, la concepción misma de quién era, de quién tendría que ser, y que no estaba dispuesto a renunciar al sueño que había acariciado toda su vida. No tuve corazón para cuestionarlo más; bastante triste era ya viajar juntos y sabernos tan lejos.

La princesa y las doncellas que Quetzaláyotl entregó a los extranjeros harían también el viaje, y yo fui designada como su guardiana espiritual y consejera.

—Ellos podrán pensar que han adoptado su religión —me dijo la Abuela Pilam la víspera de la partida—, pero es tu deber cuidar que las mujeres conserven nuestras enseñanzas, que no olviden nuestras verdades sagradas.

Decidí aceptar mi destino con alegría: cumpliría con mi deber y descubriría otro mundo. Por eso no sentí dolor al despedirme de mi madre y mis maestras queridas. Con gran aflicción, las ancianas se inclinaron sobre el piso y se llevaron un puñado de tierra a los labios. Mi madre me estrechó contra su pecho y me dijo al oído:

—No olvides nunca quién eres.

Mi padre me miró con ternura, antes de volver a ocultar sus sentimientos tras la fina máscara de su rostro. Se limitó a decir:

—Mi capullito de vainilla, estás con tu marido ahora. Comparte su destino con dignidad y valor.

Llevaba conmigo a algunas de mis sirvientas. Las que no fueron escogidas caminaban detrás de nosotros llorando, hasta que les pedí regresar a casa. Cuando ya estábamos lejos, por primera vez sentí un vuelco en el estómago.

6

CEMPOALLAN-XALLAPAN
Agosto de 1519

Llegamos a Cempoallan a los dos días de marcha y ahí nos quedamos el tiempo suficiente para hacer los preparativos del viaje. Para quienes estábamos impacientes por iniciar la aventura, nos resultaba incomprensible esperar. Procuré entretenerme en las tareas que me habían asignado y en pasear un poco por aquella ciudad que, aunque me era familiar, no visitaba con frecuencia.

Sin habérmelo propuesto, tuve la compañía del joven Orteguilla. Caminaba a mi lado por las laberínticas calles e iba señalando árboles, casas, objetos, y me revelaba la palabra que los caxtilteca usaban para nombrarlos. A cambio, yo lo instruía sobre las voces en mexicano para designar las mismas cosas.

Pronto me enteré de su historia, a través de él mismo, con su limitado lenguaje recién aprendido, y por medio de Malina, que a regañadientes me contó algunos detalles que había oído de Aguilar. El chico había cruzado el mar con su abuelo, que era la única familia que tenía. Su padre había muerto en la guerra y la madre falleció al darlo a luz. Desde pequeño aprendió a hacerse útil a los hombres que dirigían las canoas gigantes, y su insaciable curiosidad e inteligencia lo convirtieron en el favorito de los capitanes, aunque aquellos atributos contribuyeron también a meterlo en problemas. Yo le tomé cariño desde el principio y se volvió, más que mi intérprete, mi amigo.

Una tarde, mientras descansábamos de nuestro paseo acostumbrado y viendo que Malina y Aguilar se acercaban a guarecerse del sol bajo la espesa sombra de la pochota donde estábamos, me atreví a preguntarles:

—¿Saben la historia del capitán Mairena?

—Es hijo de un gran señor, castellano viejo, que participó en la conquista del reino de Granada.

—¿Es un noble? —Yo no entendía mucho de aquella revelación de Aguilar, traducida por Malina.

—No de los más ilustres, pero el rey le concedió tierras y mercedes. Tristemente, don Fernando no es el hijo mayor de su padre y tuvo que salir a buscar fortuna, como muchos otros hombres cercanos a Cortés. Llegaron primero a Cuba y, al no encontrar la riqueza que imaginaban, se hicieron a la mar con el capitán.

La historia que me contaron esa tarde habría de darme muchas vueltas en la cabeza. Más tarde me enteré de que Granada era una de las grandes ciudades de Castilla que habían pertenecido a los moros, pueblo con el que los caxtilteca muchas veces habrían de compararnos.

Algunas de sus armas, sus tácticas militares y muchas de sus palabras venían de esa mítica gente que había ocupado toda Castilla y que nuestros aliados se habían arrancado tras muchos años de guerra.

Las palabras de Aguilar me permitieron comprender mejor a don Fernando y a los otros capitanes, entender sus ansias de riqueza, sus deseos de gloria, la ambición de los que tienen todo que ganar y nada que perder. Nosotros no anhelábamos riquezas, pero tampoco teníamos qué perder, más que nuestra sujeción a los mexica. O eso pensé entonces, aunque habría de llegar el momento de reconocer cuán equivocada estaba.

Al recorrer la ciudad y el mercado en compañía de Orteguilla pude ver todo aquello como si fuera la primera vez. Me resultó claro por qué los extranjeros se habían impactado tanto a su llegada: era verdad que los imponentes edificios parecían de plata por el recubrimiento de conchas molidas que a ciertas horas del día brillaban como el metal. Las murallas almenadas y los palacios estaban pintados con añil y tinte de cempoalxóchitl. Los braseros en lo alto de los templos anunciaban al visitante que estaba por entrar a una de las urbes más importantes del Totonacapan y sus calles, sembradas con árboles frutales, eran torcidas y laberínticas porque a los tutunakú no nos gusta caminar en línea recta y no tenemos prisa por llegar. Eso sí, siempre estaban barridas y humedecidas para que el polvo no se levantara.

El mercado era el orgullo de todos los pueblos de la costa porque a diario se mostraban en sus puestos las mejores mercancías elaboradas por los totonacas y aquellas intercambiadas con los téenek los popolucas y los mayas. Ahí se ofrecían los relucientes pámpanos de las costas y los acociles y mojarras del río; los chiles frescos y secos de todos tamaños y formas; los materiales para nuestras armas: obsidiana y jade; y las joyas de filigrana que eran el presente esperado por todas las novias en la ceremonia de pedimento. Yo sabía que si buscaba algún regalo exquisito o los ingredientes más caprichosos para los manjares de los dioses, debía acudir a aquel mercado.

Xicomácatl ofreció a los capitanes caxtilteca a varias hijas de nobles tutunakú, incluida su sobrina Ixlimuh, que si bien no era hermosa, era una noble con grandes riquezas: su palacio era uno de los más grandes de la ciudad y sus sirvientes se contaban por decenas. El señor de Cempoallan comprendía muy bien que mientras más fuertes fueran los lazos con los caxtilteca, mejor sería nuestra posición.

Para eso servíamos las mujeres nobles, para eso habíamos sido educadas y nuestros dones cultivados hasta el refinamiento: para reforzar las relaciones diplomáticas de nuestros pueblos. Lo sabíamos y cumplíamos con nuestro deber empeñando todas nuestras capacidades en ello.

Los extranjeros aceptaron desposar a las mujeres con las mismas condiciones de antes. Cuando las jóvenes terminaron la preparación religiosa que nosotras habíamos recibido, en una sola ceremonia se celebraron bautizo y boda. Nosotras gozamos de la fiesta, viendo bailar a los guerreros al ritmo de las maschikat, que son manoplas de madera o de piedra que se golpean una con otra para guiar los pasos de los danzantes.

No olvidaré las risas de las princesas aquella noche; no sabíamos entonces que no volveríamos a escucharlas en mucho tiempo. Ese día nos importó muy poco que Ixlimuh se hubiera convertido en Catalina, Lanxánat en Luisa y yo en Magdalena. Solo los extranjeros recordaron esos nombres de los que nos burlamos a sus espaldas.

Lo que a nadie agradó fue la destrucción de nuestros dioses y la humillación de nuestros hombres sagrados. Al igual que lo habían hecho en Quiahuixtlan, en Cempoallan los extranjeros derribaron las estatuas de Tláloc, Huitzilopochtli y Mictlantecuhtli, y las lanzaron desde lo alto de los templos; pero como ya habíamos visto en Quiahuixtlan que no se había perturbado para siempre el orden del universo, pusimos menos reparos.

De nuevo tuve que explicarle a la gente lo que estaba pasando y pedirle que no se asustara. Preferí decir, en tutunakú para que Malina no entendiera, que Kiwichat me había revelado que estaría para siempre con su pueblo, aun en las imágenes de los extranjeros.

Pero esta vez a los caxtilteca no les bastó con destruir las imágenes de piedra y blanquear los templos: ahora procedieron a cortar el largo cabello de nuestros sacerdotes y los obligaron a quitarse sus ropas oscuras. Eso nos tomó por sorpresa, ya que admirábamos profundamente a aquellos hombres sagrados que llevaban una vida de austeridad, entregados al culto de nuestros dioses. Ellos serían desde ese instante, según dijeron los extranjeros, los guardianes de las venerables imágenes de su diosa y de los dos palos cruzados que pusieron en los templos.

La indignación se extendió, sorda, entre la gente, por más que pocos se atrevieran a expresarla abiertamente. Yo ya no pude oponerme, como había hecho en Quiahuixtlan, pero lloré de rabia, junto con los otros habitantes de Cempoallan, ante semejante humillación. ¿Cómo enfrentar aquello? Nos perdíamos entre el desconcierto, la rabia y el miedo. Solo por la noche, en los rincones de nuestros aposentos compartíamos nuestro malestar.

—Dicen que son nuestros aliados…

—Pero nos demuestran a diario, una y otra vez, que ellos están al mando…

—… Y que no dudarán en matarnos si nos rebelamos.

Mis sentimientos hacia don Fernando eran contradictorios: lo odiaba y le temía por lo que lo había visto hacer; sabía que las manos que me acariciaban eran las mismas que habían derribado a nuestros dioses, pero no dejaba de despertar mi deseo cuando acudía a mí al final de la jornada.

No podíamos intercambiar muchas palabras, ni siquiera habría podido reclamarle, pero algo en mi interior se ablandaba cuando él susurraba «Magdalena» en el silencio de la noche y buscaba llenar mi vientre con su savia. Me asustaba mucho constatar su dominio sobre mí: no me importaba entregarme en sus brazos, ceder completamente a sus deseos, si bien me avergonzaba un poco saberme a merced de un tosco extranjero.

Además de su labor de destrucción de todo aquello que considerábamos sagrado, los extranjeros se ocuparon de enseñarnos algunas cosas útiles. Con ellos aprendí a fabricar un objeto que

Orteguilla llamaba «vela». Con la cera de nuestros panales y un trocito de tela creábamos unos cilindros que por las noches daban luz. No era tan intensa como la de nuestros hachones de liquidámbar, pero duraba más y no hacía humo. Con las velas nuestros sacerdotes habrían de iluminar a la nueva diosa de día y de noche, amén de cuidar que nunca le faltaran flores.

Nunca comprendí por qué los caxtilteca esperaban que nuestros hombres sagrados veneraran lo que no entendían; por ello no me sorprendió saber que aquellos templos blanqueados, aquellas prácticas, fueron abandonados en cuanto los extranjeros se fueron de la ciudad.

En medio de mis quehaceres me enteré del arribo de una nueva casa flotante cargada de hombres dispuestos a disputarles a nuestros aliados aquellas tierras. Cortés tuvo que regresar a Villa Rica a persuadir a los recién llegados de volver por donde habían venido, o bien unirse a él en la aventura. Logró convencer a algunos de quedarse bajo su mando; los otros salieron huyendo y no volvimos a saber de ellos.

También supe que los caxtilteca sostuvieron nuevas conversaciones con Xicomácatl y los enviados de los otros altépetl del Totonacapan. Allí se acordó qué parte del tesoro recaudado en la empresa que ahora estábamos apoyando y financiando le correspondería a nuestra gente, y cuál sería la obligación de nuestros pueblos para con los recién llegados en el tiempo en que Cortés no estuviera en nuestras tierras.

Xicomácatl y mi señor Quetzaláyotl se comprometieron a alimentar a los caxtilteca que se quedaron en Villa Rica —que no eran más de ciento cincuenta— y prometieron seguir ayudando a construir la nueva ciudad; a cambio, ellos nos protegerían de cualquier ataque de los mexica. Todos quedaron conformes con los términos del acuerdo.

A mí me tocó la tarea de supervisar que tuviéramos lo necesario para el viaje. Los pochtecas del mercado hablaban de lo

peligroso que sería subir por las cuestas empinadas que llevaban a Xallapan, de lo frío del clima más allá. Pero en ese momento yo no tenía ningún miedo, como tampoco lo noté en
las mujeres que iban a servirnos.

Todas eran jovencitas, casi niñas, y su función consistiría
en preparar el nixtamal y hacer los chaw, pero también serían
las mujeres de los soldados de Cortés. Estaban contentas de
ver otras tierras, convivir con esas gentes extrañas que ejercían
sobre nosotros un encanto peculiar. Sabíamos que no eran dioses, pero, como habían dicho los ancianos del consejo, también estábamos seguros de que no eran como nosotros. Y el
misterio de su historia y su procedencia nos fascinaban. Las
muchachas hablaban con entusiasmo de sus cuerpos cubiertos
de pelo, de su incansable impulso viril, del fuego de sus ojos y
sus labios… Y yo les daba la razón.

El día de la partida por fin llegó. Éramos muchos, toda una
multitud. Los capitanes extranjeros iban montados en sus venados gigantes al frente de los soldados caxtilteca. Serían trescientos y caminaban en grupos de cincuenta. Portaban sus ichcahuilpilli esas armaduras de algodón a la usanza nuestra y que
sus guerreros adoptaron. Los acompañaban sus perros, cuya
bravura daba miedo, y no era en vano: varias veces los habíamos visto atacar a sus presas; mi terror nocturno era que me
arrancaran la carne con sus colmillos afilados.

Detrás iban los hombres que llegaron con los extranjeros
desde las misteriosas islas, donde los blancos habían permanecido por años y desde donde habían emprendido su viaje hasta
nuestras tierras. Taínos, los llamaban. Eran de piel oscura, más
oscura que la nuestra, y tenían otra apariencia: eran más delgados, sus vestidos eran muy sencillos y sus joyas apenas con-
sistían en algunas conchas ensartadas en un cordel. Su lengua
nos era desconocida y nunca pudimos hacer migas con ellos.
Venían a servir a los caxtilteca. Algunos de ellos habían traba-

jado durante mucho tiempo con Cortés y otros capitanes, y ya hablaban su idioma.

Más atrás marchaban los nuestros. Eran ochocientos guerreros de todos los pueblos totonacas, comandados por los más valientes líderes: Mamexi, Teuche, Tamalli, Arexco y Qesqáh. Otros guerreros y señores de altépetl lejanos iban también con nosotros; llevaban a sus criados, que cargaban los grandes y pesados arcos que los caxtilteca llamaban ballestas, las raciones de comida, las ollas y los metates, los cilindros de metal que lanzaban bolas de fuego y que se transportaban sobre un andamiaje con círculos de madera para facilitar su arrastre, además de todo lo necesario para el viaje.

Custodiadas por algunos guerreros íbamos las mujeres: las princesas de Cempoallan y Quiahuixtlan, que éramos las menos, junto a las criadas y esclavas que serían las encargadas de moler, cocinar y alimentar a toda aquella multitud. Malina no viajaba con nosotras: ella marchaba al frente, con el capitán Cortés, y pocas veces tuvimos ocasión de intercambiar palabras. Yo le temía y ella probablemente tenía la peor opinión de mi rebeldía. Sin duda desconfiaba de mí.

Confundidos entre los tameme y los criados avanzaban los pochteca, los comerciantes mexica que siempre viajaban en grupos de un pueblo a otro, para poner en venta sus mercancías. Los conocíamos bien y sabíamos que entre ellos se ocultaban los espías de Motecuhzoma. Las noticias de la marcha de aquel ejército deben haber sido perturbadoras para el soberano, poco acostumbrado a que sus órdenes fueran contrariadas.

Caminamos hasta Oceloapan para tomar la ruta que sube junto al río de los Colibríes, el cual marca los linderos del Totonacapan. Del otro lado, los pueblos eran aliados de los mexica. Yo nunca había ido más allá de Cempoallan, por eso me gustó mucho conocer otra ciudad, esa que está en las orillas del Huitzilapan y que llaman Lugar de los Ocelotes. La gente de aquel altépetl nos recibió con buenos modos y pudimos descansar en las afueras.

Ellos también eran tutunakú y estaban hartos de rendirle tributo a Tenochtitlan, por lo que vieron con buenos ojos nuestra marcha y nos dieron todo lo que pudieron para hacer más cómoda nuestra estancia. Oceloapan era uno de los treinta pueblos que estuvieron presentes en las negociaciones con los caxtilteca en Quiahuixtlan desde el inicio.

En ese lugar y en Ixchalpan, Cortés se afanó en montar los dos palos cruzados que había instalado en nuestras ciudades y pidió que se quedaran resguardados en los templos. A nuestros anfitriones no pareció importarles mucho esta petición porque ahí no hubo tiempo de derrumbar los dioses; sin embargo, al igual que nosotros, no podían entender cuál era la razón de tanto empeño.

Comenzaba apenas la subida hacia los pueblos de la montaña y ahí, a esas alturas, yo aún reconocía todos los árboles y sus frutos. Nuestros sirvientes se ocuparon de conseguir la comida: la pesca en el río era mucha y aquella noche pudimos alimentarnos de bobos que atraparon con sus propulsores de dardos y venablos, así como acociles apresados en las atarrayas y asados sobre el fogón. Teníamos una ración de maíz molido y seco para preparar atolli, al igual que chile, sal y miel. Había frutas en abundancia y nos hartamos de zapote y mamey para terminar de saciar el apetito provocado por la larga caminata.

Esa noche vimos cómo los caxtilteca repasaban con nuestros guerreros los detalles del viaje. Había que ir de a pocos por el camino que atraviesa el río Huitzilapan, adonde los extranjeros habían enviado una avanzada que asegurara el cruce. No habría comida ni agua suficiente para abastecer a aquel enorme contingente si seguíamos una sola vía; por ello era pertinente dividirnos; si hubiera una emboscada de los mexica, solo se vería vulnerada una parte del ejército, mientras que la otra parte podría atacar por los flancos y la retaguardia.

Por eso el capitán Alvarado —a quien los mexica llamaron Tonatiuh por el brillo del sol en su pelo amarillo y su gran altura—, junto con algunas decenas de guerreros caxtilteca y varios guías de Cempoallan, se separaría de nosotros a la mañana siguiente y subiría hasta la región de Xallapan cruzando las profundas barrancas en donde nace el río Otopan, por el camino que siempre usábamos para llegar a los pueblos de la montaña.

A esa altura, ya no tendrían que enfrentar la corriente que el poderoso río lleva en esa época ni cruzar las tierras anegadas. Ninguna precaución era excesiva: las dos vías estaban plagadas de peligros y si Motecuhzoma se empeñaba, podría enviar a sus aliados de las guarniciones cercanas para impedirnos el paso.

La princesa Lanxánat se había tornado seria, pensativa. Era la esposa de un capitán de nombre Cristóbal de Olid, hombre fuerte y brusco, y no parecía haber encontrado de su agrado a aquel extranjero de olor extraño y modales rudos. Ya no hacía bromas, ya no comentaba nada sobre los cuerpos de los caxtilteca, y la mayor parte del tiempo tenía la mirada perdida en el horizonte. Ni siquiera la alegraba verse poseedora de varias sartas de cuentas de colores que su marido le había dado, o mirarse en ese espejo portentoso que reflejaba nuestros rostros a la perfección.

Yo pude pasar algunas horas de la noche con don Fernando, que, aunque marchaba a la cabeza junto con los demás capitanes, vino un rato para descansar conmigo en la improvisada choza de telas que lograron armar los sirvientes. No se cansaba del goce y yo gozaba con él.

Permitir que el cuerpo corriera por su cuenta, sin pensar en nada, sin decir nada, abrió mi sensibilidad a los colores, olores y sabores que íbamos encontrando, de un modo que nunca habría imaginado: era como comer hongos sagrados. Cuando desperté, antes del amanecer, don Fernando ya se había ido y solo pude restregarme la piel para buscar su olor y conservarlo entre mis dedos.

El campamento se deshizo con la misma presteza con la que se había montado el día anterior, y los guías tutunakú y corredores de Cortés que se habían adelantado nos anunciaron que debíamos prepararnos para la subida entre los barrancos. Y así lo hicimos: seguimos por caminos angostos en los que no cabía más que una persona a la vez.

Primero bajamos la montaña hasta llegar al río y, después de cruzarlo por el precario puente que había sido reforzado por los extranjeros durante una noche de trabajo, volvimos a subir por sendas que, si bien eran útiles para los caminantes, no siempre permitían el paso a los caxtilteca montados en sus venados gigantes. Por ello, los que iban al frente cortaban las ramas más bajas con los filos de sus espadas para dar paso a los otros.

Fuimos ascendiendo con mucho trabajo, agarrados de los arbustos llenos de espinas, buscando no resbalar entre los senderos arenosos que bordeaban los precipicios. Íbamos cada vez más alto, cada vez más lento, arrastrando nuestros frágiles huaraches que se rompían entre las piedras. Varios tameme cargaban a Lanxánat y a las doncellas a cuestas: las sillas de manos se tornaron peligrosas e imprácticas en aquellas crispadas sendas. No eran las únicas: también algunos soldados caxtilteca, cuando vieron destrozadas sus sandalias, suplicaron que nuestros cargadores los llevaran sobre sus espaldas.

Por fin descansamos en Atexcac, donde pasamos la noche. Estábamos muy cerca del paraje donde brotaban los manantiales en la arena; pero, además de que estábamos agotados, los extranjeros seguían estrictamente la regla de no entrar a una ciudad después del atardecer.

La altura comenzó a pesarnos al final del segundo día de marcha. Dejé de sentirme tan confiada al observar el paisaje. Aquel era un terreno distinto: del acahual, los floridos árboles de cocuite, los orgullosos cuaunacaztli, el algodón, las morenas chacas, los medicinales puxni, los benéficos chijoles y jobos, habíamos pasado a ver otros árboles de hojas más carnosas que no daban frutos, abundancia de liquidámbares y flores de colores menos encendidos colgando de sus ramas.

Cuando alcanzamos Xallapan, aquel paraje cuajado de pueblos del que tanto nos habían contado los viajeros, la sorpresa de los caxtilteca fue en aumento. También la nuestra, debo admitirlo. Nosotras, las mujeres, pocas veces podíamos salir de nuestra ciudad y llegar tan lejos. Al filo del mediodía entramos a un altépetl llamado Xallitic. El señor ya nos esperaba, advertido por los corredores tutunakú que nos antecedieron.

—Teuhctli, mucho has sufrido, mucho has caminado —dijo el tlahtoani a través de Malina, siguiendo la fórmula ritual—. Toma ahora posesión de tu ciudad.

El aire era más leve, el clima era distinto. Aunque hacía calor, el sofoco de nuestras tierras no se sentía en aquel lugar. Brotaba el agua por todas partes: en las pequeñas cascadas de los montes aledaños, en las fuentes públicas, en las pozas de las casas. La limpieza de las calles, el verdor de la vegetación, la altura de los árboles, los helechos, las flores extrañas que sobresalían entre las ramas de los altos liquidámbares y hayas lograron impresionarnos.

La vista que se tenía desde cualquiera de las terrazas de la ciudad quitaba el aliento: hacia el sur se erguía, entre la neblina, el pico cubierto de hielo que los lugareños llaman Poyauhtécatl; al oriente casi podía verse el mar detrás de las barrancas que tanto nos había costado subir, y hacia el oeste una pared verde de enorme altura nos bloqueaba la vista y se perdía entre las nubes. Era el Nauhcampatépetl, la montaña sagrada de los habitantes de Xallapan, la principal barrera que separa la costa de los terrenos más altos.

Me dio pena mostrarme con mi huipil sucio y polvoriento, con mis sandalias rotas, por aquellas calles donde las damas principales nos miraban con compasión o desprecio desde sus aposentos y sus terrazas. ¿Sabrían quién era yo? ¿Reconocerían mi rango en mi peinado y en los colores de mi ropa? ¿Les importaría siquiera?

Allí se nos unió la otra parte de la comitiva. Pronto vimos llegar a Tonatiuh al frente de los demás capitanes caxtilteca y guerreros tutunakú. Reunidos en un enorme contingente a las afueras del pueblo, éramos otra población en movimiento. Seguro que todos hubiéramos querido quedarnos más tiempo, recuperar el resuello después de la ruda subida, pero Cortés fue implacable: solo permaneceríamos ahí el tiempo indispensable, ya que no descansaría hasta llegar a Tenochtitlan.

Aunque el señor de Xallitic nos atendió bien y nos brindó lo que tuvo a su alcance, como el suyo era un pueblo pequeño y nosotros tantos, tuvimos que enviar a nuestros sirvientes a buscar comida a los caseríos vecinos. Por atención a nuestro rango nos alojaron en la casa de un calpullec, que como señor principal tenía una vivienda cómoda, situada cerca de un bosquecillo de hayas y una cascada. Ahí nada faltó durante nuestra estancia.

Los dueños de la casa nos recibieron con muestras de simpatía, pero después de darnos la bienvenida se retiraron diciendo que tenían a su hija enferma y la titici que la atendía no había encontrado remedio para ella. Yo no podía ignorar lo que ocurría, así que, a pesar del cansancio, en cuanto terminamos de comer y pude limpiarme en el temazcal, me dirigí a los aposentos de la niña enferma. Ahí, rodeada por los braseros donde se quemaba el incienso, vi a una muchachita consumida por la fiebre, con la mirada vacía.

Mi doncella, sin esperar a que la madre dijera algo, se acercó hasta ella y le susurró al oído quién era yo.

—¡Tienes que ayudarme! —suplicó entonces la mujer, echándose a mis pies.

—La voluntad de los dioses se mostrará en los granos de maíz —respondí, preparando la manta blanca donde habría de echarlos.

Me dispuse a pedir permiso a los dueños de todo lo existente —Kiwikgoló y Kiwichat— e invoqué a los vientos de los cuatro rumbos del universo, sahumando el recinto con liquidámbar y tabaco. En cuanto lancé los granos sobre el lienzo de algodón, supe lo que tenía que hacer.

En el mismo brasero arrojé un puñito de iztafiate y las llamas crepitaron con mayor fuerza. Froté a la criatura con la grasa de armadillo que siempre llevaba conmigo y, cuando el calor de su cuerpo aumentó, pasé mi mano por cada uno de sus miembros, hasta encontrar la protuberancia casi imperceptible en su pecho, del lado izquierdo.

Con mi navaja de obsidiana hice un pequeño corte y de inmediato pude extraer el capullo de mariposa nocturna que algún nahual había introducido en su cuerpo. Cuando lo arrojé a las llamas, el capullo se abrió y la mictlanpapálotl salió volando, las pardas alas ardiendo entre nubes de pelusa púrpura verdosa. Hice un emplasto de hierbas para cerrar la herida y enjuagué a la niña con agua fresca. Pronto empezó a sudar y abrió débilmente los ojos.

La madre lloraba de felicidad mientras me besaba las manos y exclamaba:

—Mi nombre es Aquetzalli y, de hoy en adelante, siempre podrás contar conmigo. ¡Pide lo que quieras! ¡Lo que sea! ¡Es tuyo!

Nada. Yo no quería nada. Así que solo me acerqué a ella para secar sus lágrimas. Estaba tan agotada que apenas pude responderle:

—Madrecita, descansemos. Mañana podremos ofrecer regalos a los dioses que han querido salvar a tu hija a través de mí.

Me retiré a la habitación que nos habían asignado al capitán Mairena y a mí, y me tiré a dormir sobre el lecho mullido de algodón preparado para nuestro descanso, esperando el regreso de mi marido que había sido convocado a deliberar con los capitanes. No supe a qué hora volvió, pero al amanecer aún dormía a mi lado, por lo que me dispuse a ir al mercado a fin de buscar artículos útiles para nuestro viaje.

Ahí me encontré a Qesqáh, que acababa de acicalarse en el puesto de quien rapaba las cabezas de los guerreros. Se veía feliz. Sabía que estaba siguiendo un camino que muy pocos habían recorrido antes y que tendría más de una ocasión para demostrar su valor.

—Nuestros hijos y los hijos de nuestros hijos recordarán para siempre lo que hacemos y cantarán loas sobre nuestras hazañas —me dijo mientras caminábamos entre las mercancías.

Una sombra oscureció mi mirada al escucharlo: sus hijos y mis hijos ya no serían nuestros hijos. Ya no teníamos nada «nuestro», excepto algunos momentos fugaces como ese. Él pareció no darse cuenta, o tal vez ya no le importaba. En sus ojos había un brillo especial que nunca le había visto antes. Aquella aventura era lo que cualquier joven guerrero como Qesqáh hubiera ambicionado. Como me había dejado en claro al salir de nuestra ciudad, por más que fuera un valiente señor noble, caminar hasta Tenochtitlan y vencer a los famosos guerreros de Motecuhzoma estaba en el terreno de los sueños más inalcanzables.

Mientras quien había sido mi amado ya se imaginaba de regreso, cubierto de fama y fortuna, admirado por los jóvenes de todo el Totonacapan que querrían ser como él, yo celebraba por anticipado la derrota de los mexica en nuestras manos y nuestra liberación de los tributos y la esclavitud.

Luego me contó de los arreglos que los extranjeros habían hecho con el señor de Xallitic. Cortés ordenaba que siguiéramos todos juntos con rumbo a Xicochimalco. Según los dichos del tlahtoani, en aquel altépetl que no tributaba a los mexica, el capitán encontraría apoyo y un paso seguro para llegar a Tenochtitlan.

—Nunca he ido más allá de Xicochimalco —dijo Qesqáh—. Pero sé que hay otros caminos que conducen a nuestro destino. No entiendo para qué vamos a subir por allá.

Sorbía lentamente el cacao con chile y achiote que le había comprado a una joven que anunciaba su mercancía con voz cantarina y continuó caminando pensativo a mi lado. Más allá se inclinó para pintar en la tierra de la calle una especie de mapa donde figuraban los senderos que todos conocíamos y que seguían los pochteca y recaudadores mexica.

Sabíamos que el camino principal estaba muy al norte y salía de Nauhtla y Tochpan, los puertos más grandes, controlados por Motecuhzoma. Por ahí circulaban los mensajeros; por ahí también llevaban el pescado vivo para que llegara fresco a la mesa del tlahtoani. El otro camino era el que conectaba Tenochtitlan con la provincia de Tochtepec al sur y pasaba por Ahuitzilapan y Cuauhtochco, pueblos situados entre barrancas y vigilados de cerca por los calpixque de Cuetaxtlan.

Nosotros ahora estábamos en medio. No había ningún camino importante y sabíamos que cada ruta podía tener peligros, por más que los guías aseguraran que las sendas eran tranquilas y por más que los corredores hicieran sus exploraciones antes.

—Hay que rodear el Nauhcampatépetl por el sur, aunque sea más difícil. Por el otro lado también hay barrancas y los pueblos, aunque tutunakú, son aliados del hueyi tlahtoani: Naolinco, Chapultepec, Xalatzinco… Esa es la ruta que los mexica esperan que tomemos. No lo haremos.

Yo no sabía qué responderle. Solo lo escuchaba decir, preocupado, que no se conocía mucho de los caminos propuestos por los guías. Y sería por la vía de Xicochimalco por donde cruzaríamos la montaña más alta que habíamos visto jamás.

—Están retando a los dioses al entrar en su morada —dijeron los ancianos vendedores del mercado al saber cuál sería nuestro recorrido.

—Allá arriba habitan los espíritus y cobran las vidas de quienes se atreven a subir —dijeron las viejas adivinadoras.

A quienes hablaban de augurios y de la ira de los dioses preferí no escucharlos y rogué porque sus dichos no fueran verdad. A los otros, que me recomendaron comprar pieles de zorro, pellones de plumas y quexquémitl gruesos, les agradecí el consejo.

Cuando nos alejamos de aquella región, una sombra invadió mi alma, a pesar de lo luminoso y cálido de la mañana: era algo parecido a la tristeza; era melancolía. Era saber que iba dejando atrás mi casa, mi lengua, las últimas gentes que llamaban con los mismos nombres a los mismos dioses y que se solazaban con los mismos alimentos. Sin haberme ido del todo, ya quería volver.

7

XALLAPAN-PUERTO DE LA LEÑA
Agosto de 1519

Emprendimos la marcha por entre los altépetl que componían la región de Xallapan; la mayor parte de los habitantes eran tutunakú como nosotros, pero los había también texcalteca, mexica, popoluca y otomime, por lo que sus lenguas, sus trajes, sus olores flotaban en el aire.

Al dejar atrás Coapexpan y Tlalnelhuayocan, donde los niños salieron a vernos con curiosidad y las mujeres arrojaron flores a nuestro paso, tomamos caminos sembrados de helechos y bromelias. Eran pasajes sombreados por hayas y árboles de liquidámbar, cuyas hojas en forma de estrella cubrían el polvo y crujían bajo nuestros pies. Aquí y allá se encontraban todavía los ciruelos junto a los cedros, los pinos y otros árboles que nunca había visto y de cuyas ramas colgaba el paxtle, como largas cabelleras grises.

Después fue preciso volver a subir por entre las barrancas, aunque estas eran menos profundas que las que habíamos pasado. Sentimos un calor húmedo que nos sumió en un sopor agradable, casi un temazcal. A lo lejos alcanzábamos a ver, de un lado, el Poyauhtécatl, con su cumbre blanca, y al otro, la pared azul de roca que pronto tendríamos que conquistar.

Nos íbamos acostumbrando al lento avance, a los murmullos de las pisadas; nuestras sandalias iban dejando huellas en los senderos cubiertos de hojarasca. Algunos caxtilteca, como don Fernando, traían cubiertos pies y piernas con piel de animal; «botas», llamó Orteguilla a ese calzado. Sus pasos sonaban de otro modo: levantaban polvo por el camino, echaban chispas en las piedras.

Tardamos un día en llegar al pie del cerro en el que estaba la fortaleza de Xicochimalco. Pasamos pequeños poblados rodeados de espesos bosques, como Tzoncuantlan, donde nos ofrecieron agua y fruta que aceptamos con gusto, para descansar un rato entre los árboles.

Rodeamos Coatépetl, el cerro de las culebras; cruzamos el río Huehueyapan, y cuando caía la tarde, comimos en el pequeño pueblo de Tecoac, donde nos refrescamos largamente en el manantial que brotaba de la cabeza de una serpiente de piedra que custodiaba el caserío.

Rodeamos el cerro del Acamalin, donde desde tiempos muy añejos se realizaban ceremonias para Ehécatl, el dios del viento, nuestro Akgtzin. Esas gentes, como nosotros, rendían tributo lo más cerca posible de las nubes. Los pobladores miraban con extrañeza nuestra comitiva. Los habitantes de los caseríos, algunos tutunakú y otros otomime, llegados hasta allí hacía muchas generaciones, salían de sus casas para vernos pasar.

Los niños nos señalaban y las mujeres sonreían burlonas al observar nuestros deslucidos atuendos. Las damas de Cempoallan y Quiahuixtlan teníamos fama de hermosas y bien vestidas: nuestros huipiles tejidos y nuestro arreglo eran comentados mucho más allá del Totonacapan; ahora ¿cómo íbamos a conservar aquella imagen?

Lanxánat perdía rápidamente el color de sus mejillas y el brillo de sus ojos. Ella no era como yo: no encontraba ningún placer en la aventura. Extrañaba sus joyas, a sus padres y los juegos con sus amigas. Le parecía intolerable esa comida que cada vez se parecía menos a la nuestra. Y entregar su cuerpo a un extranjero entre jaloneos y palabras bruscas nunca había estado en sus planes.

Sin embargo, Lanxánat sabía muy bien, como lo sabía yo, que las mujeres no podemos tener planes: estamos para obedecer los designios de los padres, de los maridos, de los dioses. Solo unas pocas, las preferidas de las diosas, logramos la fortuna de encontrar placer en una unión arreglada como lo eran todas. A pesar de que ese matrimonio no había sido mi voluntad, mi marido me resultaba agradable. Las mujeres sabíamos que, una vez entregadas a un hombre, la única salida era la muerte: en el parto, por vejez o por castigo a la traición.

A decir verdad, yo también comenzaba a extrañar mi ciudad, mis rutinas diarias para encontrarme con las otras sacerdotisas y pedir consejo a Kiwichat en lo alto de la montaña, o sentarme a hilar con mis amigas bajo la sombra de los jobos, entretejiendo nuestras palabras en la tela. Extrañaba el oleaje y los colores que a diario se metían en mis ojos apenas despertaba: esa mezcla fascinante de azul y verde que es imposible separar. También extrañaba a mis padres, a las ancianas sabias que siempre me alentaban con sus palabras o con su sonrisa.

Ahora, por más que viajara con doncellas a las que conocía bien y con varios centenares de guerreros tutunakú, estaba rodeada de extraños que no siempre eran amigables. La mujer que me había gritado durante las lecciones del hombre sagrado iba entre los soldados y más de una vez se volvió a mirarme con desprecio. Algo en ella me asustaba: sentía que dentro llevaba espíritus oscuros y que era capaz de hacerme daño. A las otras no les temía, aunque portaran armas y caminaran con desenfado.

Allí, donde el aire era más liviano y se empezaba a sentir un frío más intenso, tuve miedo. Esa ya no era mi tierra y los habitantes de aquel lugar no hablaban nuestra lengua. ¿Qué habíamos hecho? ¿Habríamos tenido razón al marcharnos? ¿Habríamos de vencer a los mexica?

¿Volvería a estar en la ciudad para pedir lluvia? ¿Volvería a ver mi montaña que tras la tormenta se convierte en cascada y lo inunda todo con su verdor? ¿Volvería a reñir a los niños que juegan con sus muñecos de barro a media tarde en la plaza? ¿Volvería a ser parte de la ceremonia de Ochpaniztli y a escuchar el grave sonido de las flautas y caracolas llamando al recogimiento y la oración antes del sacrificio de las doncellas? Un calosfrío me recorrió todo el cuerpo; no supe si era por el frío de ese valle alto o por el miedo de no regresar.

Solo Cortés y sus capitanes, acompañados por nuestros guerreros y señores, se atrevieron a subir por el paso de escalera hasta la fortaleza de Xicochimalco. Los venados de los caxtilteca no podían ascender esa cuesta, así que la mayor parte de la comitiva permaneció abajo, en la falda del cerro. El señor del altépetl conocido como Lugar de las Avispas recibió a los personajes con cierta reticencia, aunque no era tributario de los mexica. Así me lo contaron después los que lo vieron.

El tlahtoani de Xicochimalco se sabía poderoso: nadie había logrado traspasar la barrera de los xicotes sin su consentimiento y su gente se había mantenido independiente hasta entonces, rechazando la protección de Motecuhzoma. Desde la cima de su cerro controlaba todo el territorio que lo rodeaba, por eso se podía dar el lujo de ser arrogante. Si bien no quiso unirse a nuestra comitiva ni permitió que sus guerreros fueran con nosotros, estuvo de acuerdo en concedernos el paso por sus dominios.

Me pregunto si ese hombre podía explicarse qué hacíamos nosotros allí, caminando por donde casi nadie osaba transitar, y por qué extraño capricho el extranjero y sus guías habían elegido la vía más difícil y peligrosa para llegar al otro lado de la mole de piedra cuadrada llamada Nauhcampatépetl.

Como muy pocos conocían aquellos parajes, teníamos que creer que los guías nos llevaban por el mejor lugar, evitando territorios en los que sin duda encontraríamos guarniciones mexica. Según dijo Cortés al regresar de su visita a Xicochimalco, había que buscar un pueblo llamado Teoixhuacan, cuyos habitantes nos recibirían como amigos. Se trataba de una población tutunakú que había sido sometida en tiempos remotos por los mexica; estaba situada en un valle muy verde al que llegamos tras cruzar hondas barrancas que parecían conducir al centro de la tierra.

Los de Teoixhuacan nos trataron con gran cortesía a pesar de su sometimiento a los mexica. Los extranjeros les dijeron a través de Malina que deseaban visitar a Motecuhzoma, que era su amigo y lo consideraban gran señor. Gracias a eso nos dieron viandas y agua ese día. Mientras tanto, el capitán Alvarado se adelantó por los escarpados senderos de la montaña, junto con una parte del ejército caxtiltécatl, para saber qué encontraríamos más allá.

Al calor de la fogata, las mujeres nos preguntábamos si seríamos capaces de subir aquellas cuestas sin caer en los precipicios. Las jóvenes sirvientas de Teoixhuacan susurraban las consejas con las que habían crecido:

—Los espíritus viven en esos voladeros.

—Nadie puede pasar sin dejarles tributo.

—¡Mucho cuidado al cruzar a través de la neblina! Se sabe que muchos han desaparecido en ella.

Ixlimuh, Lanxánat y sus doncellas escuchaban con ojos azorados. Las muchachas que nos preparaban aquella noche el atolli tenían las mejillas rojas por el frío; usaban quexquémitl muy gruesos y su mirada era tan profunda como los barrancos donde habían crecido.

—No hemos visto a nadie cruzar por estos bosques de fantasmas desde hace mucho.

—Y los que lo intentaron no volvieron.

Aunque me estremecía con sus escabrosos relatos, yo no quería hacerles caso porque me parecía que tenían el encargo de asustarnos. Las había visto charlar con los espías mexica a nuestra llegada; tal vez habían sido obligadas por ellos, seducidas por ellos, a su merced si no obedecían. Acicateadas por la envidia, quizá, en el fondo deseaban que los soldados de cabellos amarillos las escogieran para liberarse de las faenas cotidianas.

Aquellas mujeres sin nombre sabían que no tendrían más futuro que moler maíz todos los días, encontrar un hombre del pueblo y, si la fortuna les sonreía, no morir de parto. Otro destino posible era que los espías mexica las forzaran; era factible que las llevaran a servir a otros señores en las colonias cercanas a Cuauhtochco. ¿No era acaso más apetecible emprender un largo viaje, contemplar las maravillas de la ciudad prometida y gozar entre los brazos de los poderosos extraños? Sus ojos decían «llévame». Sus jóvenes cuerpos gritaban «te daré placer». Sus labios musitaban los cantos más tristes cuando nos vieron partir al amanecer.

El angosto sendero no hacía sino subir entre colinas y pronto nos dimos cuenta de que aquellos territorios dejarían de ser de templado clima y abundante hierba como hasta ahí habían sido. Íbamos en la retaguardia y subíamos con mucha lentitud. A cada tramo recorrido, sentíamos más frío. Pronto la neblina bajó sobre nosotros como un mal augurio y tuvimos que avanzar aún más despacio. Los árboles y las rocas apenas podían distinguirse, como espectros, como sombras.

El frío y la humedad nos calaban los huesos. No fueron suficientes nuestros huipiles, ni aun las capas hiladas con pelo de conejo; tampoco las capas cubiertas con el hulli de nuestros árboles, ni siquiera las pieles de zorra y los quexquémitl comprados en Xallitic. Yo tenía los pies duros, tumefactos, a pesar de los lienzos con que me los había envuelto, de tal modo que, al pisar, no podía sentir que tocaba el suelo; era como flotar. Al mismo tiempo, notaba cómo la pesadez de la angustia me pegaba a la tierra.

Pero aquellos hombres no daban marcha atrás. Los guías de nuestro pueblo insistían en que ese camino era el más propicio para llegar a Tenochtitlan sin ser advertidos y otros guías mexica que se habían sumado desde Teoixhuacan estaban de acuerdo en que era la trayectoria más directa. Los capitanes de Cortés parecían dudar; tenían miedo de ser llevados a una trampa. ¿Por qué subir esas sierras tan escarpadas, con tanto frío? ¿Sería esa la ruta que tomaban siempre los calpixque de la región?

En el fondo ellos sabían que no. Sabían que no podíamos tomar las vías más transitadas, aun cuando los mexica estuvieran enterados de nuestros movimientos de todos modos. No podían prever qué pueblos de los que encontraríamos nos harían la guerra, y era mejor prevenir y llegar por donde menos se sospechara de nosotros. Aquellos extranjeros buscaban siempre adelantarse a los planes de Motecuhzoma, que de seguro estaría cada vez más asustado o furioso con nuestro avance.

Llegamos por fin, cerca de la cima, a un paso entre las montañas, que a esa altura ya no tenían mucha hierba. Solo había terrones, piedras, algunos árboles ralos y aridez; el suelo se cubría enteramente de polvo fino. Desde ahí se dejaba ver a lo lejos, muy lejos, perdido bajo el mar de nubes, nuestro mar y, del otro lado, igualmente lejano, un gran valle desierto.

Soplaba un viento helado cuando los teteuhctin se humillaron de rodillas ante los dos palos cruzados, como solían hacer al llegar a nuevos lugares, y rezaron en silencio mientras el hombre sagrado hablaba alto y agitaba los brazos por encima de sus cabezas. Como a los extranjeros les gusta poner nombres nuevos a todo, acordaron que aquel paso se llamaría de Nombre de Dios.

Por fin pudimos descansar del otro lado. Me junté en una casa de tela con las princesas de Cempoallan y Quiahuixtlan. Nos cubrimos con los pellones y las capas cubiertas de hulli y así fuimos capaces de soportar el frío que aquella noche nos llegaba como oleadas de agua y viento helado.

Cuando amaneció, nuestras sirvientas nos trajeron un puñito de amaranto y maíz molido. No había manera de hacer fuego con la leña mojada y nos tuvimos que conformar con tan frugal alimento. Lo comimos con ansia, buscando los rayos con los que el manto de Chichiní cubría la montaña, pero a esa altura no daban ningún consuelo y permanecimos medio congeladas. Con aquel refrigerio recuperamos las fuerzas para continuar.

Antes de ponernos en marcha supimos que esa noche varios de los taínos, de los que habían llegado con los caxtilteca en sus casas flotantes desde las islas, habían muerto de frío. No era para menos: sus vestimentas eran escasas y delgadas, de fibras que no calentaban; algunos incluso iban medio desnudos, solo cubiertos por su rudimentario máxtlatl. Además, no tenían cómo ponerse a resguardo del modo que hicimos nosotros.

El miedo me asaltó cuando las sirvientas vinieron a avisarme. Al ver los cuerpos yertos de aquellas gentes, recordé las palabras de los habitantes de Xallitic y de Teoixhuacan. ¿Qué pensarían de nuestro arrojo los espíritus que habitaban en aquellas alturas, en aquellos precipicios? ¿Estaríamos de verdad retando a los dioses? ¿Nos estarían castigando por haber permitido su destrucción? ¿O era cierto que ese era el tributo que exigían los dueños de esos abismos para dejarnos continuar? Solo el aullido feroz del viento helado respondió a mis preguntas.

A pesar del abrigo que tuvimos, Lanxánat enfermó. Lloraba y tosía a cada paso. Era comprensible: en la costa jamás habíamos sentido un frío como aquel. Sus doncellas intentaban consolarla, pero no había manera. Por un momento temí que muriera como los taínos de las islas. Sabía que el culpable no solo era el frío, sino también la tristeza, la decepción. Aquella noche, ardiendo en fiebre, la princesa tomaba mi mano y llorando preguntaba:

—¿Por qué nuestros padres nos mandaron por estos caminos? ¿Para qué? Ahora estaría jugando con mis perros, ahora estarían mis esclavas peinándome y acicalándome para que los príncipes me vieran en lo alto de mi palacio y me desearan, y me mandaran las orquídeas más hermosas y collares de cascabeles de oro y piedras rojas y verdes… ¿Cuándo habremos de volver a nuestra casa?

No quise confesarle que no habría retorno. No quise confesarle que los presagios que escuchaba entre las ramas secas de aquellos parajes, los susurros, los cantos de las aves desconocidas que habitaban las alturas me decían que, aun si lográramos volver, ya nada sería igual.

La curé como pude. Froté su pecho con grasa de armadillo y de la concha del animal la hice beber un cocido preparado con las hierbas que llevaba conmigo: el mozote blanco y el sauco para los males del pecho, corteza de cocuite para la calentura y neyoltzayanalizpatli para mitigar la melancolía. En la madrugada comenzó a sudar, mientras yo repetía en voz baja los conjuros que me había enseñado la Abuela Pilam para convocar los poderes curativos de Kiwichat.

A medida que aumentaba mi desesperación por la gravedad de la princesa, fui subiendo la voz sin percatarme de quién podría estar espiándome. Vislumbré a lo lejos, apenas perceptible en la luz acerada de la madrugada, a Lapanit, asomando la peluda cabeza moteada entre los pinos, clavando en mí sus ojos de ámbar. Entonces supe que mis plegarias a la diosa madre habían sido escuchadas. Al retomar la marcha, cuatro tameme se llevaron a Lanxánat en la silla de manos. Estaba demasiado débil para caminar.

A partir de aquel paso en la montaña y durante los siguientes días, fue difícil entender qué estábamos haciendo. Caminábamos. Caminábamos sin parar en medio de los llanos secos. El suelo estaba tapizado por un polvo fino y por las agujas de los pinos. El aire frío seguía calándonos los huesos, el hambre se convirtió en un hueco cada vez más grande y las espinas de la sed se nos clavaban en la garganta. Nuestros guías no encontraron agua. A lo lejos se veían unas lagunas horadadas en las rocas blancas, como de cal, pero los soldados que fueron a explorarlas volvieron desconsolados: era agua salada.

Son las lagunas donde vive Malinalxóchitl, pensé. Las ancianas, que sabían todas las historias desde el principio del mundo, me habían hablado de esos ojos de agua que no podía beberse: en el centro de sus vientres habitan la diosa de los hechiceros y sus doncellas. Van y vienen por los túneles que las comunican por debajo de la tierra y hablan solo a aquellos que tienen los poderes para escuchar su voz.

Aquella noche la soñé. Venía caminando sobre el agua en la laguna de la Luna; de sus brazos brotaban peces de plata. Iba descalza y cada una de sus huellas se convertía en una estrella. Usaba un huipil sencillo de algodón y sus largos cabellos estaban trenzados con plumas blancas.

—Yo soy Malinalxóchitl —me dijo—, hermana de Huitzilopochtli y diosa de los hechiceros. Hace más de mil vueltas del sol, los mexica me abandonaron en el camino hacia Tenochtitlan por miedo a mis poderes. Las mujeres que me fueron fieles fundaron conmigo la ciudad de Malinalco y yo les enseñé mi saber. Durante más de mil vueltas del sol me han rendido pleitesía y me invocan con danzas en los cerros escondidos. Hay quien me llama Matlalcueitl y ese nombre le pusieron a la montaña donde aún me veneran en el reino de Texcallac.

Desde entonces estoy presente en el hueco de los troncos, en la oscuridad de las cuevas de la montaña y en el susurro del agua. Hilo con palabras en el telar de la vida y mi reino no tendrá fin mientras las mujeres sigan repitiendo mi nombre.

Después de hablarme de aquel modo, mirándome a los ojos, me tocó la cabeza con suavidad. Iba a decirme algo más, a confiarme algún secreto, tal vez a prevenirme o a darme una encomienda. Pero en ese instante me despertaron los gritos de la mujer que me había agredido en Quiahuixtlan.

Su figura torva me esperaba a la orilla del camino; cuando pasé junto a ella, me señaló al hombre sagrado y a grandes voces lo llamó. Pronto llegó este acompañado por Malina, Aguilar, Orteguilla y un par de capitanes que no reconocí. Con los labios agrietados por la sed y los ojos desorbitados, la mujer decía cosas que yo no entendía y, cansada de que no le respondiera, me jaloneó el huipil con una mano y con la otra agitaba los dos palos cruzados que yo ya conocía y que traía guardados entre sus ropas.

—Dice que eres una hechicera —me informó por fin Malina—. Que te escuchó rezarle al Espíritu del Mal la otra noche y que gracias a eso tu amiga se curó. Dice que tú eres la culpable de que estemos padeciendo hambre y sed. Dice que quieres perdernos a todos.

Los capitanes, con los ojos extraviados por la sed y el hambre, por un momento sacaron sus armas. Alcancé a ver a don Fernando en su posición en la vanguardia, intentando volver atrás lo más rápido posible, y temí que los otros teteuhctin le hicieran daño, pero aquello no ocurrió. El hombre sagrado los detuvo. Levantó los brazos con la autoridad que le había visto otras veces y les habló. Malina no tradujo sus palabras, pero yo vi cómo los hombres se tranquilizaron y terminaron por alejarse. Orteguilla le gritó furioso a la Mujer Oscura, como me dio por llamarla a partir de entonces, apartándola de mí. Malina se volvió a mirarme y dijo:

—Más vale que tengas cuidado. Esa mujer está poseída por los espíritus del inframundo. No dejes que te oiga o te vea rogando a tus dioses.

Muy tarde, el capitán Mairena llegó a mi lado y me estrechó en sus brazos, al tiempo que preguntaba a quienes nos rodeaban lo que había ocurrido. Su voz sonaba amenazante cuando se dirigió a la Mujer Oscura, que se limitó a bajar la cabeza. ¿Realmente don Fernando me protegería de los suyos en caso necesario? ¿Lucharía por mí? No quise responder a mis propias interrogantes.

Por fortuna, ese día, antes de que otro incidente desagradable sucediera, en medio de esos llanos desérticos encontramos algunas plantas de maguey. Fue nuestra salvación. Mandé a nuestros sirvientes a revisarlas y descubrieron que los habitantes de aquella región ya habían horadado el corazón de la planta sagrada y había agua dentro.

El aguamiel nos dio la energía para continuar y nos salvó de morir de sed. Mayahuel, la diosa que había descubierto la bebida para regalarla a los hombres, estaba de nuestro lado. Con las fuerzas recobradas, el llano reseco no nos parecía tan amenazante; vimos que estaba sembrado de izotes que nacían entre las piedras, en esa época del año, de sus cabezas brotaban penachos de flores blancas. Esa tarde las sirvientas las asaron y las devoramos.

Orteguilla, con su limitado lenguaje, me mantenía informada de las decisiones de los capitanes y guías, con lo que me sentía menos perdida. Rodearíamos aquellos llanos secos y nos dirigiríamos al norte, porque seguir la ruta más directa significaba cruzar la planicie árida donde con dificultad se encontraría agua y no habría ningún pueblo que nos diera asilo. El camino hacia el norte, con todo y que en ese rumbo nos esperaban nuevos barrancos, nuevas montañas y pueblos aliados de los mexica, era la ruta del comercio que nuestro pueblo siempre había recorrido. El capitán Tonatiuh, como de costumbre, marchaba delante.

Así llegamos a otros pueblos grandes, por fin: Atltotonca, Tlatlauquitepec… Aunque tributaban a los mexica, cuando los teteuhctin les dijeron que iban a ver a su amigo Motecuhzoma a Tenochtitlan, nos trataron bien: nos dieron comida y agua, y a los capitanes caxtilteca les obsequiaron algunas joyas de oro que apreciaron mucho.

Fue un alivio volver a ver bosques, volver a escuchar el murmullo de los arroyos y descansar al amparo de un pueblo, pues, por más que quisieron darnos asilo a todos en sus casas, estas no tenían el tamaño de otras que habíamos visto en lugares más ricos.

¡Qué sensación de ligereza no saber por dónde íbamos! Si bien daba miedo, era bueno saber que el mundo era muy grande, que había muchos caminos que jamás podría recorrer y tantos pueblos, con tantas gentes distintas, de ropajes diferentes a los nuestros, que hablaban una mezcla de idiomas que entendíamos con dificultad.

Después del descanso, después de esos caminos más rectos, después de disfrutar las aguas calientes de Atltotonca y de la hospitalidad de Ixtemo, el tlahtoani de Tlatlauquitepec, nos esperaban nuevas dificultades.

Reemprendimos la marcha y volvimos a subir por montes muy empinados hasta llegar a otro paso que los caxtilteca llamaron Puerto de la Leña. Ahí, de inmediato reconocí el templo que se había levantado en lo alto de la montaña, en honor a Tezcatlipoca, el dios del Espejo Humeante. En algunos lugares, según me habían dicho, cerca de esos templos incineraban a los señores principales al morir. Por eso los habitantes de aquellas alturas habían reunido tanta madera para quemar.

Desde allá arriba pudimos ver un valle estrecho, en medio de las montañas. Descansamos ahí un buen rato, nos dimos un respiro tras la ruda subida. El hombre sagrado de nuevo levantó los dos maderos que veneraban y los caxtilteca se humillaron, orando bajito.

Bajamos luego y reanudamos la marcha por un sendero angosto entre los pinos y otros árboles que no reconocí, hasta llegar al río que los guías llamaron Apcolco. Seguimos por la ribera y aunque las princesas insistían en descansar, teníamos órdenes de no detenernos, así que continuamos resbalándonos por los senderos húmedos, con los cactli hundidos en el lodo.

8

SEÑORÍO DE TZAUHTLA-TEXCALLAC
Agosto de 1519

Llegamos por fin al altépetl de Tzauhtla, la región de los tejedores. Yo estaba enterada de la existencia de aquel lugar por la fama de sus hilanderas y porque se sabía que los tutunakú habían formado parte de aquella población, donde se habían mezclado con los otomime. La ciudad más grande de aquel señorío se llamaba Tzacotlan; los caxtilteca, quién sabe por qué, la nombraron Zacatami. No me extrañó: no podían pronunciar los nombres de nuestros pueblos; creo que ni siquiera hacían un esfuerzo por escucharlos bien y siempre se inventaban otros, según lo que entendían, o los bautizaban como las ciudades de más allá del mar que estos nuevos sitios les recordaban.

Olinteuhtli nos recibió en su palacio. El señor de aquellas tierras era muy conocido y respetado; vestía a la usanza mexícatl y tenía treinta esposas, además de cuatrocientas criadas. Cuando Malina le preguntó en nombre del capitán si él era vasallo de Motecuhzoma, el tlahtoani le respondió, genuinamente extrañado:

—¿Hay quien no sea vasallo de Motecuhzoma?

La *lengua* de Coatzacoalco tuvo que repetir el discurso que ya conocía: Cortés iba a Tenochtitlan a visitar a su gran amigo y a llevarle noticias del rey de Castilla. Por ello, el señor de Tzauhtla nos recibió bien. Nos dieron maíz molido, chayotes y otros frutos de la milpa, y nuestros criados nos completaron el abasto cazando algunos conejos y armadillos que las mujeres pronto convirtieron en platillos.

Era bueno dormir bajo techo, al abrigo del frío y la humedad. A mí y a las princesas nos alojaron en uno de los palacios de Olinteuhtli con nuestros maridos. Las sirvientas y esclavas se quedaron afuera, en los patios, acompañadas de las cuatro mujeres que el señor de Tzauhtla regaló al capitán para que ayudaran a moler.

Nos quedamos varios días en aquella ciudad de edificios nuevos, majestuosos, y eso nos dio descanso después de las fatigas por tanto camino recorrido en medio de las ventiscas, el frío y el sol. Fue un remanso de paz escuchar por la mañana los cantos y las charlas de las mujeres en varios idiomas, mientras ponían a calentar los tenamaxtli que sostendrían el comal y contendrían el fuego.

Los tenamaxtli no eran piedras cualesquiera: habían sido escogidos por su dureza para que pudieran aguantar el calor sin quebrarse. Que un tenamaxtli se rompiera era un muy, muy mal augurio. Los que veía yo aquella mañana habían sido transportados con las ollas, los molcajetes y los comales como un tesoro.

Luego me quedé escuchando el raspar del metlapilli en el metate, en tanto las sirvientas molían el maíz hecho nixtamal desde la noche anterior. Al tiempo que sus brazos morenos convertían los granos en masa, ellas compartían los chismes escuchados en el mercado. Terminaron por contagiarme el entusiasmo, la alegría de vivir, con su alegre palmotear de manos para forjar los círculos de vida que eran los chaw, que acá reciben el nombre de «tlaxcalli», a los que los caxtilteca se hicieron tan aficionados y comenzaron a llamar «tortillas».

Nunca había puesto mucha atención en aquellas ceremonias, en aquellas acciones cotidianas que por mi jerarquía no me tocaba desempeñar, pero aquel día comprendí que cada uno de los actos insignificantes de esas mujeres sin nombre había contribuido a mantenernos con vida. ¿Qué hubiera sido de nosotros sin ellas?

Aunque sabía que aún no habían concluido su faena, me les acerqué. Algunas me conocían, otras no tenían idea de quién era yo y por qué quería hablarles. Venían de muchos lugares y hablaban idiomas distintos: había esclavas mayas de Potonchán, con los cabellos sueltos y sus huipiles blancos sin mayor adorno; había popolucas de piel muy morena y enredos azules; también sirvientas de Cempoallan, de Quiahuixtlan y de los pueblos de Xallapan. Estas eran más altas que las otras, de caderas anchas y cinturas breves, tez más clara y rasgos afilados; lucían sus huipiles con cenefas de conchas o cuentas de chalchihuite y sus trenzas pintadas de colores.

Algunas mostraban una incipiente preñez que no les impedía seguir desempeñando sus arduos trabajos. Así había sido siempre: así habían hecho sus abuelas y sus madres y las madres de sus abuelas. Estaban ahí, en ese viaje, porque así se lo habían ordenado y ellas debían obedecer. Jamás hubieran considerado rebelarse: era impensable.

Les pregunté de dónde venían y ellas me contaron sus historias, que se repetían al infinito. Cada día, mientras preparaban los tamalli de armadillo con chile, los frijoles con epazote, el atolli, los tlaxcalli mojados en molli, desgranaban ante mis ojos los hechos de sus vidas.

Casi ninguna de ellas tenía nombre: nunca lo habían necesitado. Se llamaban a sí mismas «la hija pequeña», «la hija de tameme», o bien, si su nivel social había sido más elevado, se les conocía por el día de su nacimiento, en caso de que alguien lo recordara. Se me hizo costumbre llegar hasta donde ellas trabajaban, poco después del amanecer, para escuchar sus narraciones. Así me fui enterando de las peripecias de aquellas mujeres.

Moliendo maíz, encorvada sobre el metate, una popoluca vestida con un enredo azul oscuro y un huipil en el que se sentía incómoda por haber crecido con los pechos al aire hasta que los extranjeros la obligaron a cubrir su cuerpo, me contó con frases entrecortadas:

—Solo quedamos las mujeres a cargo de la milpa. Los mexica apresaron a mi padre por no pagar tributo. Se lo llevaron con muchos otros hombres del pueblo. Luego volvieron los calpixque, me violaron, nos quitaron la cosecha. Me llevaron con ellos a servir a Cuetaxtlan. Por portarme mal, mi amo me vendió en el mercado de Xallitic.

—¿De dónde vienes? —pregunté.

—Cosoliacac. Lejos. Nunca voy a volver. ¡Ya nunca!

Me percaté de que lloraba y secaba su llanto con el dorso de la mano morena y maltratada. Sus lágrimas fueron a caer en la masa; con ellas se formarían los tlaxcalli que comeríamos todos. Pensé que no era un buen augurio y, sin embargo, ¿cuántas veces nos habríamos alimentado con lágrimas de esas mujeres sin nombre?

Otro día me acerqué a una joven muy hermosa que le quitaba las plumas a un enorme totol, cuya sangre aún estaba tibia y escurría desde el pescuezo del ave hasta un cajete de barro. Me narró su historia sin despegar los ojos de su tarea. Su voz era fina y tenía una sonrisa dulce.

—Vengo de una aldea muy pequeña cerca de Tlacolulan. No sé quién es mi padre. Mi madre fue violada por los servidores de Motecuhzoma. Ella y yo nos dedicábamos a sembrar maíz y calabaza. Un año en que se perdió la cosecha, mi madre decidió que nos fuéramos a Xallitic a buscarnos la vida. Ahí sobrevivimos vendiendo en el mercado guaparrones y otros quelites que cortábamos en el monte. Mi madre cayó enferma y murió pronto. Me fui a servir a la casa de un pochteca y él me cambió por lienzos de algodón. Así llegué a la casa del señor de Ixchalpan.

A la mañana siguiente me acerqué a una joven, casi niña, que movía la enorme cazuela donde se cocía el atolli con chile y epazote. Sus trenzas teñidas de añil y su atuendo me revelaron que era tutunakú.

—Mi madre no podía darme de comer y me vendió cuando era niña en el mercado de Cempoallan. Como ella me había enseñado a bailar al ritmo del teponaztli, en pago le dieron suficiente maíz y mantas de algodón para vender y aguantar el hambre. El guerrero que me llevó a su casa fue bueno conmigo. Sus esposas me trataron bien y yo me gané su confianza. Ahora vengo con él para servirlo. ¡Soy muy afortunada!

Otro día, una mujer aceptó hablar conmigo si la acompañaba al pozo a traer agua para preparar atolli. Nos fuimos hasta el patio trasero del palacio, rodeado de macetas con flores de todos colores. Ella, con su olla de barro sobre la cabeza, caminaba con cadencia y hacía que sus caderas se bambolearan con coquetería, por lo que las miradas de los hombres la seguían. Los diminutos cascabeles de cobre tintineaban en las ajorcas de sus tobillos y su sonrisa era una provocación continua.

—He sido ahuiani desde niña en Xallitic; he sufrido el desprecio de las mujeres por ser alegradora de hombres y alejarlos de sus cuerpos. Sin embargo, he sobrevivido siendo acompañante de los guerreros. Las mujeres huyen de mí si me encuentran caminando en el mercado, pero los hombres me buscan en las sombras. He sido la última compañera de los condenados al sacrificio, quienes antes de morir me han dado las gracias. Ahora fui entregada a los extranjeros. ¿Qué cosa mejor podría pasarme?

Aquellas voces sonarían en mi cabeza los siguientes días, sin que pudiera librarme de sus ecos doloridos. ¿Qué podía hacer yo? ¿Había algo que ayudara? ¿Habría sido mejor el destino de aquellas jóvenes si se hubieran quedado en sus aldeas? ¡De ningún modo!

Una mañana, cuando hacía mi acostumbrado recorrido en el patio de las mujeres, vi cómo un soldado caxtiltécatl golpeaba con saña a la pequeña popoluca, que ya estaba en el piso. Al parecer el hombre había enfurecido porque le había dado el atolli muy caliente. Al ver cómo se lo tiraba en la cara, decidí ayudarla. No pensé nada, no calculé que el hombre podría lastimarme también.

Me acerqué a levantarla del terregal, donde la joven lloraba ocultando el rostro quemado. La empujé hacia el interior del palacio y me interpuse entre ella y el soldado, que me miró entre sorprendido y furioso. ¡Cómo gritaba con la cara descompuesta en una mueca de rabia! Yo nada podía decirle, así que solo me mantuve en pie y en silencio, retándolo con la mirada.

Nunca esperé que me agrediera. En mi mundo aquello no podría ocurrir jamás. El bofetón me derribó, pero el soldado aún no estaba satisfecho: me jaló del pelo hasta que logré ponerme en pie. Con el siguiente manotazo me lanzó contra un muro. A lo lejos, mareada y confusa, escuché la voz de don Fernando, que venía a rescatarme. Siguieron gritos y puñetazos que el capitán Mairena propinó al soldado hasta dejarlo sangrando en el polvo. Jadeante, don Fernando se acercó y, al ver el golpe en mi rostro, intentó acariciarme.

—¿Estás bien? —preguntó.

Me alegró comprender sus palabras y asentí en silencio. Dijo algo más, que luego Orteguilla me tradujo: el soldado no volvería a molestarme. Un extraño sentimiento de gratitud comenzó a aflorar en mí. ¿Qué era eso? ¿Podría confiar en ese extraño después de todo? Había una cosa de la que no tenía ninguna duda: no todos los extranjeros eran iguales.

Al fin los caxtilteca se alejaron y yo pude recuperar el aliento. Entonces vi cómo un grupo de mujeres me rodeaba. No solo estaban las sirvientas; también se habían acercado Lanxánat y sus doncellas. La prostituta de Cempoallan me extendió una jícara de agua y la esclava del señor de Ixchalpan me sacudió la tierra del huipil. Lanxánat me tomó del brazo y me llevó hasta la escalera del palacio para que me sentara.

—¡Son unos bárbaros! ¡Verdaderos chichimecas! ¡Qué bueno que tu marido estaba cerca para defenderte!

Era la primera vez que Lanxánat tenía un gesto de amabilidad conmigo y lo agradecí. Mi corazón se sentía acariciado y confortado por aquella corriente de apoyo que provenía de las mujeres. Ese día me quedó claro, como nunca antes, que tendríamos que permanecer unidas para que aquellos extranjeros no nos hicieran tanto daño. No siempre estarían nuestros hombres en posibilidad de defendernos y quién sabe si tendrían la voluntad de hacerlo.

Busqué a la jovencita popoluca; se había escondido en un rincón y tenía el rostro encendido por la quemadura. La llevé a mis aposentos y la curé como mejor pude con polvo de tepezcohuite; mientras lo hacía, le susurré al oído:

—Vete de aquí. Ese hombre te matará y a nadie le va a importar. Vete, corre, busca regresar a Xallitic.

Le di un saquito con semillas de cacao y un popote lleno de polvo de oro.

—Cámbialos por comida y sobrevivirás. ¡Vete!

Fui tan convincente y la chica estaba tan asustada que me obedeció sin chistar. Sería la primera de muchas otras que, a causa de los maltratos de los caxtilteca, no dudaron en huir al amparo de las sombras a partir de entonces.

Mientras estuvimos en Tzacotlan pude pasear y enterarme de cómo mantenían sus templos, cómo servían a los dioses. Al ver a las mujeres tejedoras en sus casas, me atreví a acercarme y en silencio me senté a su lado para observar cómo entreveraban los colores y de qué modo, con sus brazos fuertes, jalaban el machete de la trama para juntar los hilos.

Los dibujos de animales fantásticos y de árboles sagrados que iban formando, aunque se parecían a los nuestros, no se parecían en nada a lo que yo hubiera visto antes: esas maravillas no llegaban a nuestros mercados. Una de las mujeres, más vieja que las otras, me permitió mirar de cerca y me explicó cómo debían combinarse los colores para producir tal cantidad de imágenes en un espacio limitado.

—La cuenta de los hilos es la clave.

Claro, aunque me lo habían dicho en casa, no me había percatado de la importancia de las cuentas: la cuenta de los hilos para contar las historias. Quien no sabía contar tampoco podía tejer. Y, con tantas figuras, no podía haber ningún error. Vi con admiración que en los quexquémitl estaban plasmados animales fantásticos, aves maravillosas posadas sobre las ramas caprichosas y florecidas de árboles que solo existían en el mundo de los dioses.

Junto con otros guerreros de nuestro pueblo, Qesqáh había sido enviado a Texcallac por órdenes de Mamexi, el tlacochcalcatl de Cempoallan, para avisar a los señores de aquel reino de la visita de los extranjeros y de sus intenciones de hacer alianza con ellos para vencer a Motecuhzoma. En esta intervención de Mamexi fue decisiva la participación de la princesa Ixlimuh.

—Escuché que los calpixque mexica que llegaron a ver a Olinteuhtli le ordenaron convencer a los extranjeros de ir directo a Chollolan. Allá nos espera la muerte.

Corrimos a informar a nuestros señores y, gracias a eso, Mamexi ordenó, con la venia de los extranjeros, que nuestros guerreros entregaran regalos a los de Texcallac, además de unos pliegos doblados que explicaban las ventajas de aliarse a ellos para acabar por fin con el hueyi tlahtoani. Los pliegos por supuesto no tenían más utilidad que despertar la curiosidad de los texcalteca, porque nadie podría interpretar los signos que ahí había, y serían Qesqáh y sus acompañantes quienes transmitirían el mensaje.

Mientras retornaban los guerreros, Cortés recibió a los mensajeros de otros señores que le suplicaban acudir a los altépetl cercanos. El capitán era tratado como visitante distinguido en Tzacotlan: un día lo pasearon en andas por toda la ciudad, para que la gente lo viera y lo admirara. Me tocó presenciar aquella procesión cuando iba de regreso al palacio, después de uno de mis recorridos.

Así escuché a los pobladores murmurar su extrañamiento al ver a aquel personaje vestido de metal, con el rostro cubierto de pelo y esa mirada de fuego que se clavaba sin miedo en sus interlocutores. Repetían, azorados, lo mismo que nosotros habíamos dicho cuando los forasteros llegaron a Quiahuixtlan:

—¿Qué venados gigantes sin cornamenta son esos?

—Y esos que ladran toda la noche ¿son acaso perros?

Tuve que responder algunas de esas preguntas:

—Son perros, pero no como los nuestros. Estos están entrenados para pelear. Son capaces de arrancarles las vísceras a los enemigos —les decía, saboreando su miedo—. Hasta el hueyi tlahtoani les teme.

Las mujeres y los hombres me miraban entonces con respeto, con temor, solo al saber que yo era la esposa de uno de esos desconocidos que tenían armas que escupían fuego y que iban entregando extraños regalos a su paso.

A pesar del buen trato, los teteuhctin se desesperaban. No era pertinente tener inactivos a tantos hombres que comenzaban a batirse entre ellos por razones nimias. Sin acción, aquellos extranjeros tenían tiempo para preguntarse si no sería mejor volver a la costa, si habrían hecho bien en seguir a su capitán, si valía la pena pasar tantos trabajos… Así que de nuevo emprendimos la marcha por el valle del río hasta que llegamos al altépetl de Ixtacamaxtitlan.

Me sorprendí al tener frente a mis ojos una ciudad todavía más grande que las que habíamos visto en el señorío de Tzauhtla; era un santuario fortificado con almenas de piedra y consagrado a Tezcatlipoca, a quien los pobladores de la región nombraban Camaxtli.

La ciudad estaba situada arriba de la montaña que ellos llamaban Culhua y que extiende sus faldas verdes hacia el angosto valle, en medio de altos cerros de tierra blanca. Aquella era una fortaleza digna de consideración: si de por sí la montaña, con sus caprichosas formaciones de roca, parecía labrada por los hombres para protegerse de los enemigos, los sólidos edificios habían sido construidos con piedras calizas para la defensa. Sin duda, el sitio hacía honor tanto al nombre original como al que le habían puesto los extranjeros —Castil Blanco—, ya que sus muros de piedra recubiertos de cal hacían que la vista se desviara para no lastimar las pupilas.

Ahí descansamos y nos aprovisionamos para el viaje. Tenamaxcuicuitl, tlahtoani de esas tierras, fue amable con nosotros, aunque desde el inicio dejó en claro que él tributaba a Motecuhzoma y que su lealtad a los mexica era inquebrantable. Nos dieron maíz, amaranto, miel y varios lienzos para que pudiéramos remendar nuestros huipiles, que a esas alturas estaban sucios y rotos. También nos regalaron algunos quexquémitl de grueso tejido para protegernos del frío que de nuevo nos atormentaba.

Tres días más tarde, a pesar de que los guerreros tutunakú no habían regresado todavía, los caxtilteca decidieron seguir marchando. Estábamos ya muy cerca del señorío de Texcallac; corríamos peligro y ellos lo sabían. Si bien Tenamaxcuicuitl nos brindó el apoyo de algunos tameme para la carga y, aunque algunos nobles de Ixtacamaxtitlan nos guiaron por las sendas del altépetl, el tlahtoani no permitió que sus temidos guerreros nos acompañaran. Al aproximarnos al señorío de los viejos enemigos de nuestros anfitriones, sabíamos que estaríamos a merced de cualquiera que quisiera atacarnos.

Avanzábamos a ciegas entre las montañas, por más que los guías dijeran que conocían el camino. Los venados gigantes iban levantando el polvo blanco con sus patas y nosotros, como siempre mucho más atrás, sentíamos cómo nos faltaba el aire al subir aquellas cuestas.

Ahí fue donde ocurrió. Uno de los venados de los extranjeros resbaló cuando subía por un camino especialmente angosto junto a un precipicio. Un torrente de polvo blancuzco nos dejó ciegos por un momento. Siguieron los gritos de terror y la angustia de los caxtilteca al ver que no solo venado y jinete se habían precipitado hacia la muerte, sino que, al desgajarse la tierra, los habían acompañado algunos guerreros de a pie, entre ellos el soldado que me había golpeado en Tzacotlan y la Mujer Oscura que caminaba junto a ellos.

Entre los hombres barbados comenzó a correr, bajito primero y luego a grandes voces, la acusación de que yo había tenido algo que ver en aquella desgracia, para vengarme de quienes me habían afrentado. Como yo iba muy atrás, no había manera de que pudieran culparme directamente, pero cuando los vi formar una valla humana compacta y pestilente para impedirme el paso, supe que cargaría las muertes de aquellos soldados y de la Mujer Oscura sobre mi espalda para siempre.

Todo ocurrió en un momento: sentí las manos rudas de los hombres de la turba apretarme el cuello, escuché sus maldiciones acallando el trino de los pájaros y percibí su aliento que apestaba a muerto sobre mi rostro. Ni por un segundo dudé que me matarían.

No me escapé de los golpes ni de los jalones de pelo, que recibí con los ojos apretados y el cuerpo hecho un ovillo, pero supe que me había salvado cuando sentí que la gente se apartaba y escuché los gritos del capitán Tonatiuh obligándolos a apartarse. Luego Orteguilla vino a ayudarme a ponerme de nuevo en marcha. A pesar de las advertencias de su capitán de dejarme tranquila, por largo tiempo no me libraría de la desconfianza de los extranjeros.

Reanudamos la marcha y más adelante, pasando un pueblo llamado Iliyucan, nos topamos con un muro. Era una altísima y ancha pared de piedras que atravesaba de un lado a otro la montaña. Era tan ancha que se podía caminar con todo y venados allá arriba. La senda apenas transitada por la cual subíamos llegaba hasta una puerta angosta que no cruzaba directamente al otro lado, sino que se torcía y daba con otra pared, como si fuera un laberinto.

Con mucho miedo vimos cómo los caxtilteca se metían en aquella pared con sus venados. No nos animamos a traspasar aquel obstáculo hasta que volvieron y nos indicaron seguirlos. Los nobles de Ixtacamaxtitlan decían que ese muro había sido construido por los gigantes que ayudaron a los mexica en los inicios del tiempo, para defender a los pueblos contra los feroces texcalteca. Hasta antes de la guerra de los mexica contra Texcallac, las rutas del comercio siempre habían llevado a atravesar esa muralla, pero Motecuhzoma los había obligado a cerrar la frontera. Aquella región había sido campo de guerra por muchos años.

Sin embargo, aquello no iba a detener a los forasteros. Por más que los hombres de Ixtacamaxtitlan le rogaron a Cortés que no siguieran por ahí porque los texcalteca acabarían con nosotros y, aunque aquellos terminaron por volverse, el capitán hizo más caso a nuestros señores de Cempoallan y Quiahuixtlan, que insistían en que los del reino de Texcallac estarían felices de librarse del yugo mexícatl y, por ello, más que dispuestos a apoyarnos.

Más allá del muro, el camino serpenteaba por la cuesta. Empero, antes de llegar a los valles cubiertos de chile y maíz pertenecientes al reino de Texcallac, descubrimos que esa senda estaba atravesada por delgados hilos de seda entretejidos en una telaraña gigante; de ellos pendían figuras de papel con forma humana.

Yo sabía que aquello era un hechizo de los sacerdotes de Texcallac para impedirnos el paso. Mis maestras me habían enseñado a temerlos porque eran poderosos. Mamexi y los señores tutunakú así se lo advirtieron al capitán y le aconsejaron buscar otro camino. ¡Cuál no sería nuestro azoro cuando vimos a Cortés adelantarse hasta llegar a la telaraña gigante y romperla a fuerza de mandobles con su espada!

—A eso hemos venido —dicen que dijo, procurando recuperar el resuello—: a acabar con las hechicerías, con las supersticiones, y a traer la verdadera religión.

Seguimos la marcha muertos de miedo. Sin que pudiéramos explicarlo, no nos fulminaron los rayos, no se desató una tromba sobre nosotros, no caímos muertos a la orilla del camino, y ello aumentó enormemente la fama de los extranjeros. ¡Su dios debía ser muy poderoso! Tuve que reconocerlo, muy a mi pesar.

Avanzamos con mucha cautela de todos modos, temiendo ataques por todas partes. Cortés, con su extraño círculo mágico en las manos, parecía saber siempre adónde ir. La aguja encerrada en aquel objeto, sin importar cuántas veces uno le diera vuelta, invariablemente apuntaba hacia el mismo lugar: el norte.

En el camino solo nos encontramos con el silencio horadado por los trinos de los pájaros y un paisaje abierto, custodiado por Matlalcueitl, la montaña de la diosa de los hechiceros, que nos retaba desde su altura perdida entre las nubes, mostrándonos su misteriosa figura y su enorme falda azul.

Detrás de ella, dos enormes montañas que conocíamos por los relatos de los viajeros se dibujaron ante nuestros ojos: el Popocatépetl, la Montaña que Echa Humo, y la bellísima Iztaccíhuatl, la Mujer Blanca.

9

TEXCALLAC
Septiembre de 1519

Las viejas sabias me lo habían advertido: aunque los texcalteca fueran nuestros aliados, no eran de fiar. Eran el pueblo que la montaña Matlalcueitl protegía y ese lugar sagrado albergaba oscuridad, albergaba una fuerza densa que nunca habíamos entendido y a la que teníamos gran temor. ¿Habría querido decirme algo la diosa Malinalxóchitl en mi sueño aquella noche? Por más que parecía no querer hacernos daño, yo sabía que debíamos tener mucho cuidado.

Los texcalteca habían llegado desde los dominios tolteca a aquellas tierras secas plagadas de barrancos que habían dado su nombre al altépetl. Texcallac significa «en el despeñadero», pero los caxtilteca en su afán de deformarlo todo lo transformaron en Tlaxcallan, «lugar de las tlaxcalli». Los texcalteca, feroces guerreros de los abismos pedregosos, sin saberlo y sin quererlo, pasaron sin más a ser «los habitantes del reino de las tortillas». Nosotros, de tanto escuchar el nuevo nombre, acabamos por repetirlo y adoptarlo.

Aquel pueblo en sus agrestes tierras convivía con los otomime, a quienes nosotros no teníamos en alta estima. Ellos, llamados despectivamente así por los mexica, tenían fama de tontos, taimados, callados. Sus mujeres usaban tatuajes azules en el pecho y se pintaban de rojo la cara; también se llenaban de plumas vistosas todo el cuerpo. Las considerábamos indignas, en el mismo rango que las mujeres públicas y que los impúdicos téenek que no tenían reparo en mostrar todo su cuerpo al desnudo, sin cubrirse ni con un máxtlatl. Por eso no me sorprendió que sufriéramos muchos ataques y angustias en los dominios de aquellas gentes en las que yo no confiaba.

Por más que hubiera querido que no me importara, estaba inquieta por la ausencia de Qesqáh; había pasado demasiado tiempo y aquello presagiaba algo muy malo. Cada noche echaba los granos de maíz sobre la manta blanca, encomendándome a Kiwichat, Madre de las Adivinadoras, mas las respuestas eran inciertas: Qesqáh estaba con vida, decían los augurios, pero algo no marchaba bien.

No solo algo andaba mal con Qesqáh. Pronto habría de comprender que los granos de maíz intentaban prevenirme de los peligros que se cernían sobre nosotros: los más fieros adversarios con que nos hubiéramos topado jamás nos esperaban en el silencio ominoso de las barrancas y llanos secos de Texcallac. Aunque no nos tomó por sorpresa, la primera batalla fue decisiva para todos. Los teteuhctin se dieron cuenta de la ferocidad de sus rivales, y los otomime y texcalteca comprobaron la letalidad de las armas de sus enemigos. Las mujeres nos quedamos atrás, resguardadas por algunos guerreros en un lugar seguro.

El enorme ejército de nuestros enemigos permanecía inmóvil en las sombras de la madrugada. A mucha distancia pudimos ver, gracias a las primeras luces del día, sus tocados y pinturas de guerra, sus armaduras de madera y algodón, los propulsores de dardos cargados y los arcos prestos a disparar. El latido lúgubre de los teponaztli opacaba el trino de los primeros pájaros cuando por fin la caracola ronca dio la señal.

Del silencio y la quietud pasamos al estruendo insoportable. Los otomime parecían no cansarse nunca: cuando los soldados de Cortés lanzaban sus rayos con sus cilindros de metal y derribaban una hilera de guerreros, la siguiente estaba lista para tomar su lugar y atacar con ferocidad, sin temor a los venados gigantes, sin temor a las nubes de humo negro que vomitaban las armas. Mientras los extranjeros alistaban una nueva carga, los fieros contrincantes ya habían arrojado una lluvia de flechas y piedras sobre nuestros soldados.

Así pasó todo el día. Un día oscuro, plagado de angustia, en el que solo escuchábamos el relincho de las bestias, los tambores y las sonajas del enemigo, las agudas trompas de metal de los caxtilteca, el chocar de las espadas contra los cuchillos de obsidiana, el crujir de los huesos al ser partidos por los macuáhuitl, el zumbar de las flechas que ensombrecían el cielo profundamente azul de aquel paraje.

El olor de esa batalla no se podrá borrar de mi memoria: el humo denso de los cilindros de metal hacía que nos ardieran los ojos; al esparcirse en el aire, dejaba un tufo de agua estancada, de podredumbre, que se quedaba pegado a la piel. Por momentos, la mezcla de olores que me llegaba por todas partes —la sangre de los heridos, las hierbas que usaba para curarlos, el sudor ácido entreverado con el cuero de las sillas y los arreos de los venados gigantes— me hacía sentir náuseas.

Algunas sirvientas y yo, junto con el cirujano, nos aventuramos a acercarnos, en medio de la batalla, a rescatar y auxiliar a los caídos, a llevarles agua en los guajes a los guerreros agotados, a darles un tlaxcalli con chile o un poco de maíz molido para ayudarlos a recuperar las fuerzas.

Ganamos, pero tuvimos que atender a muchos heridos y los caxtilteca perdieron ese día dos venados. Los que quedaron habían sufrido tajos y rozones de flechas. Los curé con grasa hirviendo de los otomime muertos, lo que cerraba de inmediato las heridas, sobre todo si se mezclaba con las hierbas que yo conocía.

Era la primera vez que me atrevía a acercarme a los venados, que me miraron inquietos con sus enormes ojos expresivos. Les hablé en mi lengua, los acaricié hasta que se apaciguaron y a partir de entonces dejé de temerles. Me gustó su cercanía y calor, me gustó mucho el temblor involuntario de sus lomos cuando les pasaba las manos por su peludo cuello. Sabía que me entendían, sabía que no estaban ahí para hacernos daño.

Me tocó ayudar a curar a los heridos caxtilteca, además de a los nuestros, porque el cirujano de Cortés no se daba abasto. Ya muchos estaban al tanto de que yo era una curandera que conocía todas las hierbas del monte; por eso me llevaron a donde dormitaban, entre gemidos, los soldados. Por más que me tuvieran desconfianza a causa de mi fama de hechicera, se encontraban en tan mala condición que no osaron poner reparos.

En nuestro recorrido me había ocupado de recoger las plantas que me habían enseñado a usar y que sabía que eran buenas para curar; también recolecté las que solo me habían descrito las ancianas, por no haberlas visto nunca, y que se hallaban en abundancia en las tierras frías. Con ellas pude sanar a aquellos hombres que, si bien eran tan distintos a nosotros, probaron ser tan humanos, tan frágiles y tan mortales como nuestros guerreros.

Apliqué emplastos de epazote después de cerrar con la grasa ardiente de nuestros enemigos los orificios que habían dejado las flechas; con trozos de nuestros huipiles envolví como pude las tajadas que hicieron los cuchillos de nuestros adversarios; puse flores secas de tecomaxóchitl en los huesos rotos por los mazos; y al pedir a Kiwichat que me auxiliara, para sorpresa de todos, las heridas sanaban: la sangre dejaba de brotar y los huesos soldaban; por eso cada vez me solicitaban más en esos trances. A partir de entonces tuve cuidado de invocar a la diosa con el nombre que ellos le daban: si en mis ruegos alcanzaban a distinguir la palabra «virgen», se tranquilizaban de inmediato.

Los guerreros tutunakú estaban asustados: nunca habían visto tal cantidad de otomime enfrentando con sus afilados macuáhuitl a los venados de los caxtilteca, sin miedo alguno. Ese día se dieron cuenta de que el pueblo otómitl no era tonto ni lento y que merecía todo nuestro respeto. Ya por la noche, junto al fogón, a la luz de las estrellas, mientras bebían atolli para recuperar las fuerzas, contaban:

—Por todas partes se veían guerreros. No había un solo palmo de tierra donde no hubiera uno.

—¡Qué pintura de guerra tan rara! Verlos y oírlos aullar era como haber entrado al inframundo.

—Semejaban monstruos.

—Semejaban a los seres del Mictlan, descarnados y feroces en su enojo.

—Los tambores de guerra hacían un ruido insoportable que inundaba todas las cañadas y los valles: cada vez más fuerte, cada vez más rítmico, como un solo corazón que se va haciendo más grande y más furioso.

Los teteuhctin no se sentían menos desanimados y temerosos aquella noche. Aunque habíamos ganado y hecho retroceder a los atacantes, estaban sorprendidos. Que los otomime hubieran matado a dos de sus poderosos venados era algo que no esperaban. Ya no estaban seguros de que nuestros mensajeros hubieran convencido a los texcalteca de unirse a nuestro bando, a pesar de las razones que les daba Mamexi, al no haber recibido respuesta todavía. ¿Qesqáh y sus acompañantes los habrían traicionado? Yo sabía que aquello no era posible, pero ¿cuál sería nuestro destino si los extranjeros se persuadían de ello?

Pocos dormimos aquella noche, cargados de incertidumbre. Don Fernando, rendido por el agotamiento de la batalla, por fin cerró los ojos, aunque con cada ruido, con cada rama que se rompía, con cada ulular de una lechuza, se incorporaba asustado: se le figuraba que los valerosos guerreros enemigos se nos venían encima.

Cuando noté que había caído en un sueño más profundo, salí de nuestra improvisada casa. Allá afuera, sin importar el frío de la noche, los vigías aguzaban los sentidos para descubrir a nuestros enemigos en la oscuridad. El capitán Olid discutía con Cortés a grandes voces junto a la hoguera y yo me dirigí a donde Lanxánat descansaba, ya que sus doncellas me habían avisado que le había vuelto la fiebre.

La princesa, en medio de su delirio, me confesó:

—Yo fui.

Apenas pude escuchar las palabras salidas de su boca agrietada por las calenturas. Su rostro blanco como la cal adquiría tintes macabros a la luz rojiza de las flamas de la fogata.

—Tú fuiste ¿qué?

—La que causó la muerte de esa gente.

Pensé que se refería a la batalla de ese día. Pero pronto me sacó de la duda.

—Del soldado caxtiltécatl y la mujer.

Acerqué el oído a sus labios para que nadie más pudiera escuchar lo que significaría una sentencia de muerte para mi protegida.

—Invoqué a Kiwichat, tal como me enseñaste, y ella me dijo que debían morir. Preparé el conjuro, hice figuras de papel y las cubrí con sangre. Durante tres noches sahumé con copal los palos donde las clavé. Al terminar el plazo, soñé conejos de fuego y supe que todo estaba hecho. El día siguiente se despeñaron.

Me quedé impresionada. Jamás pensé que Lanxánat tuviera esos poderes. Y mucho menos que quisiera usarlos para salvarme.

También estaba asustada: mi pupila había desencadenado fuerzas que no podían controlarse fácilmente. ¿Cómo podría ayudarla a conducirlas? Lo único que me quedaba claro era que por el momento tenía que guardar silencio.

—Nadie puede saberlo —le dije—. Es tu vida la que está en riesgo. Y si tú mueres, yo seré sacrificada por los nuestros, ya que estás bajo mi cuidado.

Ella asintió en silencio, con los ojos brillantes por la fiebre.

—Ahora duerme; necesitas descansar.

Estuve un buen rato a la luz de las estrellas reflexionando cómo manejar la situación. Los pensamientos más lúgubres me asaltaban cuando vi a Qesqáh y a otro guerrero de Cempoallan aproximarse a nuestro campamento. Venían sucios y con los peinados deshechos. Quise correr hasta él, pero con un ademán me lo impidió. Tenía que hablar con el capitán Cortés y con Mamexi. Presencié la reunión a prudente distancia, pero lo suficientemente cerca para escucharlo todo.

—Los texcalteca lamentan lo que pasó ayer —dijo Qesqáh a los extranjeros una vez que los tuvo enfrente—. No fueron ellos quienes atacaron. Los otomime de por aquí se tomaron una licencia indebida. Los señores de Texcallac están dispuestos a pagar por los dos venados muertos.

El capitán y sus allegados los escucharon con desconfianza; después de aquella batalla que no esperaban, ya no estaban seguros de quiénes eran sus amigos.

Qesqáh les contó que habían estado presos en la ciudad de Ocoteluco, donde estaban reunidos los gobernantes de los cuatro altépetl principales de Texcallac: Maxixcatzin, señor de aquel altépetl; el anciano Xicohténcatl con su hijo, señores de Tizatlan; Temiloctécatl, señor de Tepeticpac, y Citlapopocatzin, señor de la Quiahuixtlan, lugar que, aunque tenía el mismo nombre, nada tenía que ver con nuestro hogar.

Se habían tardado mucho en deliberar. Habían estado atentos a los avances de los extranjeros y al parecer no tenían un solo acuerdo sobre cuál sería su posición. Qesqáh dijo que él y los otros enviados totonacas quisieron convencer al consejo revelando que los caxtilteca habían encerrado a los calpixque mexica y asegurándoles que confiaban en que, con su ayuda, podrían librarse de una vez por todas de Motecuhzoma.

Nuestros enviados hablaron con vehemencia de las casas flotantes en las que cabía tanta gente, de los venados gigantes, de los cilindros que escupían pelotas de metal entre nubes de humo, de las ballestas que eran capaces de lanzar flechas más grandes y a mayor distancia que nuestros arcos. Les explicaron que los forasteros sabían manejar los truenos y rayos a placer; si no eran dioses, decían, de seguro eran sus enviados, porque ese poder solo lo tienen los seres divinos. Les aseguraron que Motecuhzoma les tenía miedo.

Los señores del reino de Texcallac escucharon a los mensajeros en silencio. Fumaban sus pipas y no hacían ningún ademán que pudiera comprometerlos. Al principio los trataron como invitados, pero unos días más tarde los encerraron bajo estricta vigilancia. Después de la batalla de ese día, los soltaron para que regresaran a dar el recado a Cortés. No quise pensar qué habría ocurrido si hubiéramos resultado vencidos. De seguro Qesqáh y los otros enviados habrían sido sacrificados.

El día siguiente marchamos en medio de fértiles sembradíos. Al llegar la noche, sin encontrar dónde guarecernos, tuvimos que pernoctar a la intemperie, junto a un arroyuelo que nos permitió saciar la sed y limpiar las heridas de los soldados. Muy temprano encontramos en un pueblito a los otros dos emisarios tutunakú. Estaban hambrientos y sucios.

—Nos amarraron. Dijeron que nos sacrificarían, por eso buscamos escapar.

Yo les creí. Tenían el espanto pintado en los ojos, así que les preparé una infusión de yoloxóchitl para calmarlos y me alegré de que no hubiera tocado a Qesqáh aquella suerte o una peor.

Seguimos avanzando por aquellos territorios que desconocíamos, sembrados de magueyes y nopales. Como siempre, los guerreros iban adelante, junto al capitán Cortés y los otros principales. Por suerte, nosotros nos quedamos aún más atrás que de costumbre y gracias a eso no tuvimos que presenciar otra batalla, esta vez contra las fuerzas de Xicohténcatl, en el cañón de Teocatzinco. Al parecer, los de Texcallac no confiaban en nosotros o querían ver por sí mismos de lo que éramos capaces.

De nuevo los nuestros salieron victoriosos y lograron abrirnos paso en el barranco que habían invadido los otomime y texcalteca. Estos se dispersaron al sentir de cerca el fuego de los cilindros de metal, y al ver a muchos de sus líderes tirados por tierra y sus pendones destrozados. Su única victoria fue atrapar un venado gigante. Luego supimos que lo querían para averiguar si era de carne y hueso, y saber qué tenía por dentro.

Así, asustados pero triunfantes, llegamos al cerro que los lugareños llamaban Tzompantepec. En el pequeño adoratorio consagrado a Huitzilopochtli nos quedamos a dormir y tuvimos el lugar para nosotros, después de que los caxtilteca echaron abajo un enorme tzompantli donde se mostraban los cráneos de los sacrificados.

Tuvimos que quedarnos en la aldea durante varios días, sin que sus habitantes pudieran alimentarnos, pasando hambre, pero sobre todo temblando ante la posibilidad de ser víctimas de los texcalteca en un ataque sorpresivo. A pesar de que los pobladores de aquella comarca no se atrevieron a atacarnos al amparo de las sombras de la noche, casi todos nuestros guerreros permanecían vestidos y con sus armas en las manos. Semejaban espectros contra las llamas de las antorchas que iluminaban los límites de la aldea.

De día, al no recibir respuesta a los mensajes de concordia enviados por los caxtilteca, los soldados quemaron, una a una, todas las aldeas cercanas. Con sus teas en una mano y sus espadas en la otra, parecían seres maléficos que llevaban la muerte a cuestas.

¡Cómo nos dolimos de aquellas gentes! Yo pude escuchar los gritos de terror y ver cómo sus ánimas se alzaban entre las llamas hacia el reino de los descarnados. Esos sonidos, esas imágenes se quedarían en mí para siempre. Con unos cuantos capitanes, los caxtilteca se metían en los pueblos y saqueaban los templos y lanzaban a los sacerdotes desde lo alto hacia el vacío. En otras aldeas apresaron a los hombres y les cortaron orejas, manos y demás miembros, sembrando el terror entre los que quedaban vivos.

En algunos lugares nada quedó en pie: de las casas solo sobrevivieron los adobes quemados; de las siembras de maíz, únicamente los tallos negros. En las sementeras de chile, el olor hacía que lloraran los ojos y se asfixiaran las gentes a mucha distancia. La desolación flotaba por doquier y yo caminaba ahogada en llanto.

En una aldea alcancé a ver cómo los soldados caxtilteca atravesaron con sus espadas a dos viejos que los miraban aterrorizados y después quemaron su humilde choza de carrizos. A su lado, aferrada a los cadáveres de sus padres, sollozaba una pequeña cubierta de harapos y con los cabellos sueltos. Por lástima o por prisa, la dejaron vivir.

Cuando los miré alejarse con su olor a muerte, con sus espadas sangrantes y la mueca cruel en sus rostros cubiertos de hollín, me acerqué a la criatura, que no dejaba de llorar con gritos roncos. Sin pensarlo mucho, la estreché entre mis brazos y luego, entre forcejeos, la saqué de ahí.

—¿Tienes familia? —pregunté mientras la cargaba y corría de regreso a Tzompantepec.

Cuando eché una segunda ojeada a los terrenos que nos rodeaban, comprendí la inutilidad de mi pregunta: en los alrededores no quedaba nada, solo escombros, solo cañas quemadas, solo cadáveres sangrantes y gente con la mirada enloquecida que corría sin rumbo entre los magueyes.

De regreso en el poblado, limpié a la niña y la cambié, ajustándole un huipil que de todos modos arrastraba por el suelo. Bebió con desesperación el atolli que le dieron mis doncellas, y cuando estuvo más tranquila le pregunté:

—¿Tienes nombre?

Negó con la cabeza. Así comprendí que me entendía.

—Pareces un conejito asustado —le dije sonriendo—. Te llamaré Skáu, que significa «conejo» en mi lengua.

La criatura también sonrió y su carita delgada logró que mi corazón se estremeciera de ternura.

—Desde ahora irás conmigo a todas partes. No vas a quedarte sola aquí.

La niña pronto cayó en un profundo sueño, interrumpido por suspiros, que no eran más que los restos del llanto contenido. La dejé vigilada por mis doncellas y fui a reunirme con los nobles y guerreros tutunakú que frente al fuego comían los pocos alimentos disponibles. El espanto y la indignación por lo ocurrido se mostraban en todas sus palabras.

—Ni siquiera los mexica se atrevieron nunca a esto —decían en un susurro.

—¿Habremos hecho bien al seguir a estos extranjeros? —Se permitían dudar por primera vez algunos señores de Cempoallan y Quiahuixtlan.

—Ya es muy tarde para volver atrás —respondió Qesqáh—. Y los texcalteca se han buscado su destino al no responder al llamado de los teteuhctin.

151

Muchos asintieron en silencio.

—Los de Texcallac son unos salvajes, siempre lo supimos —dijo otro—. Y no son confiables. ¡Quién sabe qué planes tortuosos tengan en mente!

—¡Y nosotros que pensamos que podríamos hacer una alianza!… —Suspiró Qesqáh—. Ahora los caxtilteca dudan también de nosotros por haber propuesto esa fallida unión.

Entonces las princesas que estaban presentes, al igual que yo, nos estremecimos. Aunque ya lo sospechábamos, solo en ese momento tuvimos la certeza de que estábamos en peligro. Y ahora que sabíamos de la crueldad de los extranjeros, no podríamos volver a sentir paz. ¿Nos echarían a sus perros apestosos a humedad y baba para que nos devorasen? ¿Nos cortarían en pedazos y nos regarían por el monte? ¡Ay! ¡No habría muerte más indigna para nosotros! No recibiríamos los últimos adioses, no habría ceremonias, no tendríamos acompañantes que nos apoyaran por el camino. Enseguida una pregunta me empezó a oprimir el pecho: ¿don Fernando sería capaz de permitirlo?

Aquella noche volví a nuestra improvisada casa de tela con el ánimo oscuro. Pronto el capitán Mairena se reunió conmigo y por primera vez no quise responder a sus caricias. No podía dejar de pensar en lo ocurrido en las aldeas cercanas: me perseguían los rostros aterrorizados de los macehualtin huyendo de las llamas y hasta mí llegaban los suspiros de Skáu desde la casa contigua, donde dormía con mis doncellas. Era inútil que don Fernando tratara de explicarse; sabía que no tenía que hacerlo y se limitó a poseerme con rudeza, como queriendo sacarse de encima esas mismas imágenes que para siempre nos atormentarían. Yo lo dejé hacer, volviendo el rostro hacia otro lado y secando mis lágrimas en cuanto brotaban de mis ojos.

Al día siguiente, Xicohténcatl envió viandas exquisitas que nos salvaron de caer desfallecidos. Comimos como hacía mucho que no lo hacíamos: tamalli de carne y de dulce, totoles y patos en salsa de chile y frutas, además de maíz y hierba para los caballos. No era un mensaje de paz; los enviados del señor de Tizatlan parecían espías que todo lo veían y todo lo iban a contar.

Aquellos alimentos eran el preludio de otro ataque: los de Texcallac no querían que se dijera que sus enemigos habían sido vencidos por estar desfallecientes de hambre; el obsequio era un acto bélico de honor. Así se lo hicieron saber los enviados de Xicohténcatl a los capitanes. Y ellos, con el objetivo de mandarles a nuestros adversarios otro mensaje, les cortaron las manos a los sirvientes del señor de Tizatlan antes de dejarlos partir.

En la madrugada, los caxtilteca se prepararon para matar o morir: una vez más los vi humillados ante sus dioses, murmurando con los ojos cerrados. El hombre sagrado tenía los brazos levantados y trazaba en el aire la forma de los palos cruzados que veneraban.

La batalla más grande se dio ante nuestros ojos, ahí, en pleno valle. Las caracolas no dejaron de lanzar su quejido grave a cada acometida de los guerreros enemigos, que parecían salir de todos los rincones. Nuestros hombres rodearon la aldea para protegernos y en esa formación atacaban más fácilmente a los miles de guerreros enemigos que llegaban por todas partes.

Sabíamos que estábamos a salvo, pero no dejábamos de estremecernos con los gritos de dolor de los heridos y las exclamaciones de rabia de los atacantes. En el centro del combate, donde nos encontrábamos, apenas podíamos ver lo que ocurría. Solo éramos capaces de sentir horror creciente ante tanta sangre, tantos miembros mutilados, tantos huesos rotos…; angustia al no poder decir quién resultaría vencedor, al ignorar si nuestros hombres estaban vivos todavía…; duda, por no saber a quién temer más, si a los otomime que ante nada se arredraban, a los texcalteca cuyos golpes eran siempre certeros y casi siempre mortales, o a los caxtilteca que sembraban la muerte por doquier con sus rayos de fuego.

Pasó todo el día sin que hubiera tregua, sin un momento de silencio, a pesar de los numerosos muertos y heridos entre nuestros oponentes. Solo con la puesta del sol comenzaron a espaciarse cada vez más los truenos y rayos de las armas de metal, y los enemigos se replegaron hasta que el valle quedó desierto. Únicamente persistía el olor a hierba quemada, a carne chamuscada, a muerte.

Nuestros guerreros, temblorosos y cubiertos de sudor y tizne, lanzaron un solo alarido de emoción. Con el brío de la victoria, las más de mil gargantas hicieron llegar el grito triunfal a todos los rincones del reino de Texcallac. Aquella noche el ejército de Xicohténcatl le lloraría a sus muertos y se preguntaría si había sido sensato no pactar con los extranjeros desde la primera vez.

En nuestro campamento esa velada fue de celebración. Los huéhuetl y teponaztli, que por la mañana habían servido para llamar a la batalla, por la noche marcaron el ritmo de las danzas de victoria. Los gritos eran de pura emoción desbordada. Los caxtilteca hacían chocar sus vasos rebosantes del vino que tanto les gustaba y los tutunakú se atrevieron a beberlo también.

Cuando estuve a solas con mi marido, dimos rienda suelta a la pasión una vez más. De esa manera podíamos librarnos del miedo, de la incertidumbre, de la angustia de aquel día. Él me dio a probar su bebida que alteraba los sentidos y yo la paladeé con deleite; entonces entendí por qué les gustaba tanto. Cabalgamos juntos sobre campos de fuego, librando una batalla en la que no hubo ni vencedor ni vencido, a pesar de las incontables veces que él hundió en mi cuerpo su daga de jade y que yo le sorbí el ánima al apretarlo en la trampa de mi sexo.

No hacían falta las palabras: el latido de las pieles, el grito del placer incontenible eran más que suficientes.

Siguieron algunas escaramuzas que no se compararon con la sangrienta y larga batalla de aquella jornada. Los texcalteca eran famosos por no rendirse nunca. A costa de la sangre de muchos de ellos habían conservado su pequeño y feroz reino sin bajar la cabeza ante los mexica. Eso mismo hizo que Cortés quisiera vencerlos a cualquier precio: si lograba que esos fieros guerreros se convirtieran en sus aliados, el terror de los mexica no tendría límites.

Nuestro campamento era continuamente vigilado por espías mexica, aunque también nos visitaron algunos altos señores enviados por Motecuhzoma. Según el relato de quienes estuvieron presentes en la reunión, los emisarios del hueyi tlahtoani felicitaron a los extranjeros por su victoria contra los de Texcallac y los instaron a no seguir adelante. Su reino era muy pobre y estarían incómodos ahí, decían, aunque por los exquisitos regalos que les entregaron y los relatos de todos sus informantes, los caxtilteca no pudieran dar crédito a sus palabras.

Para todos nosotros era muy claro que los mensajes de Motecuhzoma contenían la conocida fórmula del desprecio a los enemigos. Pero los caxtilteca no podían saberlo. «Mi reino es muy pobre, pero te lo ofrezco, es tuyo» no significaba en realidad que los mexica se estimaran en poca cosa ni que le regalaran al recién llegado sus ciudades, menos aún si aquel ofrecimiento iba acompañado de valiosos obsequios.

Los presentes de los mexica iban en aumento, así como sus recomendaciones de detener la marcha. Entendí por fin que aquello era una amenaza velada a la vez que una declaración de desprecio por el adversario. Lo que el hueyi tlahtoani realmente mandaba decir era: «¿No ves acaso mi poder? ¿No concibes mis riquezas? Nada que tú puedas darme podrá igualar mis suntuosos regalos. Piensa bien con quién vas a enfrentarte. ¡Ay de ti si sigues adelante!».

Pero los caxtilteca estaban convencidos de que Motecuhzoma tenía miedo. ¿Sería posible que nos temiera? Aunque nosotros los tutunakú no lo creíamos, un sentimiento de satisfacción, un calor intenso dentro del pecho, nos animaba a resistir en medio de los guerreros heridos, atosigados por las fiebres, pródigos en lamentos.

Por fin un día Xicohténcatl llegó hasta nuestra aldea, acompañado por un rico séquito. Los tameme cargaban totoles, plumas y copal; más atrás marchaban algunas mujeres que serían ofrecidas como esclavas. El joven, el feroz Xicohténcatl, iba a pedir perdón. Delante de todos, el hermoso guerrero de anchas espaldas y rostro marcado por escarificaciones simétricas, ataviado con su quémitl colorida y su penacho ceremonial, habló con gravedad. Solo se oía su voz, seguida por la voz de Malina, seguida a su vez por la voz de Aguilar.

—No debe extrañarte que te hayamos hecho la guerra —dijo—. Nunca nos hemos doblegado ante soberano alguno, ni siquiera ante Motecuhzoma, que nos ha humillado. Hemos pagado muy cara la rebeldía. El hueyi tlahtoani nos ha limitado la sal; aunque las lagunas saladas estén tan cerca de nosotros, es él quien decide adónde va el fino grano. Nos ha impedido el comercio con los otros pueblos y por ello no podemos surtirnos de telas de algodón, que no se da en nuestras tierras frías. Hemos tenido que sobrevivir aislados, con muy poco. Por eso has tener en mejor aprecio que ahora vengamos a rendirnos. Seremos vasallos de tu rey, como has pedido.

Después de un breve momento en que Xicohténcatl miró a Cortés y a sus capitanes en silencio, como midiendo la reacción a sus palabras, continuó con la fórmula ritual de bienvenida:

—Sabemos que están cansados. Pero tengan en mente que han entrado en nuestra tierra, que ahora es su casa. Pueden considerar el reino de la garza, Texcallac, como suyo a partir de hoy.

Un grito unánime de júbilo se dejó escuchar entre la soldadesca hambrienta cuando Cortés repitió las palabras del joven señor de Tizatlan. De un golpe se acababan las intrigas que ya corrían entre las tropas, buscando la manera de regresar a la costa; de un golpe se terminó con el enojo y los reproches contra el capitán. Habíamos vencido.

Al día siguiente, nuestra enorme y un tanto maltrecha comitiva entró a Tizatlan, una de las ciudades principales del reino de Texcallac. Por delante, como siempre, iban Cortés y sus capitanes, acompañados de los nobles de Cempoallan y Quiahuixtlan, y ahora también de los texcalteca; después marchaban los soldados caxtilteca; atrás avanzaban nuestros guerreros y aquellos que se nos habían unido en el camino.

Finalmente íbamos todas las mujeres, las princesas primero; luego, las sirvientas, y hasta atrás, los tameme, que cargaban los objetos necesarios para la marcha. Para entonces quedaban pocos taínos y servían solo para transportar bultos.

Cortés fue hospedado en el palacio de Xicohténcatl, donde los señores de las otras ciudades principales llegaron a ofrecer regalos y asegurar su alianza. Nosotros, desde las casas donde nos dieron refugio, mirábamos pasar las procesiones de los grandes señores enfundados en sus quémitl rojas y blancas tejidas con fibras de maguey, más rudas que las nuestras, pero muy vistosas. Detrás venían los sacerdotes, con sus pelos largos pegados por la sangre de las víctimas del sacrificio y las orejas despedazadas a causa de las continuas punciones con espinas de maguey; cargaban los braseros rituales, de los que salían largas columnas de humo de copal con las que sahumaban a los invitados. A todos nos tocó comida en abundancia y con el descanso los heridos sanaron pronto.

En los días que estuvimos como invitados de los texcalteca en Tizatlan, me entretuve recorriendo las calles junto a las princesas, la pequeña Skáu, que me seguía con sus ojos brillantes y su eterna sonrisa, y Orteguilla, quien halló en ella una perfecta compañera de aventuras. Aunque los señores nos lo habían prohibido, encontramos muchas ocasiones para escaparnos y frecuentar el tianguis o hablar, aunque fuera un momento, con las mujeres de huipiles y enredos blancos, adornadas con escasas pero finas joyas de jade y ámbar.

En el mercado había alimentos de todo tipo: maíz de colores, aves comestibles, ranas y acociles, así como prendas de ropa, cactli adornados con piedras y plumas, y hasta cerámica multicolor y objetos de jade de las costas del Mayab. Ahí también encontramos a los guerreros afeitando sus cabezas en puestos donde los peluqueros los atendían riéndose de sus aventuras, mientras otros gozaban del temazcal.

En el tianguis nos tocó presenciar una escena muy triste. Unos días antes, Cortés había denunciado ante el viejo Xicohténcatl el robo de varios objetos de oro. El señor de Tizatlan se sintió profundamente avergonzado de que algo así ocurriera en su ciudad y prometió buscar al culpable. El ladrón fue perseguido hasta cerca de Chollolan por los guerreros de Xicohténcatl y conducido ante el capitán caxtiltécatl.

—Aquí lo tienes —dicen que dijo el gobernante a Cortés—. Haz lo que quieras con él.

—Siendo este tu reino, imparte tú la justicia —dijo Malina que decía el capitán.

Los sirvientes de Xicohténcatl condujeron al ladrón hasta la plaza central, donde se encontraba el tianguis. Ahí hicieron sonar la caracola y proclamaron hacia los cuatro rumbos del cosmos que el delito cometido por aquel infeliz ameritaba la muerte. Se hizo el silencio. La gente se reunió alrededor de los hombres que llevaban amarrado al ladrón. Cortés y sus capitanes, los pochteca, las mujeres, los sirvientes, los soldados caxtilteca, los guerreros tutunakú, nosotras…, todos observábamos con el aliento contenido.

El sangriento espectáculo no duró mucho: los sirvientes del señor de Tizatlan asestaron varios golpes en la cabeza del ladrón con sus mazos erizados de picos. Pronto el condenado, que no era más que un joven, casi niño, quedó tirado en la tierra, para servir de ejemplo.

Vi cómo se alejaron los caxtilteca con caras de terror, murmurando cosas, desaprobando quizá nuestros métodos de impartición de justicia. Pero ¿no habían sido ellos igualmente despiadados cuando ahorcaron a sus traidores en Villa Rica? Yo aún recordaba la silueta de aquellos cuerpos que Cortés mandó colgar, oscilantes, como presagios siniestros contra el fondo azul del mar, hasta que se convirtieron en carne putrefacta, devorada por los zopilotes.

10

TEXCALLAC-CHOLLOLAN
Septiembre-octubre de 1519

Tecuelhuatzin, la hermosa hija del viejo Xicohténcatl y hermana del valiente guerrero que llevaba el mismo nombre que su padre, fue entregada al capitán Alvarado; también Quetzalteuh, la hija de Maxixcatzin, se destinó como esposa del capitán Velázquez de León. Como ellos, muchos otros capitanes tomaron mujeres de Texcallac. Del mismo modo que habían hecho con las princesas de Quiahuixtlan y Cempoallan, allí también establecieron la condición de que las jóvenes fueran bautizadas.

El sacerdote caltixtécatl, junto a Malina, dedicó varios días a explicar a las mujeres su religión, y cuando consideró que las princesas estaban listas derramó agua sobre sus cabezas y les impuso nuevos nombres, algunos cercanos a los originales y otros totalmente distintos. Llamaba la atención la abundancia de Marías, Leonores, Luisas, Magdalenas, como yo... No obstante, nosotras siempre nos seguimos llamando con los nombres antiguos, mucho más bonitos y con mayor significado y profundidad.

Los bautizos delante de los dos palos cruzados y de la imagen de la diosa blanca eran al mismo tiempo las bodas tan festejadas por los texcalteca. Una nueva raza valiente y atrevida habría de nacer a partir de entonces, o por lo menos ese era el deseo de los señores de Texcallac. Con ello estaban sellando su alianza con los extranjeros.

Yo no estaba tan cierta de que nuestros matrimonios fueran el símbolo de una unión duradera con los recién llegados, y cada vez que pensaba en el futuro me invadían la incertidumbre y la angustia. También tenía una mezcla de entusiasmo y miedo. ¿De verdad nuestra era estaría llegando a su fin, como aseguraban los augurios? ¿Habríamos de construir juntos un mundo diferente? Cuando derrotáramos a los mexica, ¿los caxtilteca nos reconocerían también como vencedores? Si era así, ¿por qué destruir nuestros dioses? ¿Por qué imponernos otros nombres? ¡Qué afán de renombrarlo todo!

Una mañana, temprano, mientras nuestros hombres practicaban las artes de la guerra con los texcalteca en la planicie adjunta a la ciudad, vi llegar el cortejo de embajadores de Motecuhzoma. Desde lejos se distinguían sus literas sostenidas por esclavos y los ricos atavíos de los principales. Llevaban en las manos, como siempre, las vistosas y aromáticas flores de cacaloxóchitl, exclusivas de la nobleza.

Al notar que no venían a hablar con los caxtilteca sino con los señores de Texcallac, me ganó la curiosidad y los seguí. Llegaron al palacio de Xicohténcatl y yo me situé atrás de unos magueyes que me ocultaban completamente.

Después de los saludos protocolarios, los escuché decir:

—Noble señor, somos hermanos, somos descendientes del mismo pueblo que vino desde Chicomoztoc en tiempos de los que ya no hay registro. Adoramos a los mismos dioses y hablamos la misma lengua. Hemos tenido diferencias en el pasado, pero todo eso puede quedar olvidado ahora.

—¿Diferencias? ¿Diferencias, las llaman? —preguntó con ironía el fogoso hijo del tlahtoani—. Habernos privado de tantas cosas, habernos conducido a una vida tan precaria, haberse llevado a nuestros hijos para sacrificarlos, ¿esas son diferencias?

—Como digo, todo eso puede quedar sepultado para siempre —continuó el dignatario con tono conciliador—. Solo tienen que pelear de nuestro lado contra los extranjeros.

—… Y esperar que ustedes nos traicionen y vuelvan a aplastarnos ¡como siempre! —exclamó el joven guerrero.

—Formaremos una vez más un solo pueblo; como parte de nuestra alianza, seremos los señores del Anáhuac. ¡Invencibles! ¡Nadie osará disputarnos el poder! ¿No es eso lo que siempre soñaron?

Los señores de Texcallac callaron. No me cabía duda de que lo estaban considerando y podían imaginarse recibiendo tributos de todos los pueblos, colmados de riquezas y con derecho a ocupar algún día el trono del hueyi tlahtoani.

—Hemos dado la palabra. No somos traidores —sentenció Maxixcatzin, señor de Ocoteluco.

—Ni siquiera tienen que combatirlos de frente —insistió otro de los embajadores—. Solo llévenlos a Chollolan. Ahí los estaremos esperando.

—¡Hemos expresado nuestra voluntad! —Maxixcatzin comenzaba a exasperarse.

—Digan a su señor que no somos traidores —reiteró el viejo Xicohténcatl.

No pude ver cómo terminó aquella entrevista porque en ese momento dos guardias me levantaron por los brazos y me llevaron frente al consejo de Ancianos.

—Una espía —dijo Xicohténcatl, más intrigado que molesto.

—Es tutunakú. Viene con los extranjeros. La he visto; es mujer de uno de los capitanes de Cortés —informó el guardia.

—Suéltenla —ordenó Xicohténcatl a sus servidores; luego, dirigiéndose a mí, pidió—: Acércate.

Temblando llegué hasta el lujoso icpalli donde se sentaba el señor de Tizatlan y me postré ante él. El gobernante extendió su mano arrugada para tocar mi cara y mi cabeza. Yo sabía que estaba ciego y que esa era su manera de conocer mejor a sus interlocutores.

—Eres hermosa y joven; por tu peinado noto que eres noble. ¿Por qué espías?

—Señor, yo no quería… —comencé, aterrada.

—¿Te mandó Malinche?

Así habían apodado a Cortés y así lo seguirían llamando a partir de entonces los pueblos del altiplano: «el que acompaña a Malina», nada menos.

—¡No!

Seguramente Xicohténcatl escuchó la sinceridad, la sorpresa genuina en mi respuesta, porque a continuación dijo con voz suave, casi paternal:

—Has visto que no tenemos nada que ocultar. ¡Jamás haremos alianza con quienes nos han hecho sufrir tanto tiempo! Óyelo bien, para que lo repitas por todas partes: ¡hemos dado nuestra palabra y no somos traidores!

Pude percibir el aroma dulce del cacahuaxóchitl con que lo habían frotado en el temazcal, mezclado con el olor casi imperceptible del quémitl de fibra de maguey. Esto, aunado al tono afable pero firme con que me había hablado, me convenció, a saber por qué, de que los texcalteca no eran unos bárbaros como nos habían dicho, sino un pueblo que había sufrido incontables vejaciones y que, a pesar de todo, había conservado la dignidad y el honor. Ahora veían, como lo habíamos hecho nosotros, la oportunidad de librarse de una vez por todas de sus opresores.

Aunque yo habría preferido quedarme más tiempo en Tizatlan, Cortés y sus capitanes tenían prisa por continuar la marcha rumbo a Tenochtitlan y, curiosamente, los emisarios de

Motecuhzoma estaban de acuerdo con ello. Ante el fracaso de su intriga para poner a los señores texcalteca en nuestra contra, los dignatarios nos instaban a diario a abandonar los reinos de sus enemigos. Temían la alianza que habíamos logrado construir con aquel pueblo resentido. Cada día que permaneciéramos ahí, calculaban, se fortalecerían nuestros vínculos.

Los mexica querían llevarnos hacia Chollolan. Los texcalteca insistían en que aquello era una trampa y que debíamos ir con sus aliados a Huexotzinco; sin embargo, los teteuhctin no hicieron caso: las historias que habían escuchado de la ciudad santuario les despertaron deseos de recorrer sus calles, comprobar si era verdad que ahí se reunía la gente de todas partes.

A pesar de la rivalidad entre los de Chollolan y los del reino de Texcallac, los extranjeros pidieron a Xicohténcatl que mandara embajadores para concretar la visita y el señor decidió complacer a sus invitados. Vimos partir al noble Patlahuatzin, altivo, elegante y hermoso, con un séquito de sirvientes, hasta que se perdió en el polvo del camino hacia la ciudad santuario.

¡Cuál no sería nuestro horror al verlo regresar unos cuantos días más tarde! Sirvientes de ojos extraviados y caras lívidas de angustia sostenían la lujosa litera. El embajador no era más que un bulto sanguinolento: los chololteca lo habían matado y desollado; solo la piel de sus manos colgaba de los brazos en carne viva.

Nuestra última noche en Tizatlan no escuchamos otra cosa que aullidos de dolor y rabia. Las sonajas y caracolas unían los cantos funerarios con los clamores de guerra. Las plañideras se mesaban las greñas erizadas al correr por las calles y los nobles guerreros, transidos por la pena, planeaban su venganza. El viento frío de aquellas regiones hacía llegar hasta nosotros los cantos que incitaban a la lucha:

Ayudad a nuestros señores.
Los que tienen armas de metal,
destruyan la ciudad,
destruyan cuanto es mexicano.
¡Ea, esforzaos!

Emprendimos la marcha al amanecer. En el camino, cuando me acerqué a beber agua de un arroyo, observé mi imagen descomponiéndose en la corriente, pero inmediatamente después vi que el agua se teñía de rojo y el correr manso del arroyo se convertía en un lamento prolongado: mi rostro se había transformado en el rostro cadavérico de Cihuacóatl llorando por sus hijos. Aquello me hizo caer de espaldas en la ribera. Me estremecí de pavor ante aquel augurio nefasto: sin duda algo terrible iba a ocurrir.

Después de un día de marcha llegamos a Chollolan, que era una ciudad inmensa, con edificios mucho más abundantes y más altos que los nuestros. Los chololteca habían levantado sobre el monte un enorme templo en honor a Chiconaquiáhuitl, el dios de las nueve lluvias; ahí, las columnas de humo de los braseros rituales que jamás se apagaban se perdían en el valle.

La tarde de nuestra llegada, las princesas y yo nos atrevimos a subir hasta la cima de aquello que más parecía una montaña que un templo y la vista nos quitó el aliento. El valle a nuestros pies estaba poblado de aldeas y campos sembrados. Era, como Quiahuixtlan, una ciudad a la que todos los pueblos de los alrededores acudían a pedir favores a los dioses; ahí se erigían más de doscientos adoratorios, cuyas columnas de humo aromático se unían a las del templo de Chiconaquiáhuitl. Enfrente de la ciudad ceremonial, como una suerte de reflejo acrecentado del teocalli, se levantaba la Montaña que Echa Humo. Nos quedamos anonadadas; nunca habíamos visto nada parecido. Lanxánat me apretó la mano, emocionada:

—¿Imaginaste alguna vez poder ver esto?

Negué con la cabeza en silencio y me ceñí el quexquémitl. Tenía escalofríos y no sabía si era por la emoción que me producía el paisaje o por el vientecillo helado que venía directamente del Popocatépetl.

Las personas eran amables con nosotros, pero yo sabía que algo ocultaban. Cuando Skáu y yo recorríamos los puestos del tianguis, siempre había alguien que murmuraba a nuestras espaldas, que nos miraba no solo con recelo, sino con lástima. Sin embargo, no puse mucha atención entonces; estaba aprendiendo los nombres de los insectos que ahí se comían: los gusanos de maguey y los huevos de hormiga, que eran un manjar. Ávida de saber, memorizaba las denominaciones de las plantas que nunca había visto y que las viejas me mostraban con orgullo.

No pasaron ni dos días cuando recibimos la orden de Cortés de guarecernos en los palacios donde nos habían hospedado, sin salir por ningún motivo. ¿Sería que los chololteca esperaban que la vieja leyenda se cumpliera y Chiconaquiáhuitl con sus rayos acabara con nosotros? Sin duda tenían intenciones aviesas: no nos habían abastecido de alimentos como en otras partes y comenzamos a pasar hambre.

Comprobamos que cada vez había menos gente en las calles y en las plazas. ¿Habrían huido? ¿Preparaban los chololteca el ataque? El temor nos invadió. Cortés había cometido un grave error al no ir directamente a Huexotzinco, me dije cuando Malina confirmó que los de Chollolan pensaban darnos muerte a todos: una vieja en el mercado la había puesto sobre aviso y había ofrecido salvarla.

No sé muy bien cómo ocurrió todo. Nosotras, junto con los señores de Cempoallan y Quiahuixtlan, nos mantuvimos encerradas en el palacio de uno de los nobles que nos habían alojado. En ese mismo lugar, Cortés convocó a los principales señores de Chollolan, que acudieron desarmados a encontrarse con el capitán. Una vez dentro, ¡cuál no sería su sorpresa al verse atacados por los capitanes, montados en sus venados gigantes! Mataron a muchos y quienes quisieron escapar escalando las paredes fueron atravesados por las lanzas de los extranjeros.

Afuera solo se escuchaban gritos y el siseo de las sonajas rituales que llamaban al ataque. Oímos el ruido de las espadas al chocar con los cuerpos y los estallidos de los cilindros de metal de los caxtilteca. Luego vimos que los extranjeros habían dado muerte a cientos de personas.

Los texcalteca se habían quedado afuera de la ciudad para no intranquilizar a sus enemigos, pero cuando les avisaron lo que ocurría dentro, entraron dejando muchos muertos en las calles. Por fin tenían cerca a los chololteca que se habían atrevido a desafiarlos y aun a dar muerte a su amado embajador. Con la ferocidad que siempre mostraban, atravesaron con sus flechas a mujeres y niños que aún no se habían puesto a resguardo. Sus mazos quebraron huesos, sus cuchillos abrieron pechos y arrancaron miembros.

Los caxtilteca terminaron defendiendo a la gente, espantados de la furia de sus aliados, o eso nos dijeron. El hombre sagrado lloró al enterarse de lo sucedido. Me impresionó mucho verlo humillado en el piso, elevando los brazos y los ojos al cielo, murmurando sus plegarias. No estaba de acuerdo, comprendí; tal vez se arrepentía de haber sido parte de aquella matanza.

Los extranjeros incendiaron los adoratorios y derribaron con sus bolas de fuego muchos edificios. Dicen que los sacerdotes y la gente del pueblo que ahí había se lanzaban al vacío para huir de la destrucción y las llamas. De nada sirvió desprender las piedras del teocalli, que según la leyenda contenían el agua de ríos subterráneos: las nueve aguas de Chiconaquiáhuitl no brotaron nunca del gran templo. Él, como nuestros dioses antes, permaneció sordo a las súplicas.

¡Cuántas muertes! ¡Cuánta sangre estaba costando ese viaje! Las princesas tutunakú y texcalteca lloraban en los rincones del palacio que nos protegía, mientras yo intentaba contenerme para consolarlas. Skáu se agarraba de mi huipil y chillaba a gritos angustiados, recordando la destrucción de su aldea y la muerte de sus padres.

Orteguilla, por su parte, quería salir a luchar con los mayores y tuve que reprenderlo y sujetarlo para que no lo hiciera. Si bien había participado en los enfrentamientos de Texcallac, acarreando provisiones, ayudando a cargar las pesadas bolas de metal para las bocas de fuego, corriendo de un lado a otro para cumplir encargos, esta era una batalla muy distinta: aquello era una masacre.

¿Cómo saber si lograríamos salir de ahí con vida? Teníamos varios días comiendo apenas lo indispensable y el agua comenzaba a escasear también. Dentro del recinto se percibía el olor penetrante del carrizo quemado y los gritos de la gente apagaban nuestras plegarias a la diosa madre.

Don Fernando y Qesqáh estaban afuera, luchando. ¡Quién sabía si regresarían! ¿Qué sería de mí si uno de ellos caía abatido por las flechas y puñales de los chololteca? No me atreví a pensar qué resultaría más terrible: la muerte de don Fernando o la de Qesqáh. Me limité a pedirle a nuestra madre Kiwichat que protegiera a los dos.

No sospeché en aquel instante que mi angustia sería mucho mayor poco tiempo después. Cuando el recinto donde nos manteníamos juntas se llenó de humo, la princesa Ixlimuh se desmayó, tal vez por el calor, la falta de aire o el miedo. En mi premura por atenderla, pedí a la pequeña Skáu que buscara agua. No me di cuenta de que la niña salió del cuarto al encontrar la olla de barro vacía. No fue sino hasta que Lanxánat me lo informó, alarmada, cuando me percaté del tamaño del riesgo que corría.

—Voy a buscarla —dije.

—¡No! —gritaron las mujeres al unísono.

Tenían razón, era una locura: los pasillos y el patio del palacio estaban cubiertos de cadáveres y llovían los venablos y las flechas.

Entonces me invadió el terror. Skáu, mi conejito, estaría muerta en cualquier momento. ¿Cómo había podido descuidarla así? Cuando terminó la refriega, salimos a buscarla por todas partes, sin lograr encontrarla: no estaba en el suelo con los cientos de cadáveres; tampoco en las calles, donde la gente corría, muerta de terror. Incluso recorrimos las casas, una por una, sin dar con su paradero.

Se había ido de la misma manera en que había llegado a mi vida: entre el humo y la muerte. No dejé de llorar en varios días y las princesas, por más que intentaban consolarme, terminaban llorando también, porque le habían tomado cariño a la pequeña. Nuestra angustia era enorme, ya que a la pérdida de Skáu sumábamos el terror de encontrarnos con cuerpos mutilados, quemados, y una ciudad maltrecha por las armas de los caxtilteca.

Malina era la única que mantenía la calma.

—Piensen en lo que habría pasado si ellos nos hubieran sorprendido a nosotros. Planeaban acorralarnos; ya habían llenado los caminos de troncos afilados para que los venados gigantes no pudieran cruzar. Los guerreros estaban al acecho y se proponían matarnos a todos. ¿Quién debe morir? No está en nosotros decidirlo. Consideren una sola cosa: hoy, nosotros somos los que estamos vivos.

Comencé a tomarle aprecio ese día. El aplomo que mostraba era un ejemplo para todas nosotras. ¡Quién sabía adónde nos llevaría esa aventura! Pero, entre tanto, estábamos vivas y seguiríamos avanzando hacia nuestro destino.

11

CHOLLOLAN-TENOCHTITLAN
Noviembre de 1519

«¿Dónde está Tenochtitlan?», nos preguntábamos.

Los rumores decían que estábamos muy cerca, que en un día o dos llegaríamos allá. Los enviados mexica insistían en que tomáramos el camino menos accidentado, uno de los que se habían usado desde siempre para trasladarse de la costa a la ciudad, bordeando por el norte las dos montañas sagradas. Los texcalteca, por el contrario, opinaban que los guerreros del hueyi tlahtoani nos tenderían de nuevo una trampa y aconsejaban esperar.

Cortés había mandado a varios de sus capitanes, entre ellos don Fernando, a subir la Montaña que Echa Humo. Cuando volvieron con noticias de lo alta que era, de los materiales que habían encontrado allá arriba para fabricar pólvora —ese polvo negro que servía para disparar sus armas—, también informaron de otro camino que conducía a Tenochtitlan.

Si queríamos sorprender a los mexica, esa ruta era la mejor. Ordás, el capitán que había encabezado el contingente que se atrevió a desafiar a la Montaña que Echa Humo, también habló de lo que había observado desde las alturas: un valle fértil sembrado de maíz, amaranto y frijol, y más allá, mucho más allá, una ciudad enorme como nadie había visto hasta entonces y que se levantaba sobre el agua. Tenochtitlan estaba a nuestro alcance.

—¡Despierta, Xtaaku!

Cuando abrí los ojos encontré a Lanxánat mirándome con rostro compungido. Contra mi costumbre, seguía dormida pese a que había amanecido hacía ya rato. Don Fernando no estaba a mi lado y las doncellas me habían dejado descansar después de que me había pasado la noche llorando, como muchas noches antes, por la pérdida de Skáu.

—¡Ya se van!

—¿Quiénes? —pregunté, todavía adormilada.

—Nuestros hermanos. Los señores de Cempoallan y de los otros altépetl tutunakú.

Yo lo sabía; así estaba decidido desde el principio. Los señores de Cempoallan y Quiahuixtlan, junto con sus sirvientes y la mitad de los guerreros, regresaban a casa. Habían llevado a Cortés hasta el reino mexícatl y no querían seguir pasando más fatigas y sinsabores como hasta entonces; habían cumplido con su parte del trato. Con los guerreros texcalteca que se nos habían unido y los chololteca que después de su derrota habían sido forzados a caminar con nosotros teníamos suficiente defensa y no sabíamos cuánta comida hallaríamos disponible a partir de ese momento.

Sabía también que, por más que los caxtilteca los hubieran tratado con respeto, habían insistido en llevarlos primero y retenerlos luego, como garantía de la fidelidad de nuestro ejército. Ahora que se sentían tan cerca de su destino, los dejaron ir, obsequiándolos con oro, plumas y paños, parte del tesoro que iban acumulando con lo que Motecuhzoma les enviaba.

Nosotras, quienes habíamos sido entregadas a los capitanes de Cortés, habríamos de quedarnos con ellos. Al menos así lo hicimos Lanxánat, Tecuelhuatzin, Quetzalteuh, otras princesas texcalteca y yo. Ixlimuh y las princesas de Cempoallan, en cambio, fueron enviadas de regreso. Cortés argumentaba que aquello era por comodidad de las doncellas y que de ninguna manera debía tomarse como rechazo u ofensa. Pero todos sabíamos que, desde que Malina era su mujer, el capitán no quería estar con ninguna otra. Olid, en cambio, no deseaba separarse de Lanxánat, para gran desagrado de esta.

Qesqáh y sus guerreros se quedaron también a fin de protegernos y, sobre todo, de cumplir el sueño tan largamente anhelado de llegar a Tenochtitlan. Con todo, yo me había sentido más segura caminando al lado de tanta de nuestra gente, mientras que ahora nos superaban en número los texcalteca y aun los aterrados y furiosos chololteca.

Saber lo que iba a ocurrir no me libraba del dolor de la partida. Me sentía especialmente frágil tras haber perdido a Skáu y quería estar cerca de mi gente, escuchar mi lengua, aunque me hallara muy lejos de mi hogar.

Cuando llegué a donde los señores se preparaban para partir, me acerqué a Mamexi, a quien estimaba especialmente. Era un hombre maduro que había enfrentado a muchos enemigos de nuestro pueblo y se preciaba de haber defendido a nuestro señor Xicomácatl durante un ataque mexícatl de los de Tzingapacingo en un viaje del señor de Cempoallan a Paxil. Era también el único de nosotros que había estado, siendo muy pequeño, en Tenochtitlan. Yo había oído mil veces las historias que nos contaban desde niños sobre él y había aprendido a glorificar sus hazañas.

—No temas, criatura —me dijo, poniendo la mano sobre mi cabeza—. Como mujer de un caxtiltécatl no se atreverán a hacerte daño. Y si eso no fuera suficiente, marchan junto a ustedes los mejores guerreros tutunakú, quienes estarán dispuestos a dar la vida por defender a Lanxánat y a ti.

Yo asentí en silencio; lloraba. ¿Y si nunca volvía a verlo?

—Cuida a Lanxánat. Recuerda que está bajo tu responsabilidad; si algo le ocurriera, no quiero pensar en el dolor que causarías en nuestros señores, en nuestro pueblo.

Lo miré un momento y encontré tristeza en su rostro cuando se despidió de mí. Nuestros guerreros no expresaban sus sentimientos fácilmente, pero entendí que su corazón sufría.

Ixlimuh y las princesas cempoalteca estaban bañadas en lágrimas. La sobrina de Xicomácatl decía entre sollozos:

—¿Qué va a decir mi señor?, ¿que no he podido agradar al capitán?, ¿que no he logrado quedar preñada?

Yo intentaba consolarla:

—Es por tu bien. No sabemos en qué acabará esta aventura, no sabemos si encontraremos alimento suficiente o alojamiento. Cortés no quiere ponerte en riesgo. Seguramente los señores que marchan a tu lado explicarán a Xicomácatl las razones de su regreso.

No pude convencerla y subió a la litera con los ojos arrasados en llanto. Al filo del mediodía, los vimos alejarse rumbo a Chollolan y, sin poder contenernos, tanto Lanxánat y yo, al igual que las doncellas que nos servían, corrimos detrás de las princesas, de los guerreros que avanzaban a buen paso y de los señores que se balanceaban en las sillas de manos que cargaban los tameme.

Corrimos hasta que no pudimos más; después nos echamos al suelo a llorar. ¿Qué destino incierto nos aguardaba al otro lado de las montañas sagradas? ¿Volveríamos a ver al venerado tlacochcálcatl?, ¿a nuestros señores? Nos dejamos llevar por la tristeza, por el miedo, pero después de un rato, sabiendo que no podíamos hacer otra cosa, levantamos la cabeza, nos secamos las lágrimas y regresamos a donde el contingente se preparaba para subir la empinada cuesta.

Tomamos el camino que nos conduciría a Tenochtitlan, a pesar de nuestro miedo al frío de la montaña. Ya no queríamos volver a sufrir por las tormentas heladas, esquivando las ventiscas de las alturas, como habíamos hecho en el Nauhcampatépetl. Lo que nos esperaba, temíamos, era mucho peor: una pared azul que se perdía entre las nubes. A medida que ascendíamos, la vegetación se tornaba más rala. Caminamos entre los bosques de pinos hasta que solo hubo un mar de piedra y arena negra.

La boca de la montaña, por donde brotaba el humo, estaba cada vez más cerca y la tierra temblaba bajo nuestros pies, lo que causaba que muchos corrieran cuesta abajo, aterrorizados. El viento helado nos calaba los huesos e incluso nos sacaba sangre de la nariz; nosotros, los habitantes del Totonacapan, jamás habíamos sentido frío igual, ni siquiera cuando subimos la montaña sagrada de los habitantes de Xallapan: aquella sensación de desamparo en nada se comparaba con los vientos del norte que llevaban la lluvia a nuestras tierras. De nuevo vinieron a mi mente las advertencias de la gente de Xallitic: en la cima de las montañas habitan los dioses y los espíritus; invadir su reino siempre trae castigo. ¿Sobreviviríamos?

Esa noche apenas dormimos, ateridos de frío, junto a las hogueras. Los tameme y sirvientes corrían de un lado a otro trayendo la nieve de las partes más altas a fin de derretirla en las cacerolas y poder beber agua. Yo había visto la nieve en lo alto del Poyauhtécatl, pero nunca había presenciado esa transmutación: el agua podía tornarse piedra, luego volver a ser agua si se ponía al fuego. ¡Qué prodigio!

—Cepayáhuitl —dijeron los de Chollolan.

—Nieve —dijo el capitán Mairena.

—Longni —dijeron los guerreros tutunakú.

Hundí las manos en aquella materia blanca hasta que ya no pude sentirlas. Me restregué la cara y me emocioné ante el surgimiento de un nuevo vigor que provenía de mi interior. En ese momento tuve la certeza de que sobreviviríamos a los hechizos de los espíritus del monte.

El segundo día llegamos a un paso entre las dos montañas, llamado Tajón del Águila. Nada pudimos ver del otro lado, salvo un abismo de nubes grises, bruma. Ahí enfrente debía estar Tenochtitlan, pero se escondía de nosotros.

Los texcalteca murmuraron que ese punto, ese paso preciso, era donde se había detenido Quetzalcóatl cuando iba huyendo de Tula rumbo a Coatzacoalco. Ahí sus enanos y jorobados habían muerto congelados. Muchos se sintieron perturbados con aquella historia, además de que el frío arreciaba y el aire cortaba el resuello.

Yo sentía, como muchos, que el pecho me estallaba y mi cabeza era un tambor en mis oídos. Por momentos pensé que me caería, pero tuve que recomponerme para ayudar a Lanxánat, que estaba mucho más asustada que yo. Los teteuhctin, por el contrario, mantuvieron el buen humor, incluso cuando la nieve comenzó a caer sobre nosotros. Les recordaba su hogar, me explicó Orteguilla luego.

También eso fue para mí una novedad. Apresé algunos copos en mis manos y los llevé hasta mi nariz: tenían un aroma parecido al de la flor blanca del mozote que usábamos para curar el espanto. Aquel aroma incomparable podría ser imperceptible para nuestros aliados, pero no para nosotros los tutunakú; a lo lejos, vi la alegría de Qesqáh al percibir ese olor característico en aquella materia evanescente.

Nos cubrimos lo mejor que pudimos, utilizando las capas de algodón que traíamos de Cempoallan y, encima, los pellones de plumas, que resultaron muy efectivos para mantenernos calientes. Nos forramos los pies con las telas que teníamos y procuramos marchar todas juntas para darnos más calor.

No duró mucho el tormento. Pronto llegamos a un poblado llamado Huehuecalco, ya del otro lado de la montaña. Ahí encontramos una gran casa donde guarecernos y muchas provisiones que seguramente estaban reservadas a los guerreros mexica; era su costumbre dejarlas en los caminos, sabiendo que nadie se atrevería a tocarlas.

El crepitar de la lumbre en los fogones nunca me resultó tan alegre como aquella noche. Acercar las manos y los pies a las llamas para desentumirlos era un regalo de nuestra diosa del fuego: Tysqoyat estaría siempre ahí para darnos calor. Los tlaxcalli de aquella noche han sido los más ricos que he probado en mi vida y el atolli sencillo, sin más dulce o sal porque no había, fue un elixir en mi boca.

Al amanecer, el clima había cambiado y el nuevo día despuntaba diáfano en lo alto de la montaña. Cuando salimos de nuestro albergue, por fin pudimos vislumbrar a lo lejos lo que nos esperaba. Allá abajo, ¿qué era aquello? ¿Sería por ventura el mar? El azul profundo en medio de las sementeras verdes me hizo recordar mi casa. ¿Volvería a ver mi ciudad alguna vez? Sentí que se me salían las lágrimas; las sequé de inmediato para que nadie se diera cuenta.

Ahí, dentro de ese mar enorme, había una ciudad como nunca habíamos visto: inmensa, con múltiples columnas de humo que denotaban los muchos santuarios para los dioses; era un chalchihuite que reflejaba los colores del arcoíris, una preciosa joya suspendida sobre las aguas. Aún estaba lejos y antes de llegar a ella habría que cruzar los poblados que se esparcían como tachones multicolores en el verde tapiz de las milpas.

Los capitanes caxtilteca y los guerreros texcalteca contemplaron aquel espectáculo con incredulidad y, sobre todo, con temor. ¿Podrían vencer a los guerreros de aquella gigantesca urbe? ¿Cuántos miles, cuántos cientos de miles habría ahí? La fama de la ferocidad de los mexica era bien conocida por todas partes y esos hombres nunca previeron el tamaño del riesgo que corrían al intentar entrar en una población como aquella. Hubo opiniones discordantes: algunos soldados decían que querían volverse para juntar a todos los guerreros posibles y aumentar las posibilidades de victoria; otros creían que había que seguir adelante.

El ánimo mejoró una vez que los habitantes de Amaquemecan, ya muy cerca del lago, nos hospedaron en sus casas y se quejaron de los tributos a los que Motecuhzoma los sometía. Cuando nos marchamos, dieron a los caxtilteca muchos regalos de oro, toda la comida que podríamos necesitar para continuar el viaje y cuarenta esclavas, jovencitas todas, hermosas todas y bien ajuaradas. Ellas pasaron a servir a los soldados sin mujer, que tan desgastados venían de las batallas.

Lo mismo pasó en Chalco. Era una ciudad más grande que Amaquemecan y estaba a orillas del gran lago, cosa que nos llamó particularmente la atención. Desde la casa donde nos hospedaron podíamos observar las canoas de los lugareños surcando las aguas. Don Fernando dijo que eran espías, pero a mí me parecieron simples curiosos que querían ver de cerca a los extranjeros, que les parecían dioses o seres de otro mundo.

Los caxtilteca hicieron estallar sus cilindros de fuego para espantar a los navegantes indiscretos y la explosión que levantó el oleaje en el lago provocó otro ruido ensordecedor: el batir de cientos de miles de alas de aves que huyeron de sus refugios en las ramas de los árboles. El estruendo inquietó a los chalca tanto como a nosotros.

Los habitantes de la ciudad narraron en detalle sus penurias a manos de los mexica. Desde la histórica derrota que habían sufrido en tiempos de Axayácatl, los señores de Tenochtitlan los mantenían sometidos y cobraban tributos exorbitantes: ochocientas capas largas entregadas con regularidad, trajes de guerrero primorosamente bordados y cubiertos de plumas preciosas, así como maíz, frijoles y hierbas en cantidad.

Las historias sobre aquella derrota habían trascendido más allá de las poblaciones del lago y hasta yo conocía los famosos cantos de las mujeres de Chalco, en los cuales se hacía burla de los varones chalcas, mostrando que ellas no solo no habían sido vencidas, sino que eran capaces de triunfar sobre Axayácatl mediante las artes del cuerpo. ¿Quién no podía repetir los versos?

… Así estimo tu palabra,
de mi compañero en el lecho,
tú, pequeño Axayácatl,
dele yo contento.
Solo levanto el gusano,
lo hago estar recto.
Dele yo contento
a mi compañero en el lecho,
tú, pequeño Axayácatl.

Por todo eso, nuestros anfitriones tenían un odio añejo contra sus opresores. Muchas veces habían querido levantarse contra ellos y este era por fin el momento señalado por los augurios antiguos. Con gusto nos brindarían alimentos y sirvientes. Que estos pueblos se hubieran unido a nuestra causa nos levantó aún más el ánimo. Ya nada nos detendría en nuestro camino hasta la gran ciudad de Tenochtitlan.

Avanzamos entre tupidos bosques, rodeamos las milpas, donde ya se erguían las mazorcas con sus melenas de oro, así como los sembradíos de chile, y más allá, medio ocultos entre los árboles, divisamos cientos de venados de los que de seguro se alimentaban todos aquellos pueblos.

Llegamos a Mixquic, hermosa ciudad con varios templos que parecían salir del agua y cuyos pobladores también manifestaron su odio a los mexica. Prometieron darnos su apoyo y acompañarnos hasta Iztapallapan, por lo que Cortés dio la orden de que se les permitiera a los cholulteca regresar a su ciudad.

Lo que más recuerdo de ese sitio es que ahí nos sirvieron, como manjar, unas tortitas confeccionadas con lodo del lago revuelto con larvas de mosquitos y tostadas en el comal. También hubo patos en salsa de chile, nopales con gusanos de maguey asados, acompañados con tlaxcalli de maíz azul.

Después de la comida, mientras paseaba con Lanxánat por la orilla del lago, me encontré con Qesqáh. Al comentar con él la inminencia de nuestra llegada a la capital mexícatl, me dijo con los ojos brillantes de esperanza:

—En pocos días habremos conseguido lo que ninguno de los nuestros ha logrado nunca: entrar en Tenochtitlan con un ejército temido por el hueyi tlahtoani. Pase lo que pase a continuación, por ese solo momento yo sentiré que he cumplido el propósito de mi vida. ¡Seré el ejemplo de los jóvenes! ¡Tal vez me nombren señor de Quiahuixtlan! ¿Quién, dime tú, quién ha podido llegar tan lejos?, ¿vencer a tan feroces enemigos? ¡Nadie!

Yo no compartía su entusiasmo. ¿Cuál era el propósito de mi vida? No lo sabía de cierto, pero dudaba mucho que entrar en Tenochtitlan pudiera satisfacer todos mis deseos y permitirme morir tranquila. Algo me decía que Qesqáh no sería señor de Quiahuixtlan, por más que la idea me resultara agradable.

Era curioso; si hubiera podido preguntarle, don Fernando tal vez me habría dicho lo mismo: la llegada a Tenochtitlan marcaría un hito en las vidas de aquellos forasteros. Había oído decir a Malina que los teteuhctin no daban crédito a sus ojos al acercarse a la mítica Tenochtitlan: era mucho más grande que cualquier población de Castilla; mucho más que cualquier otra urbe donde hubieran estado jamás. Sin duda deseaban regresar a sus tierras allende el mar cargados de tesoros y de historias, y esperaban que sus hazañas fueran cantadas hasta el final de los tiempos.

Lo que compartíamos todos, por diferentes razones, era el sueño de Tenochtitlan: la ciudad idealizada, la ciudad que solo podía existir en nuestras fantasías, en la misma categoría de las ciudades donde moran los dioses.

Al día siguiente nos internamos en una ancha calzada que nos llevó a Iztapallapan, ciudad gobernada por uno de los guerreros más conocidos y fieros: Cuauhtláhuac. Él, junto con otros señores, salió a recibirnos cerca del Citlaltépetl, su monte sagrado, mostrándose, si no amigable, por lo menos respetuoso y comedido frente a los caxtilteca.

Nos alojaron en el palacio del señor y desde ahí pudimos ver la ciudad, construida casi en su totalidad sobre el lago. Fue un gran descanso reposar en las esteras cubiertas por finas telas teñidas de azul, bajo techos de madera de oloroso cedro y calentados por braseros en forma de animales fantásticos y ricamente decorados.

Yo nunca había visto un boato como aquel y ciertamente los caxtilteca tampoco, a juzgar por sus ojos extraviados y sus bocas abiertas de asombro. ¡Cómo se vestían aquellos señores! ¡Cuánta magnificencia había en sus quémitl coloridas! Hasta sus sandalias estaban tejidas con hermosos chalchihuites pulidos en formas caprichosas. Cuauhtláhuac era el hombre más hermoso que yo había conocido: grande, de músculos como tallados en piedra, rostro adusto de labios gruesos y cabello negro, brillante, oloroso a hierbas aromáticas con las que sin duda había sido frotado por sus esclavas.

—¿Cómo serán las mujeres de Cuauhtláhuac? —preguntó Tecuelhuetzin durante el paseo que hicimos esa tarde dentro del palacio del señor de Iztapallapan.

—¡Quiero saber si es verdad que sus atuendos superan los nuestros, como dicen! —completó Lanxánat.

Yo también tenía curiosidad, pero no pudimos ver a las princesas y ni siquiera a las doncellas; seguramente se les había prohibido salir de sus aposentos, temiendo posibles ataques de los extranjeros. Eso no impidió que recorriéramos los edificios que componían el majestuoso palacio, hasta donde nos lo permitieron los guardias de nuestro anfitrión. Desde lo alto de los balcones podían apreciarse las montañas sagradas de los mexica y, a lo lejos, la imponente ciudad adonde llegaríamos al día siguiente.

Cuando descubrimos los jardines de Cuauhtláhuac, nuestra sorpresa y agrado fueron mayúsculos. Desde las veredas tapizadas de grava roja que se habían trazado entre las plantas escuchamos el rumor del agua en los canales de riego y percibimos con deleite el aroma delirante de las flores primorosas traídas de todas las provincias del imperio. Más allá distinguimos peces de colores que nadaban en los estanques medio cubiertos de flores de yoloxóchitl. En aquel lugar uno sentía que había llegado al mismísimo Tlalocan.

—Quisiera ser una de las esposas de Cuauhtláhuac —exclamó Lanxánat con desparpajo.

Las otras princesas rieron bajito, tapándose la boca.

—¡No digas eso! —me sentí en la necesidad de decir—. No sabemos quién nos escucha. Además…

—¡Vamos! ¿A poco tú no querrías caminar cada día entre estas plantas aromáticas, vivir rodeada de sirvientes y, sobre todo, yacer en el mismo lecho que ese hermoso señor? Solo de pensarlo siento un calor que me sube desde…

—¡Basta! —atajé, en medio de las risas incontenibles de las otras.

Al callar a Lanxánat comprendí que estaba silenciando las ganas que me habían surgido en el cuerpo desde que vi a Cuauhtláhuac por primera vez.

—Recuerda, no debemos hacer caso a nuestros torpes deseos —sentencié, contrita, y al hacerlo comprendí que me estaba convirtiendo en mi madre.

En el camino de regreso a nuestros aposentos, cuando alabamos los jardines que habíamos visitado, los sirvientes de los embajadores mexica que habían viajado con nosotros nos dijeron que si eso nos había impresionado, entonces no daríamos crédito a nuestros ojos al ver los jardines de Motecuhzoma, que eran mil veces más hermosos.

El hueyi tlahtoani tenía en su palacio una planta de cada flor que hubiera en todos los territorios que le rendían vasallaje, así como un ejemplar de cada animal que existiese sobre la tierra: fieras, sierpes, aves de rapiña, monstruos del desierto. Asimismo, peces de colores llenaban sus estanques, y pájaros de todas las voces, de todos los trinos habidos y por haber, se mantenían en enormes jaulas para el placer de su majestad.

También vivían enjaulados los monstruos y adefesios que Motecuhzoma coleccionaba: niños de pelo blanco y ojos de turquesa, gemelos unidos en un solo cuerpo, hombres de cabeza descomunal, hermafroditas, mujeres barbadas... ¡Cuanto ser extraño existía estaba ahí!

¿Podría haber tanto poder sobre la tierra? Imaginar aquella magnificencia me hizo sentir miedo. ¿De qué servirían los venados gigantes de los caxtilteca y sus tubos de metal frente a la servidumbre de miles y miles y miles de personas que veneraban y temían a Motecuhzoma? Temblaba al pensar que en el momento en que los mexica así lo decidieran, todos nosotros estaríamos muertos, atrapados entre las aguas de aquel lago y cercados en todas direcciones por los guerreros más feroces que había habido en el mundo.

Temprano, la mañana siguiente, enfilamos hacia Tenochtitlan por la ancha calzada que comunicaba Iztapallapan con aquella ciudad. Cuatro señores principales encabezaban la marcha, entre ellos mi marido. Vestían sus armaduras y sombreros de metal, que despedían un brillo cegador a la luz matutina.

Por delante iba un joven guerrero que ondeaba orgulloso el estandarte de los caxtilteca.

Más atrás marchaban los soldados con sus espadas en la mano, para que se alcanzaran a ver desde lejos y en ellas se reflejara el cielo. Otros señores con sus ichcahuilpilli de algodón y sus lanzas levantadas los seguían. Montaban sus venados, que relinchaban, hacían ruidos con las narices y agitaban los muchos cascabeles que les habían puesto. Venían después los guerreros que manejaban las ballestas, con sus sombreros de metal adornados con plumas enriscadas. Cortés caminaba detrás, junto a nosotras, con sus sirvientes y otros señores.

Finalmente, coronando aquel desfile, avanzaban en perfecto orden los guerreros texcalteca, chalcas y los pocos tutunakú que habían seguido el viaje. Era sobrecogedor ver a tantos hombres pintados con los colores rituales de guerra, los complicados símbolos que cubrían sus rostros, sus pechos, sus piernas, dando gritos agudos que sus dedos por momentos amortiguaban sobre sus labios. Claro que yo ya había oído esos gritos antes, pero en aquella marcha por la calzada, entrando a la ciudad que habíamos soñado tanto, nos produjeron un impacto enorme.

La emoción no nos cegaba: capitanes y soldados caxtilteca, guerreros y nobles texcalteca y tutunakú, princesas y sirvientas, todos teníamos los cuerpos tensos como la cuerda de un arco. Nos sabíamos blanco fácil sobre aquella calzada a la vista de la gente. Nuestros ojos buscaban a lo lejos posibles guerreros apostados en lugares ignotos, las armas listas.

Más allá, cuando alcanzamos las primeras casas de la enorme ciudad, varios pipiltin mexica salieron a recibirnos frente al alto muro labrado con culebras que protegía Tenochtitlan. Ataviados con sus trajes de gala y sus tocados de vistosas plumas, nos escoltaron hasta la entrada. No los localizamos fácilmente, pero sabíamos que sus sirvientes, sus feroces huestes, estaban al acecho: sin duda calculaban la distancia y la velocidad del viento para hacer blanco en nuestros cuerpos con sus flechas en caso de que la orden de ataque llegara a sus oídos.

Desde la laguna, en sus canoas, mucha gente nos miraba: seguramente nunca habían visto cosa semejante. Los pochtecas señalaban azorados los venados y a los hombres blancos cubiertos de metal, pensando que eran un solo animal fantástico. ¿Serían dioses?, ¿seres sobrenaturales enviados por Quetzalcóatl?, se preguntaban, como al principio lo hicimos nosotros. Las mujeres, desde la orilla, apretaban a sus hijos contra sí, temiendo a aquellos monstruos. Ya habría tiempo para que comprendieran que los extranjeros eran igual de humanos que nosotros.

Vislumbramos la comitiva de Motecuhzoma desde muy lejos. El hueyi tlahtoani llegó, como correspondía a los grandes señores, en una litera que cargaban varios guerreros, precedida por un grupo de esclavos que iban barriendo el suelo. El techo con el que el gobernante se resguardaba del sol era de plumas verdes y estaba bordado con hilos de plata y oro que brillaban según les daba la luz. Gran cantidad de flores ensartadas en collares de oro adornaban la litera y cubrían por entero los cojines de plumas forrados de pieles de ocelote sobre los que se apoyaba el hueyi tlahtoani.

Los señores principales, entre ellos el valiente Cuauhtláhuac, venían adelante formando dos columnas. Me extrañó ver que, encima de los ricos atuendos que yo había podido apreciar el día anterior, usaban quémitl de fibra burda de maguey.

—Es para no competir en grandeza con el señor Motecuhzoma —me dijo Tecuelhuetzin, que conocía mejor las costumbres mexica.

Estaban también los guerreros águila y los guerreros jaguar, de los cuales solo había oído hablar: yo pensaba que no existían de verdad. Ahora los veía casi frente a mí, con sus trajes como piel de jaguar y sus capas bordadas con plumas de águila, besándose la mano con solemnidad después de tocar el suelo.

Ellos extendieron petates y telas para que pisara el emperador. Por fin, una vez que repartieron más regalos a Cortés y a sus capitanes, Motecuhzoma descendió lentamente de la litera.

El emperador brillaba bajo su ropa exquisitamente bordada. Las joyas que portaba eran de sobrecogedora belleza: un bezote de turquesa en el labio inferior, con el grabado de un colibrí; grandes adornos de jade para las orejas y la nariz, y un penacho de plumas de todos los colores, como nunca había yo visto. Había ahí quetzales, guacamayas y muchos pájaros que no conocía. Sus sandalias eran de oro, con piedras preciosas entretejidas, y sus brazaletes eran del mismo material. Su noble rostro permanecía imperturbable y su mirada se fijaba en un punto indefinido, por encima de nuestras cabezas.

Cortés bajó de su venado para encontrarse con el hueyi tlahtoani; extendió los brazos, disponiéndose a estrechar contra su pecho a Motecuhzoma, como suelen hacer los caxtilteca cuando quieren demostrar mucho aprecio, pero de inmediato los señores que acompañaban al Gran Señor lo apartaron. El emperador era un hombre sagrado que no podía tocarse, ni siquiera mirarlo a los ojos. Yo sabía que sus sirvientes, sus mujeres, sus señores tenían que mantener la cabeza agachada, la frente tocando el suelo mientras estuvieran en su presencia, y su voz no se dejaba oír por cualquiera: su mandato se transmitía a través de un intérprete.

Estábamos lo suficientemente cerca para ver el intercambio de joyas que hicieron los dos señores. Los sirvientes de Motecuhzoma pusieron alrededor del cuello de Cortés dos sartales de coral, entrelazados con un hilo de donde colgaban ocho camarones de oro. El capitán, incrédulo de estar por fin frente al temido hueyi tlahtoani, le preguntó con la intermediación de sus *lenguas*:

—¿Acaso eres tú? ¿Es que ya tú eres? ¿Eres en verdad Motecuhzoma?

Y, a través de su intérprete, el emperador respondió:

—Sí, soy yo.

El intérprete siguió comunicando las palabras del hueyi tlahtoani en el ritual de bienvenida que todos conocíamos:

—Señor nuestro: te has fatigado, te han dado cansancio, pero ya a la tierra tú has llegado. Has arribado a tu ciudad: Mexico-Tenochtitlan.

Me pregunté si Cortés habría entendido aquellas fórmulas de cortesía. ¿Pensaba de verdad que las ciudades se le habían entregado con aquel gesto? Por su cara de gran complacencia, así me lo pareció. ¡Qué desagradable sorpresa se llevaría!

Luego, el hueyi tlahtoani, en un gesto que a todos nos asombró, apartó el quémitl de su costado y, pellizcándose la piel, dijo, con ayuda de su intérprete:

—Te han dicho que soy un dios; pero, mira, soy un hombre, soy humano como cualquier otro.

Los caxtilteca se quedaron pasmados, al igual que nosotros. Motecuhzoma, siguiendo su costumbre de hablar con acertijos y expresar lo contrario de lo que realmente quería, estaba diciéndoles a los recién llegados: «Mírenme, soy un dios a pesar de mi cuerpo humano y habrán de entenderlo pronto».

Se hizo un silencio solemne a medida que el hueyi tlahtoani se alejaba. Toda nuestra comitiva fue guiada por guerreros y señores hasta el alojamiento que había sido destinado a los capitanes caxtilteca y a los nobles y guerreros de los señoríos de Texcallac, Cempoallan y Quiahuixtlan: el palacio de Axayácatl, antepasado del tlahtoani.

A nuestro paso observamos las rectas calles de la ciudad, parte de tierra y parte de agua, y los puentes de madera labrada que unían las calzadas. Fuimos dejando atrás los elevados e imponentes templos pintados de colores, tan grandes y adornados como yo nunca había visto. Desde el palacio podíamos admirar la ciudad ceremonial con sus templos. Me enchinó la piel el templo dedicado a Huitzilopochtli, su altísima escalera y sus braseros que nunca se apagaban.

Lo habíamos logrado: habíamos llegado al final del viaje. Y aunque no era solo nuestro triunfo, el regocijo nos llenaba el pecho. Hasta las princesas dejaron de lado sus temores y se dispusieron a disfrutar de la hospitalidad que, al menos por el momento, nos ofrecían los mexica. Se nos asignaron sirvientas (que sin duda tenían también el encargo de vigilarnos de cerca) y en los aposentos que habitábamos teníamos todo lo necesario.

Al anochecer, juntas en el temazcal aromático, comentamos los sucesos, como si fuera un día normal, como antes, como cuando estábamos en casa y sentíamos entusiasmo por criticar los atuendos de las otras mujeres o, entre risas, hablar de los atractivos de los mancebos. Adormilada por el calor y el perfume de la ruda y el abedul, claramente pude escuchar las voces de las ancianas sabias que siempre me acompañaban:

—Descansa, porque mucho has batallado. Duerme y en sueños descifra el futuro que se te revela. Has llegado al final del recorrido, pero no de los trabajos y las lágrimas. Pronto nuevas tareas te serán encomendadas.

Las manos de las esclavas que me frotaban el cabello en la alberca cubierta de flores eran de pronto las manos de mis antepasadas, las manos de todas las hechiceras de mi pueblo, que conocían los secretos del telar de la vida e hilaban los destinos de los hijos del Totonacapan. Aquella noche por fin dormí en paz.

12

TENOCHTITLAN
Noviembre de 1519-marzo de 1520

Durante nuestra estancia en la ciudad que tanto habíamos soñado, nos fuimos acostumbrando a una normalidad cada vez más extraña. No era que no disfrutáramos de pasear, ver y aprender de todo lo que ahí había y que nos golpeaba con una celeridad impresionante cada nuevo día; era que, junto a los placeres, estaba la incertidumbre.

Era como si en la pila de agua fresca cubierta de flores después del temazcal descubriéramos a diario un pequeño insecto, apenas perceptible, acercándose a nuestros cuerpos desnudos sin poder ahuyentarlo. Ese insecto se fue haciendo cada día más grande, más temible, hasta que amenazó con devorarnos.

Recorrimos las calles, llegamos a otros pueblos de la orilla del lago, hablamos con la gente, que no se cansaba de preguntar cómo eran en realidad los caxtilteca, cómo eran sus casas flotantes y sus venados, si en verdad eran dioses. Pero en las noches, cuando todo estaba muy quieto y solo rompían el silencio las caracolas de los sacerdotes que anunciaban el tiempo de oración, nos invadía la inquietud: estábamos atrapados en aquella ciudad; en el momento en que Motecuhzoma lo ordenara, estaríamos muertos. ¿Por eso nos habían dejado avanzar hasta allá?

No todos sufríamos del mismo modo. La princesa Lanxánat se había hecho muy amiga de Tecuelhuetzin y Quetzalteuh, y pasaba mucho tiempo con ellas; junto a las otras princesas y doncellas texcalteca se divertían jugando patolli o tololoque. Parecía que al fin se había resignado a su destino y buscaba maneras de hacerse la vida agradable con sus amistades. Algunas veces me pidieron que las acompañara en sus paseos.

No olvidaré la primera vez que fuimos al palacio donde Motecuhzoma conservaba a sus animales. Aunque ya nos habían contado de aquel prodigio, no pude controlar mi emoción al recorrerlo. Me asombraron las grandes bestias que ahí vivían: jaguares, osos, coyotes, lobos, cocodrilos, monos aulladores, serpientes y otros cientos de especímenes, traídos de los cuatro rumbos del universo. Pero aún más me asombró la cantidad de sirvientes que se ocupaban de alimentarlos y mantener limpio el espacio. Cada una de esas fieras recibía lo que acostumbraba comer en su lugar de origen, y el orden y la limpieza eran escrupulosos.

Mientras transitábamos por los pasillos de tezontle y escuchábamos el murmullo de las fuentes y pequeñas cascadas que iban a caer en los estanques de los peces, no podíamos menos que rendirnos ante la grandeza del tlahtoani y disfrutar de los portentos que ahí veíamos.

—Ahora va a resultar que quieres ser esposa de Motecuhzoma —le dije, bromeando, a Lanxánat.

—¿Y por qué no? Casi puedo imaginarme viviendo en uno de los recintos de su palacio, con miles de sirvientas, luciendo los huipiles más preciosos, tejidos por mujeres de todos los confines de la tierra…

Ahora no fueron las risas de las princesas las que interrumpieron el diálogo: fue una carcajada macabra, salvaje, que nos hizo voltear la cabeza. El ruido provenía de un extraño animal de cabeza y orejas pequeñas, parecido a un jaguar, pero de pelo grisáceo e hirsuto. La bestia solo apareció un momento frente a nosotras y corrió a ocultarse en una choza construida para ella dentro de la jaula. Aquella risa inhumana, así como sus penetrantes ojos amarillos, me dieron pavor. No me gustaban aquellos augurios de un futuro ominoso.

Para calmarnos, caminamos hasta los jardines, donde crecían las más hermosas y exóticas flores que hubiéramos visto jamás. Ahí, en parcelas divididas por magueyes, se cultivaban las especies usadas para el disfrute exclusivo de los nobles. Aunque provenían de Cuetaxtlan, las plantas se habían adaptado a la altura y clima de Tenochtitlan.

Abundaban en aquel jardín los árboles de cacaloxóchitl, con sus flores amarillas y rosadas, así como el eloxóchitl, que prodigaba sus maravillosas flores blancas. En otro espacio brotaba el acocoxóchitl de varios colores y la venerada flor de escudo o chimalxóchitl. Más allá, el cempoalxóchitl nos embriagó con su penetrante fragancia y su vívido color.

No había en aquel jardín una sola planta que no tuviera el fin único de agradar los sentidos, ya de los nobles, ya de la colectividad, en las fiestas rituales. Nadie había sembrado ahí árboles frutales o plantas medicinales; mucho menos hierbas comestibles o verduras. Con ese espacio, Motecuhzoma pretendía mostrar que no necesitaba cultivar sus alimentos como cualquier macehual: era un soberano todopoderoso, era casi un dios que recibía las dádivas de todos los pueblos del mundo.

En otra área separada por encinos, estaba el jardín de las plantas medicinales. Para mi delirio, ahí había muchas más especies de las que yo había visto en mi vida y, si no me hubieran sacado a la fuerza, gustosamente habría permanecido en aquel lugar, junto a los sabios xochimanque, para conocer las propiedades de aquellas hierbas.

—¿Cuándo vas a enseñarme a usarlas? —El susurro de Lanxánat a mis espaldas me sobresaltó.

No imaginé que le interesara saberlo, ya que muchas veces le había rogado que memorizara las más sencillas y ella había vuelto el rostro hacia otro lado, disgustada. Ante mi sorpresa, explicó:

—Quiero conocer esos secretos para saber cómo dar muerte a mi marido. No soporto más su olor, el sabor de su piel, sus eternas ganas de someterme. No me gusta sentirlo en mis adentros y no toleraría tener una criatura de ese hombre.

El lado oscuro que comenzaba a surgir en mi pupila me asustó. Entendí que su aparente calma era una farsa y que estaba esperando la ocasión propicia para cambiar su destino. Ante la posibilidad de que alguien pudiera oírnos, le dije secamente:

—Hablaremos luego.

Las otras princesas se habían adelantado un poco y me apresuré a alcanzarlas. Más allá vimos a los seres humanos que el hueyi tlahtoani mantenía encerrados, como si fueran animales. Nos sorprendimos y horrorizamos a la vez:

—¡Mira ese hombre cubierto de pelo! ¡Está más peludo que un chichimeca! —decía una.

—¡Mira ese otro! ¡Sin brazos ni piernas! —exclamaba otra.

—¡La cabeza de ese! —señalaba alguien más.

En medio de esa colección de seres contrahechos y extraordinarios, me impactó especialmente uno que tenía el pelo blanco, las cejas blancas, las pestañas blancas y los ojos bizcos. Se acercó a los barrotes de madera de la jaula que lo contenía y, tomándome por sorpresa, sujetó mi muñeca con su mano helada. Dijo muy bajito:

—¡Nadie sobrevivirá! Puedo verlo en el agua, puedo verlo en las estrellas por la noche. ¡Nadie! Caen los muros de Tenochtitlan, caen los dioses; las víboras serpentean en las ruinas. Víboras y sapos. Conejos de fuego. Cihuacóatl hace escuchar su gemido. Solo hay lamentos.

Su mirada clara era de una enorme tristeza; no había angustia en su rostro, solo resignación. En sus ojos pude ver cadáveres quemados y zopilotes revoloteando entre las llamas.

Luché por zafarme de aquella mano sin lograrlo, hasta que los sirvientes del hueyi tlahtoani llegaron a azotar al hombre y a sujetarlo por el cuello con una soga. Las huellas de sus dedos quedaron tatuadas en mi brazo muchos días, como si hubiera sufrido una quemadura.

Don Fernando se mantenía al pendiente de los acontecimientos en la sala principal del palacio donde nos habían alojado. Por ser muy cercano a Cortés, su presencia era requerida en la mayor parte de las deliberaciones, lo cual me dejaba mucho tiempo libre. Mi curiosidad era enorme y, como no podía preguntarle casi nada, me informaba con Qesqáh, con los guerreros texcalteca y con el pequeño Orteguilla, a quien Cortés había encomendado labores de espionaje.

Con su simpatía y desparpajo, el muchachito se había ganado al tlahtoani, así que este lo consideraba, más que su sirviente, su amigo, su compañero de juegos y bromas, al que le gustaba tener cerca en todo momento.

Las órdenes de Cortés eran muy claras: abandonar lo menos posible el palacio de Axayácatl, no hacerse notar por las calles, permanecer atentos, siempre en guardia. Luego llegarían indicaciones precisas para los guerreros. Pero era imposible no salir a pesar de las órdenes recibidas, ya que la curiosidad nos corroía. Así que, cuando no iba con mi marido y los capitanes en los recorridos oficiales, me las ingenié para dejar mi encierro en compañía de las princesas o incluso con Qesqáh, que accedió a escoltarme.

Nuestro asombro tal vez no fuera igual al de los caxtilteca al contemplar aquella ciudad maravillosa, pero sin duda los palacios y los templos nos causaban una envidia hasta entonces desconocida. Las calles, aunque angostas, estaban siempre barridas y limpias, y por las noches había antorchas encendidas cada cierto trecho. Las anchas calzadas que cruzaban el lago y se perdían en el horizonte se nos antojaban un prodigio de construcción que jamás habíamos visto, así como los diques que separaban el agua salada de la dulce. Otras calles eran de agua: se trataba de apantle bordeados por banquetas de tierra apisonada.

Me llamaron la atención las milpas sobre el agua del lago, asentadas en una especie de islas de carrizo y lodo llamadas chinampas: con ello la ciudad parecía extenderse mucho más allá de la tierra firme. Por lo demás, las viviendas eran muy parecidas a las nuestras, aunque estaban hechas de adobes y sus techos eran de hojas de maguey. Como nosotros, en sus corrales tenían totoles, conejos y perros de engorda.

En una rara ocasión en que Orteguilla no le estaba haciendo compañía a Motecuhzoma, me propuse visitar el mercado de Tlatelolco, del que tanto hablaban los caxtilteca que acababan de conocerlo. Al transitar por aquel tianguis me di cuenta de que era muchas veces más grande que los nuestros e incluso que el de los texcalteca en Tizatlan o el de Chollolan.

Claro que yo sabía de su existencia: los pochteca hablaban frecuentemente de él, como el más grande en todos los rumbos del cosmos, pero algo muy distinto era verlo; recorrerlo a la sombra del imponente templo en honor a Huitzilopochtli; sentir los fuertes olores de los chiles, el cacao, el pescado seco y tantas otras mercancías traídas en incontables canoas a través de los canales.

Caminamos entre los numerosos puestos, esquivando a los hombres que bailaban en zancos al ritmo de los sonajeros. Pero, a pesar de la variedad de los productos, de su colorido, sus aromas, yo no podía dejar de pensar que muchas de esas cosas nos habían sido arrebatadas. Las mantas de algodón, los hermosos hilados, los petates teñidos con añil o cochinilla, las imponentes joyas de oro, los cuchillos de obsidiana, las pieles de conejo o de venado, los chalchihuites, las conchas y caracolas, las perlas… ¡Todo eso había sido entregado por los pueblos sometidos para el disfrute de los mexica!

Una mujer se atravesó frente a nosotros. Caminaba de una manera desenfadada y provocativa. Era una ahuiani, una alegradora de hombres, de las que siempre están en los mercados. Solo que ella era la más hermosa, la más elegante que hubiera yo visto: llevaba la cara pintada de amarillo y los dientes teñidos de rojo, y su peinado estaba minuciosamente elaborado. Sonreía y masticaba tzictli, mientras llamaba con una mano a los hombres y hacía sonar los cascabeles de sus ajorcas. En ese momento reconocí a Qesqáh, que avanzó hasta la mujer desde el otro lado del mercado y luego se alejó con ella, perdiéndose entre la gente. Por un instante el azoro, la rabia y la tristeza hicieron presa de mí, pero de inmediato comprendí que el joven venado necesitaba consuelo y que aquello que una vez compartimos no existía más.

En las precarias callejuelas abiertas entre los puestos se escuchaban todos los idiomas imaginables. ¡Qué dolor me dio distinguir el tutunakú traído por el viento desde la sección de los esclavos! Aunque Orteguilla quiso impedírmelo, me dirigí hacia allá. Hombres, mujeres y niños, acarreados desde lejanas tierras, permanecían sentados en el piso, atados del cuello con una soga, esperando que alguien se los llevara. El pochteca encargado exhibía a una niña sucia, vestida con harapos, frente a un cliente potencial.

—Treinta mantas de algodón —ofreció el señor.

—Pero escuche cómo canta, con mucho sentimiento —argüía el comerciante, picando con una varita a la delgada niña en la espalda.

Deseo, deseo mucho las flores,
deseo, deseo los cantos,

temerosa, en el lugar donde hilamos,
donde existimos,
entono su canto al pequeño señor Axayácatl,
lo entretejo con flores,
con ellas lo circundo.

La vocecita de la pequeña era dulce y triste, a pesar del carácter erótico de los versos; de seguro el pochteca la había entrenado para agradar a los compradores. Algo había en esa voz que me resultaba familiar, pero no atiné a saber qué era.

—Quiero verla bailar —insistía el quisquilloso cliente.

La criatura dio varios saltitos al compás del sonido agudo del huilacapitztli de barro que el vendedor tocaba y yo volteé el rostro hacia otro lado, incapaz de seguir mirando.

—Treinta mantas de algodón —ofreció el señor, implacable.

Cuando el hombre se alejó con la chiquilla todavía amarrada del cuello, se me salieron las lágrimas. Había visto negociaciones parecidas en nuestros mercados, pero a esa niña la había oído cantar con una voz tan adolorida que pensé que podía haber sido yo, una de mis doncellas o una de mis sirvientas. ¿De qué pueblito lejano la habrían traído? ¿Qué trabajos y angustias le esperaban?

Orteguilla procuró consolarme y secó mis lágrimas.

—Toma. —Me ofreció una jícara de cacao comprada en uno de los puestos cercanos.

—Pronto nos liberaremos de los mexica y nuestra gente ya no será vendida en sus mercados. Eso te lo aseguro —atiné a responderle para atenuar mi rabia.

De pronto me asaltó un presentimiento. No podía dejar de pensar que esa voz me resultaba familiar, incluso la estatura de la niña y algunos de sus rasgos, por más que fuera imposible que se tratara de quien yo creía. Sin esperar a Orteguilla, corrí tras el comprador, entre los ríos de gente que inundaban las callejuelas improvisadas del tianguis. El hombre estaba subiendo a una pequeña embarcación y la niña ya se encontraba a bordo, mientras dos sirvientes terminaban de acomodar los tompeates con mercancías.

—¡Skáu! —grité con todas mis fuerzas.

Cuando vi que la niña se levantó, haciendo temblar la embarcación, supe que era ella. Mucho más delgada y sucia que antes, pero era ella. Gritó mi nombre y ya no tuve dudas. El señor, desconcertado, no sabía qué hacer.

—Padrecito —dije con humildad, intentando recuperar el resuello—. Esa niña es mi doncella; me la robaron en Chollolan.

—Pagué treinta lienzos de algodón por ella —respondió el hombre, molesto.

—Le daré cuarenta, del más fino algodón de la costa.

—¿Quién es usted? —El sujeto no salía de su asombro—. Tutunakú... ¿Qué hace aquí?

—Llegué con los extranjeros. Puede mandar a sus sirvientes a recoger los lienzos en el palacio de Axayácatl ahora mismo.

Mis palabras aumentaron su sorpresa. Denegó con la cabeza varias veces, presa del susto. No quería tener nada que ver con los caxtilteca y mucho menos molestar a los invitados del hueyi tlahtoani: muy probablemente los rumores sobre las poderosas armas y los grandes venados ya habían llegado a todas las poblaciones del lago. Hizo bajar a la niña y, sin pedirme nada, ordenó a sus sirvientes remar a toda prisa con dirección desconocida.

Para entonces, Orteguilla ya había llegado hasta nosotras y, al verme abrazando a mi conejito, no pudo contenerse y estrechó en sus brazos a su antigua compañera de juegos.

—¡Mira cómo estás de sucia! —le dijo—. ¡Y qué flaquita! No te han alimentado. ¿Tienes hambre?

La niña solo alcanzó a asentir en silencio, así que nos apresuramos a comprarle una empanada de maíz azul que yo no conocía y que los mexica llamaban tlacoyo, y al verla tan apetitosa no me contuve y pedí una para mí también. Las había rellenas de frijoles, de nopales y de flor de calabaza. El sabor de aquel alimento, aunado al bendito aroma de la leña quemada y al júbilo que sentía de haber encontrado a Skáu, me hizo llorar.

—No pensé ser feliz en esta ciudad, ni siquiera un instante —dije, ya en el camino de regreso—. Pero seremos más felices cuando logremos vencerlos…

Cortés decidió construir casas flotantes en el lago. Le dijo al hueyi tlahtoani que serían para su esparcimiento, aunque en realidad eran nuestra única forma de huida en caso de un ataque sorpresivo de nuestros anfitriones. Así, don Fernando y otros capitanes regresaron a Villa Rica a recoger lo que había quedado de las casas flotantes que el capitán hundió, y Qesqáh tendría a cargo su defensa y guía. La noticia me hizo sentir un vuelco en el estómago: me quedaría sin los dos hombres que podrían protegerme. ¡Cómo me habría gustado regresar con ellos! Aunque, por supuesto, aquello no sería posible.

En ausencia de mi marido, fui al templo de Huitzilopochtli, ese cuya silueta veía yo cada mañana desde las terrazas del palacio, en compañía de Skáu. En los últimos días había sentido que en mi vientre comenzaba a formarse la vida y quería estar segura, quería orar frente a mis dioses antes de que fuera demasiado tarde: presentí que no pasaría mucho tiempo sin que los extranjeros se atrevieran a derrumbarlos. Sabía que las mujeres no tenían permitida la entrada a la parte superior, pero esperaba que por mi condición de noble sacerdotisa se hiciera una excepción.

Pedí a la niña que me esperara abajo y subí trabajosamente las inclinadas gradas que estaban flanqueadas por dos cabezas de serpiente pintadas con hermosos colores. Frente al templo de Tláloc me encontré con el guerrero de piedra, mensajero de los dioses, que me era ya familiar. En la vasija que sostenía en sus manos aún estaba el corazón de quien había sido sacrificado esa mañana.

Desde lo alto del hueyi teocalli podía contemplarse toda la ciudad, el enorme lago, las calzadas, los pueblos ribereños y hasta las montañas sagradas cubiertas de nieve. Pude solazarme largo rato con el imponente paisaje, ya que no había nadie en los alrededores. ¿Dónde estaban los sacerdotes y sacerdotisas que guardaban esos recintos?

Como no hubo quien me lo impidiera, crucé el umbral del templo dedicado a Huitzilopochtli. En el altar estaba el dios y Kiwichat, la Madre de la Tierra y de Todo lo que Existe, la Coatlicue de los mexica. Ambos estaban cubiertos de turquesas y máscaras de oro. Las mariposas de obsidiana rodeaban el altar y de los braseros de cobre salía el humo fragante del copal. Toda la atmósfera era de recogimiento; por ello me postré de rodillas y con mi frente toqué las piedras, implorando la protección de la diosa madre.

—¿Qué haces aquí?

La voz grave del sacerdote a mis espaldas me llenó de pavor. Ni siquiera pude responder; temblaba.

—¡Una tutunakú! —dijo otro sacerdote que yo no había visto—. Debe haber llegado con los caxtilteca.

—Soy sacerdotisa de… —empecé, tartamudeando.

—¡Tutunakú! ¡Largo de aquí! ¿Sabes cuál es el castigo por profanar este templo? Agradece que te dejemos vivir.

Salí corriendo y corriendo bajé las escaleras, que tenían la inclinación suficiente para que los cuerpos de los sacrificados rodaran con facilidad hasta el piso. Tropecé con mi huipil en el último tramo. Primero rodé; luego, sentada, fui dando tumbos hasta caer en medio de la imagen colorida y espantable de Coyolxauqui. Si mi caída hubiera sido de mayor altura, me habría matado y habría llegado al suelo en pedazos, igual que la diosa.

Con la ayuda de mi pequeño conejito, que con todo y susto me levantó, logré llegar adolorida, cojeando, hasta el palacio. Por fortuna estaba viva, pero la sangre que aquella misma noche comenzó a brotar de mi interior me hizo ver que la criatura que crecía en mi vientre no sobreviviría.

¡Cómo sufrí aquella pérdida! Lloré durante varios días, por más que Lanxánat y sus doncellas intentaron consolarme. ¿Sería un castigo de los dioses por haber permitido su destrucción? ¿Sería un aviso para que corrigiéramos el rumbo? En el lugar donde había empezado a crecer la nueva vida malograda se fue formando una mezcla de tristeza, rabia y miedo. ¡Cómo hubiera querido rebelarme ante esos incomprensibles designios de los dioses!

En los días que estuve recluida en mi aposento gocé de atenciones especiales de mis doncellas y del cuidado de Skáu. Las princesas me visitaban con regularidad, procurando alegrarme con sus juegos y risas. En una de sus visitas, Lanxánat se me acercó y murmuró:

—Dijiste que me enseñarías a…

—Dije que hablaríamos después —interrumpí.

Pedí a las mujeres que estaban a nuestro alrededor que nos dejaran a solas y solo entonces me atreví a hablar.

—Hay cosas que no has considerado. Si das muerte a tu marido, te quedarás sin protección. Las mujeres no tenemos nada, no nos tenemos ni a nosotras mismas. Y menos en esta situación. ¿Quién te tomará? ¿Cuántos te mancillarán? ¿Qué va a ser de ti? Tu padre quiso protegerte al otorgar tu mano al caxtiltécatl. Y si crees que a su muerte te entregarán a un señor principal, te equivocas. Para los mexica no somos más que esclavas y, si somos derrotados, seremos carne de sacrificio.

La princesa no lo había pensado. A medida que yo hablaba, los colores de su hermoso rostro cambiaron hasta desaparecer del todo.

—Pero si no quieres tener una criatura de ese extraño, con eso sí puedo ayudarte fácilmente. No creo que al capitán Olid le importe en lo más mínimo y tu padre, a quien sí le importaría, está demasiado lejos para poner reparos.

Busqué entre mis hierbas la apropiada. Era el axoxoquílitl, que con el tiempo había perdido su color verde claro. Trituré las hojas secas entre los dedos y le di un envoltorio a la princesa.

—Dilúyela en agua todas las noches. Serás estéril mientras la bebas con regularidad. Solo cuídate mucho de que nadie te vea: el castigo por impedir la maternidad es muy severo.

Cuando Lanxánat se retiró, agradecida, me hundí de nuevo en mi dolor. Ella no quería hijos de su marido y yo había perdido al que tanto deseaba. ¿Qué había hecho yo para merecer algo así? Los designios de los dioses son inescrutables, pensé luego, y el propósito de nuestra vida es complacerlos. Por más que repetí aquella frase que me sabía de memoria, ya no me sentía tan convencida.

No podía quejarme de nuestro alojamiento. Si bien los aposentos no eran tan lujosos como los del hueyi tlahtoani o los que habían sido destinados a Cortés, dormíamos y vivíamos con grandes comodidades. Los pisos estaban cubiertos de petates y nuestros lechos eran cojines rellenos de plumas y forrados de algodón. Las paredes estaban cubiertas de imágenes primorosamente dibujadas y, gracias a los braseros siempre encendidos en nuestras habitaciones, no pasamos frío ni siquiera en los meses de invierno.

Motecuhzoma era un anfitrión generoso. Cada día enviaba los platillos más delicados para satisfacer nuestro apetito: totoles en molli, peces asados, abundancia de tlaxcalli, tamalli, frijoles con pipiana…, además de las tortitas de lodo del lago con larvas de mosquito, patos, iguanas y ranas. Estos últimos alimentos no eran del agrado de los forasteros, pero nosotros los consumíamos con deleite. No faltaba el cacao en jícaras pintadas con gran arte y tabaco para las pipas después de la comida.

Tampoco a los venados y perros de Cortés les faltó alimento. Amén de las sirvientas que ya teníamos, el hueyi tlahtoani dejó trescientas jóvenes para el servicio de los caxtilteca y sus aliados. Siempre había, pues, quien moliera el maíz, quien lavara la ropa, quien mantuviera tibios los lechos de los extranjeros. Hermosas mujeres con las plantas de los pies pintadas de azul, los cuerpos cubiertos de tatuajes y untados con incienso los esperaban para ayudarlos a lavarse, desvestirse y liberarlos de las pesadillas al final del día.

Motecuhzoma accedió a la petición de los extranjeros de construir una pequeña capilla donde pudieran adorar a sus dioses, ahí mismo, dentro del palacio. El hombre sagrado se esmeró en adornarla y se pasó varias jornadas dando instrucciones para el encalado, el decorado diario con flores frescas y las famosas velas de cera que enseñaron a elaborar a los artesanos mexica.

Una noche estaba yo tan desesperada, tan hundida en mi pérdida, que me atreví a entrar en la capilla, al amparo de las sombras. Ahí, iluminada por la luz tenue de las velas, rodeada de flores de todos los colores y aromas, vi la imagen de la diosa que los caxtilteca veneraban.

La figura de madera era pequeña y su rostro blanquísimo, al igual que el del pequeño que cargaba. Permanecía de pie sobre lo que parecía ser una luna en cuarto creciente. Madre e hijo portaban una diadema de piedras preciosas, con un chalchihuite pulido en el centro, el cual lanzaba intensas chispas verdosas con la luz. La criatura sostenía un corazón verde en una de sus manos y tenía una expresión imperturbable, pero la madre parecía mirarme directamente a los ojos. Era tanta la ternura, la compasión que transmitía, que me puse a llorar a sus pies. En un impulso inexplicable, le supliqué:

—Virgen, si de verdad existes, si eres tú la verdadera cara de nuestra diosa Kiwichat, permite que vuelva a concebir una criatura.

Estaba tan abstraída que no me di cuenta cuando el hombre sagrado llegó hasta mí. Solo sentí su mano en mi hombro. Dijo cosas que no entendí, pero, al ser su mirada tan suave y compasiva como la de su diosa, me tranquilicé y le sonreí antes de retirarme, sintiendo que algo en mí se había transformado.

Cuando Lanxánat y Tecuelhuatzin me aconsejaron enviar alimentos a los sacerdotes y ofrendas a los dioses de Tenochtitlan para que su furia no se dirigiera a mí y lograra concebir otra criatura, yo las escuché y fingí estar de acuerdo, pero estaba segura de que no haría lo que ellas decían.

¡Cuánta culpa sentí al comprobar que perdía la fe en nuestra vieja religión y ya no sabía en qué creer! Yo era quien debía ayudar a las princesas a conservarla y había llegado el día en que ellas me recordaban a mí las prácticas y ritos que debía realizar. ¡Estaba traicionando a mi pueblo! ¡Estaba traicionando todo aquello en lo que había creído desde que nací! Tal vez merecía haber perdido a mi criatura.

Cuando don Fernando estuvo de vuelta y vio mi rostro atribulado, quiso saber qué había ocurrido. Lamenté no tener palabras suficientes para explicarle y, como pude, le conté entre lágrimas nuestra pérdida. Me notó tan angustiada y me entendió tan poco que hizo venir a Orteguilla.

—Dice el capitán que no llores más; que si no es más que eso, hará su mejor esfuerzo por remediarlo de inmediato —tradujo Orteguilla entre risas—. También dice que te trajo un regalo.

Don Fernando sacó un envoltorio de la caja de madera que lo había acompañado en el viaje. Lo deshice con ansias, como si fuera una niña, y descubrí que, dentro de la ruda tela, había un hermoso huipil colorido.

—Lo manda tu madre —añadió el jovencito antes de salir de nuestros aposentos.

Don Fernando me tomó en sus brazos y secó mis lágrimas. Luego me condujo al lecho, para apagar el ansia contenida en los muchos días de ausencia.

Al día siguiente, con los ánimos recobrados, busqué a Qesqáh y a sus guerreros para que me comunicaran lo sucedido durante el viaje y las noticias del Totonacapan. Así me enteré de que los calpixque habían intentado recabar tributos en varios pueblos cercanos a Nauhtla y se habían encontrado con la resistencia de los habitantes. Ya no eran tributarios de los mexica —les habían dicho los tutunakú— porque Cortés los había liberado. Hubo golpes, hubo maltratos, hubo muertos en represalia, y los pobladores tutunakú fueron a quejarse a Villa Rica.

Escalante, el capitán que Cortés dejó como encargado en su ciudad, se dirigió entonces hacia Nauhtla con un grupo de guerreros de nuestros pueblos, decididos a defender la independencia de los altépetl de la costa. Pero Quauhpopoca, el capitán mexícatl de aquel puerto, ganó la batalla que dejó muerto a Escalante, a otros caxtilteca y a casi todos los tutunakú.

Yo conocía a algunos de esos jóvenes guerreros, los vi crecer, honré sus victorias y celebré muchas veces con ellos en las fiestas, por lo que la noticia de su muerte me trajo un gran dolor. Estarían ya en el Omeyocan, acompañarían todos los días a Chichiní en su carrera; pero, aun así, no me resignaba a que su partida hacia el paraíso de los guerreros hubiera ocurrido en una batalla en la que fuimos derrotados por los mexica. Otra más.

—¡Tengo que vengar la muerte de estos jóvenes! —decía Qesqáh—. Apenas puedo esperar a iniciar la guerra, humillar a esos malvados, ¡convertirlos en nada!

Me dio miedo su fiera expresión. Nunca lo había visto así, tan trastornado por la rabia.

—¡Y los teteuhctin que no se atreven a atacar! ¡No sé qué esperan! ¿Hemos venido a la ciudad de quienes nos han sometido y ultrajado, para ser de nuevo humillados por las atenciones, los lujos que nos dispensan? ¡Todos los días nos demuestran que son todopoderosos y que nosotros nada somos!

Tenía razón. Los extranjeros seguían pensando que todo lo que desde nuestra llegada habíamos recibido de parte de Motecuhzoma se debía a que los mexica nos temían; pero yo, al escuchar a Qesqáh, tuve como nunca la certeza de que el hueyi tlahtoani actuaba conforme a nuestra cultura, llevada a una sofisticación extrema, nada más y nada menos.

Los obsequios exquisitos, las exageradas atenciones de que éramos objeto solo tenían como fin mostrar desprecio, rebajar al enemigo, decirle: «No te temo. Puedo darme el lujo de regalar todo lo que has recibido. ¿Qué puedes darme tú? ¡No eres nada para mí! Toma todo lo que quieras porque para mí no significa nada. Jamás podrás llevártelo: no saldrás vivo de aquí. En el momento en que yo lo decida, la sombra oscura de la Descarnada llegará hasta tu lecho y dejarás de respirar». Pero los caxtilteca no parecían entenderlo.

La siguiente vez que encontré a Qesqáh en el patio del palacio, estaba narrando a sus amigos la visita que había hecho con los capitanes extranjeros al palacio de Motecuhzoma para dar fe de lo que había pasado en Nauhtla. Por lo que escuché, comprendí que, a pesar de sí mismo, Qesqáh había quedado deslumbrado:

—El palacio del tlahtoani es de mármol, de jade, de piedras preciosas, y los techos son de caoba —contaba con los ojos llenos de sorpresa, de admiración—. Es un palacio que parece no tener fin. ¡Jamás vi nada parecido! Abajo hay escuelas de canto y baile. Ahí están todos los funcionarios del gobierno, ahí se guardan los libros de tributos, ahí están los mapas del imperio.

Hacía mucho tiempo que no veía esa emoción en los ojos de mi amigo. Hacía mucho que no escuchaba tal admiración en su voz.

—Arriba están los aposentos del hueyi tlahtoani. En los pisos hay mantas de algodón y pieles de conejo para que los pies de Motecuhzoma jamás toquen la piedra. Ahí estaba él, en su icpalli cubierto de pieles de jaguar. Su tilma de plumas torcidas, sus cactli con las suelas de oro y su tocado de plumas finas me deslumbraron. ¡No pude mirarlo! Cuando me acerqué, sus sirvientes me obligaron a bajar la vista al dirigirle la palabra. Incluso si me lo hubieran permitido, yo no habría podido verlo: habría sentido que era el mayor de los desacatos y que tendrían que castigarme con la muerte.

—Ya lo amas más que a tu señor —dije con amargura, caminando hacia él.

—¡Jamás! —respondió, sorprendido por mi presencia e indignado por mi afirmación—. Pero debemos entender por qué es tan grande su poder, cómo es que ha logrado subyugarnos. ¡Es casi un dios! Sus palabras son chalchihuites preciosos. Su voz no es para todos los mortales y mirar su figura te puede dejar ciego. El más pequeño error, el más leve disgusto causado al hueyi tlahtoani puede llevar a una muerte segura.

—Procuremos no disgustarlo entonces —dije con sorna antes de alejarme.

A pesar de todo, lo comprendía: la presencia tan cercana de un gobernante tan temido, tan odiado, tan admirado como había sido para nosotros desde siempre Motecuhzoma, era capaz de obnubilarnos.

Furioso por la muerte de Escalante, a quien consideraba su hermano, Cortés obligó al hueyi tlahtoani a traer preso a Quauhpopoca. El guardián de Nauhtla llegó a la ciudad con sus hijos y otros quince calpixque de la región. ¡Cuál no sería su sorpresa al saber que Motecuhzoma los había entregado a los extranjeros! Estos, para que no quedara duda de que querían humillar a nuestros anfitriones, mandaron quemar a los prisioneros en una hoguera hecha con el arsenal de lanzas y flechas que se guardaban en el palacio de Axayácatl. Con gran amabilidad, pero con firmeza, Malina pidió al hueyi tlahtoani que presenciara la ejecución.

Mucha gente de Tenochtitlan se reunió esa mañana frente al templo de Huitzilopochtli para observar aquel espectáculo macabro. En silencio total se quedaron, en silencio total se fueron luego, y yo, al ver crepitar el fuego y escuchar los gritos de los agonizantes, tuve una visión: conejos de fuego que escapaban de las llamas y corrían en todas direcciones. De nuevo los conejos de fuego del sueño de Lanxánat, de nuevo los conejos de fuego del hombre blanco prisionero en el jardín de Motecuhzoma. ¡Sin duda ese fuego se volvería contra nosotros!

El silencio furibundo de los mexica estaba justificado por dos razones al menos. Una era que se había condenado a una muerte deshonrosa, solo digna de adúlteros, sodomitas o borrachos, a valientes guerreros que no habían hecho sino obedecer las órdenes de su señor. La otra era que su hueyi tlahtoani lo había permitido. Verlo en silencio, apocado, degradado junto a los extranjeros, sin duda hacía hervir la sangre de pipiltin y macehualtin por igual.

A nosotros, no sobra decirlo, ver sufrir a los culpables de la muerte de nuestros hermanos nos hizo mucho bien y notar al monarca angustiado nos dio gran placer. Aquella humillación pagaba apenas una pequeña parte de las que nos había hecho en el pasado. Aun así, sentí como un pellizco en las entrañas al presenciar aquellas vejaciones. No era nuestra costumbre tratar así a los enemigos, por más que los odiáramos. Ni siquiera a quienes habíamos derrotado en la guerra. El gusanito de la duda volvió a surgir en mí otra vez: ¿Motecuhzoma estaba ya vencido sin haber presentado batalla? ¿Lo entendía el hueyi tlahtoani?

Para levantar un poco los ánimos, una vez que estuvieron completas las casas flotantes, los caxtilteca organizaron paseos por el lago e invitaron al soberano y a otros nobles mexica, tal vez para limar asperezas por lo ocurrido antes. Nosotras fuimos convocadas también y pudimos experimentar la emoción de navegar más rápido de lo que nunca lo habíamos hecho. Fue algo mágico ver cómo se inflaban las telas con el viento y que eso impulsara las casas enormes, en las que cabían por lo menos cien gentes.

Cuando nos acostumbramos al vértigo, pudimos disfrutar el paseo. Recorrimos el lago en diversas direcciones, navegamos hasta los manantiales de Xochimilco, luego al cerro de Chapultepec, de donde llegaba a la ciudad el agua para beber. Don Fernando iba a mi lado y debo decir que su presencia me tranquilizaba. A pesar de las circunstancias que vivíamos, escuchar su risa y sentir su abrazo mientras las embarcaciones surcaban las aguas a gran velocidad me hacía sentir poderosa y segura. ¡Si tan solo aquella ilusión pudiera durar por siempre!

Desde el lago podía verse el otro lado de Tenochtitlan, uno que era tan importante como el islote donde estaban levantados los templos y palacios. En sus aguas podían encontrarse barcas de todos los tamaños, ya fuera llevando mercancías al mercado o sacando los excrementos para fertilizar los campos y la orina humana para teñir las pieles.

En las orillas se apostaban los cazadores de aves, los pescadores que atrapaban sus presas con ayuda de arpones lanzados con un propulsor y los niños se bañaban desnudos mientras sus madres lavaban la ropa sobre una piedra. Aquella ciudad, su gente, merecía sobrevivir tanto como nosotros, pensé. ¿Habría manera? Durante las lunas que pasaron, cuando conocimos la calma en Tenochtitlan, parecía posible la convivencia pacífica, por más que fuera otra ilusión de las que entonces vivimos.

Motecuhzoma gobernaba para su gente, si bien era vigilado de cerca por los caxtilteca, incluso por el pequeño Orteguilla, que era el espía perfecto, pues genuinamente disfrutaba de la compañía del hueyi tlahtoani.

Motecuhzoma podía ir de cacería o a sus palacios de recreo, aunque bien acompañado por los capitanes caxtilteca, a quienes regalaba doncellas y joyas.

Motecuhzoma podía ofrecer banquetes de más de trescientos platillos a sus nobles, siempre que Malina estuviera con ellos y escuchara cada palabra.

Motecuhzoma podía ir a ver el tlachtli, el juego sagrado de pelota, en la cancha cercana al templo, pero escoltado siempre por Cortés y los capitanes con quienes apostaba mantas de algodón, chalchihuites, doncellas y joyas de oro... No parecía darse cuenta de que el orden del universo estaba siendo subvertido y ningún juego de pelota lograría salvarlo.

Un día las sirvientas nos anunciaron, con una mezcla de angustia y emoción, que el hueyi tlahtoani venía a vivir al palacio de Axayácatl. Se le habían preparado ya aposentos especiales con toda la magnificencia que merecía. Orteguilla me contó los detalles.

—Cortés puso preso a Motecuhzoma.

—¿Por qué? ¿Cómo pudo…?

—Él vino por su voluntad. Dijo a sus nobles que, al consultar con sus dioses, ellos le aconsejaron convivir de cerca con nosotros por un tiempo, para conocernos mejor.

—No entiendo. El hueyi tlahtoani está ya a merced de los teteuhctin, ¿para qué retenerlo?

—Por lo sucedido en Nauhtla. Por lo que todos los días murmuran los texcalteca: que Motecuhzoma jamás nos dejará salir de aquí con vida.

—La paciencia de los mexica tiene un límite.

—Obedecen a su tlahtoani. Mientras él no lo ordene, nadie nos atacará. Así me lo dijo Cortés. Y aquí podrán vigilarlo más de cerca.

Motecuhzoma parecía estar cómodo con nosotros; si tenía miedo, jamás lo mostró. Seguía gobernando, seguía recibiendo a sus nobles y a sus concubinas, seguía ordenando sacrificios a pesar de la prohibición de los caxtilteca, que prefirieron ignorarlo. Hablaba durante largas horas con el capitán, con Alvarado y con Malina.

Con la complicidad de Orteguilla, les jugaba bromas a los soldados que lo vigilaban, como si fuera una criatura. Hacía apuestas con Cortés en el tololoque: si Cortés ganaba, entregaba los chalchihuites y pepitas de oro a los sobrinos de Motecuhzoma; si la victoria era para el hueyi tlahtoani, este cedía los tesoros a los eufóricos soldados de Cortés. A juzgar por las carcajadas de todos, quien pasara por el salón principal del palacio habría dicho que eran grandes amigos de toda la vida.

Me tocó estar presente en más de un banquete en el que los espléndidos platillos se sucedían uno a otro, traídos por doncellas exquisitamente ataviadas y perfumadas. El sonido del teponaztli, las sonajas y maschikat acompañaba los cantos de los esclavos, mientras los malabaristas hacían bailar troncos huecos en las plantas de los pies y los enanos tullidos con sus trajes multicolores danzaban al compás de la música.

Motecuhzoma parecía no molestarse por las torpes maneras de los extranjeros. Él, que era todo elegancia y sobriedad, se veía precisado a disimular cualquier desagrado ante las carcajadas de los teteuhctin, ante su ruda forma de comer con la boca abierta y beber octli hasta hartarse. Maestro en el ocultamiento de todo sentimiento o debilidad, festejaba el apetito de sus huéspedes.

Los caxtilteca, por su parte, estaban felices. Si tenían alguna inquietud, la aplacaban con el oro que Motecuhzoma les regalaba cada día. Y nosotras, sus mujeres, contribuíamos igualmente a apaciguarlos: en nuestros cuerpos depositaban no solo su semilla, sino también sus temores y sus ansias de guerra.

La inactividad obligatoria a la que Cortés sometía a sus hombres fue paliada con las búsquedas que estos hacían en las habitaciones del palacio. Así descubrieron una pared falsa y, detrás, un cuarto entero lleno de tesoros: el oro que tanto codiciaban, pero también plumas y chalchihuites que se disputaron los texcalteca y tutunakú.

Motecuhzoma, al enterarse, dijo con displicencia que podían conservarlo todo. Incluso los mandó al totolcalli, donde guardaba más oro. Se diría que quería que se atragantaran con el metal, como lo habían hecho en su mesa con los delicados platillos que les servían.

Entonces comencé a inquietarme aún más. Aquello era extraño. ¿Por qué dejarlos quedarse con todo? Pretendía ofenderlos con tanta magnificencia, pretendía mostrarles su infinito poder, sin duda; pero lo que iba convirtiéndose en certeza con cada regalo era que no saldríamos vivos de Tenochtitlan.

Poco a poco crecían los indicios de que algo no marchaba bien. A pesar de la calma, se percibía el temor entre los habitantes de la ciudad. Las sirvientas así nos lo dijeron: tenían miedo, les ganaba el desánimo.

—No sabemos qué pueden hacer los caxtilteca. Si se atrevieron a tocar a nuestro tlahtoani, a nuestro Árbol de Algodón, a nuestro bendecido, son capaces de todo —dijo una.

—Motecuhzoma es ya su prisionero. ¿Y si acaso le dan muerte? ¿Quién habrá de defendernos? ¿Quién será el nuevo tlahtoani que se enfrentará a los extranjeros? —se preguntaba otra, con los ojos arrasados en lágrimas.

—En sus palacios, los pipiltin murmuran que Motecuhzoma es una mujercita y que nada queda del guerrero que fue, que los extranjeros le robaron el alma. Esos hombres blancos no son dioses, dicen, son hechiceros —susurró otra, muy bajito, para que nadie pudiera escucharla. Sabía que esas palabras podrían costarle la vida.

Ellas lo ignoraban, pero sus dudas me hicieron estar especialmente atenta a cualquier detalle sin importancia alrededor del hueyi tlahtoani. ¡Por supuesto!, pensé. Tener preso a Motecuhzoma era un arma de dos filos. En el momento en que los valientes señores que encabezaban los otros reinos aliados de Tenochtitlan consideraran que El Que Tiene la Palabra se había plegado enteramente a los deseos de los extranjeros, podían tramar alguna estratagema para desconocerlo como gobernante. Motecuhzoma sería casi un dios, pero el hecho de que los caxtilteca hubieran quemado a Quauhpopoca y a él lo tuvieran prisionero podría ser más de lo que esos orgullosos guerreros estaban dispuestos a tolerar.

Cacamatzin, el señor de Texcoco, fue el primero en rebelarse. Lanxánat y yo escuchamos por casualidad a sus mensajeros antes de que entraran al palacio de Axayácatl. El plan era bueno y relativamente sencillo: harían que los capitanes extranjeros visitaran Texcoco con la promesa de darles oro y, una vez ahí, los tomarían presos.

¿Cómo hacerles saber a nuestros aliados que la visita era una trampa? ¿Cómo era posible que me faltaran las palabras para informar a don Fernando? ¡Tan cerca que tenía su cuerpo cada noche y tan lejos que estaba de poder comunicarme con él con algo más que unas cuantas frases! Hacía tiempo que Malina no hablaba conmigo; parecía estar siempre ocupada al lado del hueyi tlahtoani. Cuando Orteguilla se acercó a nosotras, supe que él era el indicado. Un rato después, don Fernando lo escuchó de sus labios. Él y otros capitanes fueron ya preparados hasta el señorío vecino y regresaron con el hermano de Cacamatzin cargado de sogas de metal.

—Lo van a ahorcar —me dijo Orteguilla, alarmado.

También yo me asusté. Aquello desencadenaría un ataque frontal. ¿Moriríamos todos ahí mismo? Tanto lloró y rogó Motecuhzoma para que su amado sobrino conservara la vida que los extranjeros decidieron perdonarlo; lo dejaron ir después de azotarlo. Los nobles de Texcoco decían que todo había sido un malentendido, que nadie quería rebelarse, y por un momento temblé. Me llamarían mentirosa, me mandarían colgar a mí.

Pero pronto se supo que Cacamatzin estaba más que enfurecido. De nada sirvieron los mensajes conciliadores de los extranjeros: Cacama respondió que no les creería más, que su tío era un cobarde y él jamás se dejaría engañar por los caxtilteca. Poco después nos enteramos de que el señor de Texcoco estaba preparando un gran ataque con otros aliados de Tenochtitlan: Colhuacan, Tlacopan, Iztapallapan, Tollocan y Matlatzinco. Derrocarían a Motecuhzoma y nos sacrificarían a todos.

Cuando comenté las nuevas con las princesas en el temaz-cal, todas nos estremecimos de terror. De súbito, el rostro de Tecuelhuetzin se iluminó.

—Los texcalteca sabemos que Ixtlixóchitl se rebeló contra su hermano Cacamatzin hace no tanto tiempo —exclamó—. Él se sentía con derecho al trono de Texcoco. Era el señor legítimo y el pueblo lo aclamaba, pero Motecuhzoma favoreció a Cacamatzin y puso en juego toda su influencia, aun su fuerza, para imponer a Cacama y controlar el señorío a través de él. Ixtlixóchitl los detesta a ambos desde entonces.

—¡Y con razón! —afirmó Lanxánat.

—Los caxtilteca deberían hablar con él —sugerí.

Esa noche, con la intermediación de Orteguilla le conté a don Fernando la historia de las rivalidades entre los dos hermanos. Tenía mis dudas respecto de volver a involucrarme en esas intrigas, pero el hecho de saber que corríamos peligro me animó a seguir adelante.

Los días siguientes nos enteramos de que Ixtlixóchitl vivía en un palacio cercano al lago y que sería fácil llevarle un mensaje. De nuevo a través de Orteguilla, informamos a los teteuh-ctin del resultado de nuestras investigaciones. Las princesas y yo nos manteníamos pendientes de las deliberaciones de los capitanes escuchando sus conversaciones junto a la puerta del salón principal. Después de un rato hicieron llamar a los señores de Texcallac y a Qesqáh para integrarlos a las decisiones.

Don Fernando se ofreció a ir hasta el palacio de Ixtlixóchitl y explicarle la situación. Estaban ya desgranando los nombres de quienes habrían de acompañarlo, cuando escuché la voz de Qesqáh:

—Yo llevaré el mensaje. Me vestiré como mexícatl y traeré a Ixtlixóchitl conmigo. —Hizo una pausa para que Malina pudiera traducir sus palabras; luego prosiguió—: Lo haré de noche, con dos guerreros, y cargaré tanates con frijol, maíz o lo que sea, para no levantar sospechas. Nadie puede hacerlo mejor.

Por la manera en que miró a don Fernando al pronunciar la última frase, comprendí que le guardaba rencor al capitán. ¿Tenía que demostrar frente a todos su valentía con aquella acción?

Don Fernando se sintió molesto ante tal provocación. Lo vi titubear mientras buscaba discretamente el puño de su daga. Pero Qesqáh, sin arredrarse, continuó:

—Me parezco más a ellos, puedo disfrazarme con mayor facilidad. Conozco sus costumbres, puedo anticipar mejor sus trampas, hablo mexicano y no necesitaré ningún intérprete. Soy noble y el príncipe me escuchará.

Los miembros del consejo tuvieron que darle la razón. El plan se realizó como Qesqáh había propuesto. Allá se fue mi amigo, al atardecer, vestido como pochteca, con un quémitl sucio y roto, acompañado por dos de sus guerreros, disfrazados de la misma forma. Los vi perderse entre las sombras de las callejuelas, con sus mecapales sobre la espalda, tapándose los rostros con las tilmas descoloridas.

Los capitanes aguardaron su regreso jugando tololoque y bebiendo octli en el gran salón. Yo también los esperé. En mi desvelo vi cómo Motecuhzoma salía a la terraza del palacio a mirar las estrellas, seguido por los inseparables soldados caxtilteca que lo vigilaban siempre. También observé a los mancebos, alumnos del calmécac, llevar copal y leña a los braseros en lo alto de los templos, porque los fuegos rituales no podían extinguirse jamás. Por fin, escuché las roncas caracolas que provenían del teocalli de Huitzilopochtli, anunciando el amanecer.

Poco antes de que los sacerdotes del templo aparecieran de nuevo en lo alto para mostrar el corazón del sacrificado que había permitido la llegada del nuevo día, vi aproximarse varias figuras torvas, con pesados tompeates cargados de granos a cuestas. A nadie le extrañó que los pochtecas entraran en el palacio, ya que todos los días se entregaban los alimentos necesarios para mantener a la enorme cantidad de gente que ahí había. Por un momento pensé que eran, en efecto, servidores del hueyi tlahtoani, hasta que uno de ellos levantó la cabeza y pude distinguir el rostro de Qesqáh.

Corrí a colocarme cerca del aposento donde Cortés y sus capitanes esperaban. Una vez en lugar seguro, el noble Ixtlixóchitl salió de uno de los tompeates, derramando por todas partes las mazorcas que lo cubrían. Después de una larga entrevista, estuvo de acuerdo en apoyar a los extranjeros. Por su seguridad, permanecería oculto en el palacio hasta la noche siguiente, cuando Qesqáh y sus guerreros lo llevarían de regreso del mismo modo en que lo habían traído.

Gracias a nuestra estratagema, Ixtlixóchitl traicionó la conspiración de su hermano, quien ya había pactado con los poderosos señores de los reinos vecinos para acabar de una vez con los forasteros. Con engaños, llevó a Cacamatzin, a Cuauhtláhuac, a Totoquihuatzin —señor de Tlacopan— y a los señores de Colhuacan y Matlatzinco a Tenochtitlan y los entregó a los extranjeros. Cuando vi llegar a tan orgullosos nobles sujetos por los pesados mecates de metal que los caxtilteca usaban con sus prisioneros, no pude contener las lágrimas. Me sentía culpable. Ya no estaba tan segura de estar actuando de manera correcta.

El capitán convocó a un consejo de señores al día siguiente. En la reunión estaban los prisioneros, incluido Motecuhzoma. Con voz muy suave, Cortés pidió a Malina traducir sus palabras. Exigió al hueyi tlahtoani que explicara a los asistentes que él era el enviado para gobernar aquel reino; también lo forzó a confesarse vasallo del rey de Castilla. El capitán nos hizo presenciar aquella triste escena y al ver al soberbio señor de Tenochtitlan repetir las palabras de Cortés entre lágrimas, no pude sentir más que lástima ante el enemigo vencido con tanta saña.

Qesqáh salió cabizbajo después de aquella nueva humillación del hueyi tlahtoani.

—¿A esto hemos venido? —comenzó, al verme a su lado—. ¡Tantos trabajos! ¡Tantas angustias con tal de llegar hasta acá! ¿Para qué? ¿Así hemos de vencer a nuestros enemigos? ¿De esta cobarde manera? ¿Humillando a un soberano sin haberlo derrotado en la batalla? ¡Seremos la deshonra de nuestro pueblo! ¿Qué hemos hecho?

No supe qué contestarle. Sabía que tenía razón.

A esa vejación le siguieron otras. Cortés insistió en destruir a nuestros dioses y poner los palos cruzados y la imagen de su diosa en el templo de Quetzalcóatl. Explicó una vez más que no podía tolerar que se hicieran sacrificios humanos y que su dios le exigía acabar con los nuestros, que eran falsos: no eran más que piedra.

Motecuhzoma quiso complacerlo incluso en eso y propuso hacer una capilla para las deidades caxtilteca en lo alto del templo, sin derribar nuestras efigies. Pero Cortés fue inflexible. Nunca entendí tanta obstinación, ya que, como yo veía las cosas, si nuestros dioses eran de piedra, los suyos eran de madera. Si nuestros dioses pedían sacrificios, los suyos no se quedaban atrás: los caxtilteca eran capaces de cometer mayores crueldades que nosotros en el nombre de las divinidades que adoraban.

Para evitar que hubiera una rebelión de mayor magnitud, el hombre sagrado recomendó a Cortés acatar la propuesta de Motecuhzoma y permitir a los mexica esconder nuestros dioses.

Me tocó presenciar cómo los feroces sacerdotes que me habían sacado del templo envolvían con devoción, entre lágrimas, las imágenes de Coatlicue, Huitzilopochtli, Tláloc y Coyolxauqui, y las llevaban a lugares desconocidos para que, ese mismo día, los santuarios fueran blanqueados con cal y se instalaran en ellos los dioses de Castilla.

¿Esa era la victoria?

Aunque nuestros días parecían transcurrir sin contratiempos, todos nos preguntábamos: «¿Qué va a pasar? ¿Cuáles son los planes de los extranjeros?». Algunos capitanes, incluido don Fernando, partieron a lugares distantes en busca de oro. Los artesanos se fueron a Villa Rica en compañía de decenas de mexica a fin de construir más casas flotantes.

—¿Piensan volver a Castilla? —le pregunté a Qesqáh cuando lo supe.

—No. Están engañando a Motecuhzoma. El año 2-Caña acaba de iniciarse y el hueyi tlahtoani cree que los malos augurios están conjurados. De nuevo les pidió a los extranjeros que se marchen.

—¿Y tú? ¿Por qué no te marchas con tus guerreros? ¡Ojalá fuera posible regresar a casa! ¡Quisiera acabar con esta locura que nos conducirá a la muerte o a la deshonra!

—¿Y dejarlas a ustedes aquí? ¿Crees que podría hacerlo? —me respondió Qesqáh, furioso—. ¡Me llamarán cobarde! ¡No! Estamos deshonrados ya. ¿No lo comprendes? Cuando nuestros libros sagrados narren esta historia, se dirá que los tutunakú ayudaron al extranjero a vencer a Motecuhzoma sin que él pudiera defenderse. Que no fue la valentía ni la fuerza lo que derrocó al pueblo mexícatl, sino la traición.

—¿Te das cuenta de que vamos a morir aquí? Motecuhzoma está esperando el momento adecuado para matarnos.

Toda su sumisión es una farsa para hacernos sentir confiados. Y si él no se decidiera a atacarnos a tiempo, habrá otros señores que se rebelen contra su soberano y acaben igualmente con nosotros.

Qesqáh nada respondió y se alejó, fuera de sí. No intenté detenerlo; sabía que necesitaba desfogar su furia. Por mi parte, quería entender mejor qué nos deparaba el futuro y desdoblé la manta donde se echan los granos de maíz, frente a la pequeña Skáu, que había observado toda la escena y tenía miedo. Su carita asustada me impidió mandarla fuera, así que la dejé dormir a mi lado. Los granos dijeron que algo terrible iba a ocurrir. El canto del tecolote que escuché en la madrugada anunciaba la muerte.

Pronto supimos la noticia de que dieciocho casas flotantes habían llegado a Villa Rica y que los cientos de extranjeros que viajaban en ellas no eran amigos del capitán Cortés. Eso nos tomó por sorpresa, tanto como a los mexica. Creíamos que todos los habitantes del otro lado del mar eran aliados. ¿Si peleaban? ¿Si los otros resultaban vencedores? ¿Qué sería de nosotros entonces?

Ni siquiera los granos de maíz me lo aclararon.

13

TENOCHTITLAN
Mayo-24 de junio de 1520

Las pesadillas eran recurrentes: de pronto me perseguía el hombre de pelo blanco encerrado en el bestiario de Motecuhzoma; luego era Cihuacóatl la que me atosigaba con su cola de serpiente y sus horribles alaridos. De nada servían las infusiones de yoloxóchitl o los cuidados amorosos de Skáu para templarme el ánimo; ya temía dormirme porque esperaba con angustia las persecuciones.

Una mano firme me sacó del sueño aterrorizante aquella mañana. Me sorprendió ver que ya era de día y que Qesqáh estaba perfectamente vestido con el ichcahuipilli, los brazaletes de metal, el penacho sostenido por la diadema con incrustaciones de jade y sus orejeras del mismo material: eran sus atavíos de guerra. Algo muy grave debía ocurrir para que mi amigo se atreviera a entrar en mi recámara, aun en ausencia de mi marido.

—¿Qué está pasando? ¿Adónde vas?

—Guarda silencio y oye bien lo que te voy a decir. —Su tono era grave, nada parecido al que siempre usaba conmigo—. El capitán Cortés me lleva con él a Villa Rica; va a combatir a los extranjeros que llegaron en las casas flotantes. Aún era de noche cuando vinieron a avisarme.

—¿Por qué quiere que vayas tú? —Su revelación hizo que se me espantaran los últimos jirones de sueño.

—Me he enterado de otras cosas que nos ponen a todos en gran peligro.

Aunque ya sabíamos que los extranjeros estaban en la costa y que el mismo Motecuhzoma se lo había informado a Cortés, ignorábamos la otra parte. Qesqáh se acercó más a mí para confiármelo y apenas entendí lo que me decía, más adivinando los movimientos de sus labios que escuchando sus palabras.

—El hueyi tlahtoani entró en negociaciones con los enemigos de Cortés y... ¡también nuestros señores Xicomácatl y Quetzaláyotl!

La sangre se me heló en ese momento y mi alma parecía escapar de mi cuerpo sin que yo pudiera evitarlo.

—¿Estás seguro? ¿Quién te lo dijo?

—Mamexi envió un sirviente a ponernos sobre aviso.

—¿Lo saben los teteuhctin?

—Desconozco cuánto saben. Temo que por eso se empeñaron en que llevara a mis guerreros con ellos a Villa Rica. Más que parte de su ejército, somos sus rehenes. Y, ¿te das cuenta?, la princesa y tú se quedarán aquí a merced de los caxtilteca. Cortés ha pedido a tu marido, así como a los otros capitanes a quienes mandó a explorar, que se encuentren con él en Texcallac. No habrá quien las defienda en este lugar. Alvarado está ahora al mando de los pocos soldados que permanecen en la ciudad; sé que las vigilará de cerca, pero si tiene noticias de la derrota de su capitán y sospecha una traición de nuestro pueblo, de seguro las matará... Si los mexica no los matan a todos antes.

Lo abracé con todas mis fuerzas, temiendo no volver a verlo. ¡En qué peligro nos encontrábamos los dos!

—Trataré de avisarte, pase lo que pase. —Hizo una pausa para abrazarme en silencio también—. No podré cuidar de ti y eso me cae encima como una maldición. Tendrás que estar preparada para escapar si sucede lo peor. Alerta a la princesa y huyan; váyanse en cuanto vislumbren el más mínimo peligro. No confíen en nadie, ¿comprendes? ¡En nadie!

Desde el día que lo vi partir con el pequeño contingente de caxtilteca, la zozobra en mi corazón creció. Incluso si Alvarado no sospechaba de nosotras, todos los que habíamos llegado como huéspedes del hueyi tlahtoani estábamos en peligro. Muy pocos caxtilteca quedaron bajo el mando del capitán con el cabello de sol: no serían suficientes si los mexica decidían rebelarse y matarnos a todos. Por eso, aunque las cosas parecieran seguir igual que antes, en realidad todo había cambiado.

En ese ambiente de temor, se celebraron las festividades del mes Tóxcatl; en ellas se adora a Tezcatlipoca y a Huitzilopochtli. Siendo ese el último mes de la sequía, se pide a nuestros dioses su benevolencia y protección para tener buenas cosechas. Es una de las grandes fiestas de los mexica y la fama de sus bailes y ofrendas era bien conocida en todos los pueblos del mundo.

Nuestro sentir, así como el de los texcalteca, era confuso: también nosotros celebrábamos la fiesta en los altépetl, pero los mexica la aprovechaban para sacrificar en honor a Tezcatlipoca y Huitzilopochtli a algunos de los nuestros y por ello nos generaban pavor.

Entendí que la festividad provocaba sentimientos parecidos entre los caxtilteca. Tanto Cortés —antes de irse— como Alvarado autorizaron su realización; según dijeron, querían ver cómo los mexica alababan a los dioses, pero al mismo tiempo temían que se contravinieran las prohibiciones de subir al templo las imágenes y de realizar sacrificios humanos. O, aún peor, que las multitudes reunidas aprovecharan la oportunidad para atacarnos.

Con todo y confusión, queríamos ver en detalle aquel festejo del que tanto nos habían contado, así que, después de esperar varios días y solo escuchar la música a lo lejos, por fin nos animamos a acercarnos. Lanxánat, Skáu y yo nos fuimos hacia el recinto ceremonial, por más que los guerreros texcalteca nos habían advertido del peligro. Para parecer mexica y pasar inadvertidas en la multitud, vestimos huipiles comunes y nuestros peinados se limitaron a unos sencillos molotitos en las sienes.

Así ocurrió. Una vez fuera del palacio de Axayácatl, nos confundimos con las vendedoras de cacao y de tlacoyos; cualquiera hubiera dicho que éramos parte del grupo de mujeres macehuales que iban al templo para ayudar en la confección de las imágenes de Huitzilopochtli, hechas de amaranto y miel, que se repartirían entre los asistentes.

Se respiraba un ambiente de fiesta; el olor de los granos de maíz tostado para hacer los collares que colgarían sobre los pechos de los nobles bailarines y las imágenes de los dioses llenaba el aire de regocijo y despertaba el apetito. Las alegres notas de las flautas y caramillos llegaban desde varios rincones de la ciudad donde las danzas rituales se estaban celebrando.

—¡Mira! —Llamó mi atención Lanxánat—. ¿No es hermoso?

Ni Skáu ni yo podíamos dejar de mirarlo: era un joven alto, de labios carnosos y cabello negro como la obsidiana. Los músculos de sus piernas y brazos parecían de piedra, pero su mirada era dulce. Estaba ya ataviado como guerrero, con un quémitl bordado por mil esclavas, una capa de pelo de conejo, un penacho de plumas color turquesa sostenido por una diadema en cuyo centro refulgía un enorme chalchihuite que brillaba al sol.

Todo en él era magnificencia: portaba un pectoral con un enorme espejo de obsidiana, y de los brazaletes y ajorcas de oro pendían plumas rojas. Las uñas de pies y manos habían sido cuidadosamente pintadas de azul y el hermoso rostro había sido cruzado por líneas amarillas. Fumaba alegremente una pipa de jade labrada con la imagen de Tezcatlipoca. Entre el humo del tabaco y los sahumerios de copal, parecía flotar sobre su litera forrada de flores y pieles de jaguar.

Los cuatro hermosos jóvenes que lo acompañaban tenían las cabezas rapadas y los atuendos de los sirvientes del dios. Se veían contentos y bailaban al ritmo de las sonajas rituales dando saltitos. Acá y allá lanzaban granos de maíz tostado y semillas de amaranto a la multitud.

Al ver el ceremonial y la indumentaria de los jóvenes, supimos que el hermoso hombre era el guerrero que personificaría a Tezcatlipoca durante las festividades. Le habían cortado el pelo, como se hacía con los capitanes vencedores de cuatro enemigos, y los mancebos que lo servían habían ayunado a lo largo de un año, mientras que las cinco hermosísimas doncellas ataviadas con huipiles de preciosos bordados eran las esclavas vírgenes que representaban a las diosas Coatlicue, Xochiquetzal, Xilonen, Huixtocíhuatl y Chalchiuhtlicue. Ellas lo acompañarían en sus últimos días de vida para complacer todos sus deseos.

—Ya sé lo que estás pensando —le dije a Lanxánat al ver sus ojos soñadores—: querrías estar en el lugar de una de esas doncellas, ¿verdad?

—¡Cuánto gozaría con ese mancebo, aunque fuera unos días! ¡Recibiría con beneplácito la muerte después! —La princesa hizo una pausa para mirar al joven hasta que la procesión se perdió entre las callejuelas. Luego se volvió a mí con la sorpresa dibujada en el rostro—. ¡Puedes adivinar mi pensamiento aunque mis labios no se muevan!

—Son los privilegios de alguien como yo —le dije, medio en broma—. Las abuelas me entrenaron para eso.

En medio de la zozobra, aquella fiesta era un respiro para todos; regresamos al palacio de Axayácatl felices de haber podido admirar el esplendor y el boato de los mexica tan de cerca.

No esperábamos ver a Orteguilla en uno de los pasillos, con la cara descompuesta, y a Tecuelhuetzin a su lado, conteniendo las lágrimas. Temí lo peor.

—El capitán Tonatiuh ha hecho venir a unos mancebos destinados al sacrificio.

—¡Está quemándolos con brasas! —exclamó ella.

El alma me regresó al cuerpo. Al menos no eran malas noticias sobre los ataques de los extranjeros en la costa. Pero ¿por qué Alvarado haría tal cosa en pleno Tóxcatl?

—Nuestros guerreros aseguran que los mexica están preparándose para matarnos durante la fiesta —dijo Tecuelhuetzin, asustada—. Mi esposo quiere saber si los prisioneros tienen más información. Esta fingida calma lo está sacando de quicio. Su sueño está poblado de pesadillas horrendas; se despierta a mitad de la noche bañado en sudor y con los ojos perdidos. Nada he podido hacer para devolverle la tranquilidad.

—Un soldado que apenas entiende el mexicano está traduciendo sus palabras. ¡No me dejan entrar! —reclamó furioso Orteguilla, sin sentir compasión alguna por el miedo de Alvarado.

Aquello era un problema. Malina había ido con Cortés a la costa y los que quedaban en Tenochtitlan entendían mal alguna de las dos lenguas y traducían peor. Sin embargo, la calidad de las traducciones me preocupó mucho menos que el rumor que se extendía por las habitaciones del palacio: los mexica iban a matarnos.

Las voces del miedo repetían que los guerreros de Tenochtitlan estaban construyendo escaleras para entrar al palacio y liberar al hueyi tlahtoani. Las voces de la furia se empeñaban en que los caxtilteca debían atacar primero.

—Tomar a los mancebos destinados al sacrificio durante la fiesta de Tóxcatl es cosa seria —insistió Tecuelhuetzin—. Si no pensaban matarnos, ahora tienen una razón para hacerlo.

—Alvarado también torturó a los familiares de Motecuhzoma. ¡Ellos no saben nada! ¿Por qué los lastima? —dijo Orteguilla.

La cara cubierta de pecas de mi joven amigo se contrajo en una mueca de angustia. En el tiempo que llevábamos en la ciudad, Orteguilla les había tomado cariño a los señores con los que bromeaba y jugaba al patolli. Yo me limité a abrazarlo. No sabía qué decirle. Sentí gran lástima por él: no era más que un niño que se había visto precisado a crecer a toda prisa y aguantar el miedo. Otros a su edad estarían entrenándose apenas y las batallas serían para ellos solo un sueño.

El último día de la fiesta llegó. Cuando vi que el capitán del cabello de sol se aprestaba a armar a sus hombres en el patio del palacio y los texcalteca cubrían su cuerpo con pintura de guerra, tuve un mal presentimiento, pero nada dije a mis amigas. De nuevo me puse el huipil sencillo y adopté el peinado de las mexica para salir con rumbo al templo. Lanxánat y Skáu nada debían saber de mi aventura y me alegré al notar que estaban en el salón principal, divertidas, bailando con Tecuelhuetzin, Quetzalteuh y sus doncellas, quienes hacían chocar alegremente las maschikat entre bromas.

Los sacerdotes habían traído de regreso algunas imágenes de los dioses homenajeados y pretendían subirlas con malacates hasta lo más alto del templo de Huitzilopochtli; sin embargo, dos soldados de Alvarado lo impidieron de mal modo, así que las moles de piedra permanecieron en el patio central.

Más allá divisé la gran figura de amaranto y miel que habían compuesto las mujeres en los veinte días transcurridos. Los hombres sagrados la habían llevado a la procesión ritual por todos los barrios de la ciudad y ahora que regresaba al patio del templo se preparaban para develar su rostro.

La imponente efigie de Huitzilopochtli me impactó, por más que supiera que su armazón era de madera y su cuerpo había sido moldeado con amaranto, miel y sangre de los sacrificados. Nunca había visto una representación tan grande, adornada con tanto lujo. Sus orejeras eran de mosaico de turquesa en forma de serpiente y el oro de la nariguera contrastaba con la pintura blanca de su rostro.

Huitzilopochtli tenía forma humana y lo habían cubierto con un máxtlatl bordado y dos quémitl; una capa corta y brazaletes de piel de coyote, con tiras de papel colgando, completaban el atuendo. Su tocado era de plumas de colibrí y en el cuello portaba un collar de plumas amarillas de guacamaya. En las manos traía los símbolos del dios: en la derecha, una bandera de amate teñida con sangre y una rodela de bejucos decorada con una greca verde; en la izquierda, cuatro flechas.

La fiesta había empezado y los huéhuetl, los teponaztli, los huilacapitztli y las sonajas llenaban toda la plaza con su latido rítmico. Las fragancias de copal y de liquidámbar se esparcían mucho más allá del recinto ceremonial y la gente comenzó a acercarse para entregar ofrendas a la enorme figura del dios.

Pasaron los ayunadores, que apenas habían probado bocado desde la fiesta del año anterior, repitiendo en voz muy baja las peticiones de misericordia; pasaron las mujeres, que apenas habían comido desde que se inició el mes de Tóxcatl, llorando y suplicando entre lamentos. Pasaron los macehualtin y los pochteca, pasaron los nobles y los guerreros, todos con regalos y rostros contritos. Yo también pasé: me incliné ante la figura y posé mi cabeza en el suelo, repitiendo una y otra vez: «Permíteme sobrevivir».

Seguí caminando entre la gente en el atestado patio. Las mujeres colocaban los collares de granos de maíz tostado en las figuras rituales y sobre el pecho de los asistentes. Más allá, alguien repartía pequeñas imágenes hechas de amaranto. En el templo, los sacerdotes decapitaban codornices para pintar con su sangre a los jóvenes destinados al sacrificio.

Ya habían vestido al hermoso mancebo representante de Tezcatlipoca con ropas más sencillas. Llevaba en el rostro franjas amarillas y rojas, le habían pegado plumas por todo el cuerpo y se notaba, por su mirada perdida, que ya había bebido el octli con los hongos sagrados necesarios para que entendiera el sentido profundo de la ceremonia que estaba ya principiando.

Lo vi descender muy despacio las gradas del templo, seguido por los esclavos y las doncellas. Luego se perdieron con un séquito exquisito rumbo al canal principal. Subirían a la canoa que habría de llevarlos al Templo de los Dardos, en la isla de Tepeapolco, cerca de Iztapallapan. Yo sabía que el ritual representaba la fragilidad del amor, las riquezas y la vida, la inmutable marcha del tiempo a pesar de nuestros deseos.

De pronto recordé a mi querida Pilam y casi pude escuchar su voz en mi oído: «Como el hilo dentro del cajete, la marcha del universo no debe detenerse nunca». La frase expresaba con exactitud el sentido de esa fiesta. Cuando la ronca caracola hiciera llegar su grito a través de las aguas del lago, sabríamos que los jóvenes estarían muertos y entonces daría principio la danza en el templo.

Estaba tan abstraída que casi choqué con el capitán Tonatiuh y su escolta de caxtilteca y texcalteca. Cuando él me vio, su mirada de furia y azoro estuvo a punto de horadar mi pecho.

—¿Qué haces aquí? —me dijo uno de los guerreros que lo acompañaban—. Regresa al palacio o ponte a resguardo. ¡Quién sabe qué va a pasar muy pronto! Los mexica quieren acabar con nosotros.

—Están desarmados —dije—. ¿Cómo podrían…?

No me hizo caso, siguió adelante sin responderme. Los guerreros caxtilteca vestían sus armaduras de metal y llevaban sus espadas al cinto: iban en son de guerra. Alvarado señaló las estacas que los sacerdotes habían clavado afuera del templo para sostener los malacates con que pretendían subir las pesadas imágenes de los dioses.

Pasmada, escuché decir a un texcaltécatl:

—Ahí pretenden amarrarnos y después sacrificarnos. La más grande es para ti. Eso oí tramar a los mexica.

Cuando el caxtiltécatl que hacía de traductor repitió el mensaje, el rostro de Alvarado se tornó rojo. Furioso, giró órdenes a los teteuhctin, quienes de inmediato corrieron en varias direcciones. Entonces lo supe: aquello acabaría muy mal. Un dolor en el pecho hizo que mi cuerpo se doblara.

El ronco sonido de las caracolas llegó a través de los canales. Era hora de iniciar el baile sagrado, el macehualixtli. La música de los huéhuetl, teponaztli, caracolas, caparazones de tortuga, omichicahuaztli y caramillos de hueso se hacía escuchar por encima de los murmullos del gentío. Pronto se hizo el silencio y, mientras los guerreros y nobles de Tenochtitlan se sujetaban de las manos y comenzaban el baile en círculos concéntricos alrededor de los instrumentos musicales, los espectadores —hombres, mujeres y niños— batían rítmicamente las palmas o se golpeaban los muslos con ellas.

La inquietud me impedía disfrutar la fiesta, por más que el canto de miles de personas ahí reunidas y el hipnótico baile de los nobles mexica me tuvieran en trance. Era imposible no admirar a aquellos guerreros: sus máxtlatl bordados, sus quémitl de pieles de conejo y plumas, sus cactli de piel de jaguar, sus ajorcas en tobillos y muñecas, las correas de piel de donde pendían cascabeles de oro, sus diademas de conchas o de mosaicos de chalchihuites, sus narigueras de jade o de ámbar, las plumas en los penachos y los cuerpos perfectos pintados de colores.

Bailaban cada vez más rápido, hundiéndose en el vértigo, y yo me sentí arrastrada por el ritual. Sin saber bien a bien lo que estaba haciendo, solo dejándome conducir por el latido rítmico de los instrumentos y el canto de tantos devotos, repetí para mis adentros uno de los conjuros de las Mujeres de Poder, el que permitía ver el futuro. Jamás pensé que podría hacerlo sin las semillas de ololiuhqui; sin duda la música y el baile contribuyeron a que lo lograra.

Así vi cómo los hombres de Alvarado se apostaban en las puertas del Águila, de la Punta de la Caña y de la Serpiente de Espejos, impidiendo la entrada y la salida de gente al centro ceremonial. Después observé la sangre, las vísceras, el dolor y la angustia de los devotos, que no tenían cómo responder al ataque. Para mí, el tiempo se detuvo. Los gritos de terror me dejaron sorda. Solo veía imágenes sobrecogedoras y llegaba hasta mí el olor de la carne y de la sangre.

Al volver a mis sentidos y recuperar mi cuerpo, escuché el grito del capitán Tonatiuh y vi a los soldados abalanzarse contra los danzantes, primero, y contra los músicos y devotos, después. Entonces me decidí. No sé cómo me atreví, pero en medio de la confusión, la música que no cesaba y el trance de los danzantes y sacerdotes, pude escabullirme y subir a toda velocidad las gradas del hueyi teocalli, de donde había sido arrojada con tanta violencia la última vez.

Dentro del adoratorio de Huitzilopochtli, aunque ya lucía encalado y sin rastros de las imágenes de ese dios, encontré la gran caracola con la que se llama al pueblo en momentos importantes. También estaban los atuendos de los recién sacrificados, que no dudé en usar a fin de no ser reconocida. Me embadurné la cara de amarillo y me calé la nariguera, el penacho de plumas color turquesa y la fastuosa capa que acababa de quitarse el representante de Tezcatlipoca.

Así salí, invocando a Akgtzin para que me diera la fuerza requerida. Hice sonar la caracola con el llamado a la guerra que conocía tan bien desde niña. Yo misma me sorprendí de la potencia del gemido ronco que se extendió hacia los cuatro rumbos del universo, por encima de la música, por encima de los gritos en la plaza, por encima de la ciudad, por encima de los canales, más allá del lago, hasta la otra orilla.

En medio de la confusión que reinaba abajo, en el patio central, la gente debió pensar al verme que el mismísimo Tezcatlipoca estaba convocando a la defensa ante las cobardes agresiones de los caxtilteca. Hice sonar una y otra vez la caracola llamando al ataque, y eso alertó a los nobles guerreros de todos los pueblos del lago.

Desde las alturas vi cómo los caxtilteca inspeccionaban todos los edificios del recinto ceremonial. ¿Buscaban oro? ¿Buscaban matar más gente? Habían destrozado los cuerpos de los nobles, de los músicos, de los devotos; habían dado muerte a los danzantes desarmados, a las mujeres y a las tiernas criaturas que sostenían en sus brazos. ¿Pretendían acabar con todos los mexica en un día? ¿Para qué? Me alegré de que los tutunakú no hubieran sido convocados a participar en aquella masacre. ¡Qué deshonor! ¡Qué cobardía arremeter contra gente desarmada!

Los sacerdotes me vieron, sin duda, y pronto estuvieron a mi lado. Uno de ellos me interrogó:

—¿Quién eres? ¿Cómo has podido…?

—¿Ahora preguntas eso? ¡Mira! ¡Mira cómo masacran a tu pueblo! —me atreví a responder, señalando al patio—. Lo que importa en este instante es qué vas a hacer tú.

El hombre salió pronto de su pasmo y arengó a la gente:

—¡Mexica! ¡Nos atacan! ¡Nos matan! ¿Acaso no hemos de hacer la guerra a nuestros enemigos? ¿Dónde están las rodelas? ¿Dónde quedaron las lanzas? ¡Han ultimado a nuestros guerreros!

Logré bajar de nuevo al patio y jalé a las mujeres que tenía más cerca. A gritos les ordené que se guarecieran en el templo de Quetzalcóatl o en el calmécac, aunque se encontrara más lejos. Estaban tan asustadas que no me consideraron un mal espíritu, sino una encarnación del dios que buscaba salvarlas.

Los danzantes no se detenían, a pesar de ver a los caxtil-teca que se les iban encima. Parecían estar en un trance, en otro mundo, de donde no podían regresar. La gente tampoco se movía: solo gritaba al observar a los nobles y a los músicos con los brazos mutilados, con las cabezas colgando. Con sus espadas de implacables filos, los soldados caxtilteca los corta-ron; con sus lanzas atravesaron sus espaldas. Los texcalteca con sus mazos destrozaron sus cabezas. A los que hacían sonar los instrumentos musicales les cercenaron las manos; a quienes lle-vaban las ofrendas les abrieron el vientre y ellos, aún vivos, corrían con las tripas de fuera. ¡Cuántos horrores vi ese día!

Seguí jalando a las mujeres y a los niños para ponerlos a sal-vo de aquellos monstruos: a unos los empujé hacia el interior del templo de Quetzalcóatl; a otros los metí debajo de los cadáveres todavía tibios. Sabía que no debían intentar escapar escalando los muros porque serían atravesados por las lanzas de los atacantes.

Los guerreros de los pueblos aliados y los que lograron es-capar de la masacre vinieron con sus armas, vinieron con sus escudos, pero llegaron tarde. Entonces se oyeron los gritos de guerra, el palmoteo de las manos sobre los labios, y llovieron las flechas, los dardos, las lanzas y las piedras sobre los caxtilte-ca, ya de regreso al palacio. Una roca atinó a abrirle la cabeza al capitán Tonatiuh, que llegó cubierto de sangre hasta los apo-sentos de Motecuhzoma, a reclamarle por el ataque.

En una esquina oscura del templo de Tezcatlipoca me libré de mi atuendo y con la misma capa me limpié la cara lo mejor que pude. De vuelta en mi habitación, hasta yo me asombré al verme tan sucia y con el huipil roto, manchado de rojo negruz-co por las heridas de tanta gente. En mi camino al temazcal, encontré a Orteguilla.

—¿Dónde estabas? ¡Te buscamos por todas partes!

Ni siquiera alcancé a balbucear una excusa. El muchacho exclamó con rabia:

—Los soldados de Alvarado mataron a los servidores del hueyi tlahtoani.

—¿A todos? —pregunté, incrédula—. ¡Eran muchísimos!

—Quedan menos de veinte. Y de la nobleza solo siguen vivos los señores de Iztapallapan y Tlatelolco, además del príncipe Atlixcatzin y Motecuhzoma.

Aquello era un plan de exterminio. Al parecer el capitán Tonatiuh, presa del pánico, pretendía aplastar a todos, acabar con cualquier deseo de rebelión. Pero, a juzgar por los gritos cada vez más cercanos de la turba, había logrado exactamente lo contrario: esa misma noche los mexica cercaron el palacio de Axayácatl.

Mis amigas seguían en sus diversiones dentro del salón cuando llegué a buscarlas. No se habían percatado siquiera de mi ausencia. Cuando les describí los horrores que había visto, soltaron el llanto.

—¿Qué va a ser de nosotras? —preguntaba Lanxánat, sinceramente angustiada—. ¿Hemos de terminar nuestra vida a manos de los mexica por venganza ante esta afrenta?

—¿Y si no podemos salir? ¿Y si nuestros guerreros no logran rescatarnos? —añadía Tecuelhuetzin.

Yo no tenía respuestas. Lo único que podía compartir con ellas era el miedo.

Permanecimos prisioneros durante muchos días, temiendo por nuestras vidas, mientras escuchábamos las sonajas, los huéhuetl, el latido de los tambores de caparazón de tortuga, el rítmico raspar de los huesos de venado de los omichicahuaztli, los gritos de guerra de los mexica, día y noche, al exterior de los muros, en cada canal, amplificados por el rumor del agua.

A los rugidos de los jaguares, al graznido de las aves de rapiña, a los aullidos de los monos en el jardín de Motecuhzoma, se unieron los lamentos de las mujeres ante la muerte de tanta gente durante la fiesta. Nuestros gritos de pavor no fueron menores al ver que los mexica prendían fuego a la puerta del palacio; pero con gran rapidez los guerreros texcalteca y tutunakú mojaron sus quémitl para apagar la lumbre.

Al día siguiente, mientras los deudos alimentaban una enorme pira funeraria en el patio sagrado, los mexica construyeron escaleras para remontar las paredes y entrar en la fortaleza; sin embargo, nuestros guerreros lograban derribarlos antes de que llegaran arriba. Aun así, tuvimos muchos descalabrados por las piedras que los habitantes de Tenochtitlan lanzaban con sus hondas y varios heridos por los dardos.

Fueron pasando los días y las batallas continuaron, en medio de los insultos dirigidos a nosotros, los gritos de las plañideras y las piras funerarias para los nobles muertos. Un día vimos hogueras enormes en el lago.

—¡Quemaron las casas flotantes! —nos informaron los vigías que permanecían en las azoteas.

Con ello, el pánico de los caxtilteca se volvió casi incontrolable. Sin las casas flotantes había pocas posibilidades de escape. Los habitantes de Tenochtitlan habían levantado varios puentes en las calzadas, desazolvado los apantles y amontonado piedras en las calles a fin de hacerlas intransitables para los venados gigantes. Estábamos cercados.

A pesar de sus cilindros de metal que lanzaban rayos y fuego, nuestros aliados no podían vencer a los furiosos mexica. Se nos ordenó permanecer en los aposentos cerrados; aun así supimos que Alvarado mandó sacar la más grande de sus armas de fuego a través de la puerta principal, pero la mecha que la encendía no prendió y la turba se les echó encima.

La valiente caxtiltécatl María Estrada se aventuró a combatirlos con el pelo suelto y un semblante feroz. Eso espantó de tal modo a los mexica que retrocedieron lo suficiente para que los rayos y pelotas de fuego finalmente salieran del cilindro de metal y causaran muchas muertes entre los habitantes de Tenochtitlan. La solución no fue definitiva: el hueco que quedaba en las filas de atacantes volvía a llenarse pronto.

La gente solo se calmó cuando el capitán Tonatiuh obligó a Motecuhzoma a hablar desde la azotea. Allá subieron, acompañados por Cuauhtláhuac e Itzquauhtzin, señor de Tlatelolco. Por fortuna los mexica no podían verlos claramente desde la calle, ni siquiera desde las azoteas de los edificios vecinos, porque los habría indignado aún más saber que los nobles estaban atados de pies y manos con los odiosos mecates de metal.

Gracias a Orteguilla, que estuvo presente durante la negociación, supe que Motecuhzoma aceptó convencer a su pueblo porque había recibido a sus enviados que traían noticias sobre las batallas en la costa. Cortés había vencido a sus adversarios recién llegados y venía ya de regreso con las huestes enemigas ahora bajo sus órdenes, así como armas en abundancia. Aun así, el tiempo que le tomaría a ese ejército volver a Tenochtitlan era demasiado largo para nosotros: un día más de ataques al palacio habría sido fatal. La intervención de Motecuhzoma salvó nuestras vidas.

—Paren ya esta locura —dijo el hueyi tlahtoani a la multitud, que esperaba con las armas en las manos—. Aunque lograran acabar con la gente que aquí se guarda, vendrán más, vendrán por miles, con armas poderosas y venados gigantes. ¿No ven acaso que son los más pequeños, los más débiles, los que van a sufrir? ¿No ven que son los más viejitos, los desamparados, los que van a morir? No podemos vencer a los teteuhctin. ¡Entiéndanlo ya!

El pueblo mexícatl, acostumbrado a obedecer a su señor, cesó los ataques en nuestra contra. Pero eso no significó que se rindieran: por el contrario, iniciaron una guerra silenciosa que fue socavando nuestras fuerzas. En el palacio estábamos como huéspedes ciento cincuenta caxtilteca, unos seiscientos texcalteca y tutunakú, nosotras —las princesas, doncellas y sirvientas tanto tutunakú como texcalteca— y algunos mexica —parientes o concubinas del hueyi tlahtoani y los señores que lo servían—. Dar de comer y beber a toda esa gente se volvió un tormento, ya que dependíamos enteramente de lo que los tenochca nos trajeran y de lo que el caxtilteca encargado —Juan Álvarez— pudiera conseguir en el mercado.

Nuestros adversarios lo sabían bien y por ello dejaron de traernos comida. Para colmo, debido a los ochenta días de luto en los que estaba sumergida la ciudad por los pipiltin y macehualtin muertos en el Tóxcatl, cerraron el mercado. Aguantamos apenas unos días con las reservas de maíz y frijol que teníamos, pero comprendíamos que la situación era insostenible. Por eso Juan Álvarez vino a buscarme, acompañado de Orteguilla, que nos traducía.

—Sé que varias de ustedes salieron vestidas como mexica para ver las fiestas —dijo el muchacho que decía el encargado del abasto.

Estuve a punto de negarlo, pensando que se refería al día del baño de sangre, pero el hombre, que tenía una mirada bondadosa aunque firme, me detuvo.

—No trates de mentirme. Es inútil… y tonto. Vi a la princesa totonaca y a la chiquilla que siempre te acompaña salir contigo.

El hombre hizo una pausa y yo me tranquilicé al darme cuenta de que hablaba de los días previos a la matanza. Álvarez continuó:

—Necesito que nos ayudes a no morir de hambre. Tengo alguna gente que me ha surtido de alimentos estos días, pero ahora todos estamos vigilados. Los guerreros mexica los han amenazado de muerte si vuelven a vendernos comida. Algunas personas que nos traían tortillas fueron muertas a pedradas.

A ti nadie te conoce; si lograste pasar inadvertida en la fiesta, también podrás hacerlo ahora.

Así fue como en los días siguientes salí del palacio disfrazada de mexica y acompañada por diez guerreros tutunakú vestidos a la usanza de los tameme. Recorríamos un largo pasadizo que desembocaba en un canal varias calles más allá. Íbamos a los lugares que nos había indicado Álvarez, dando vueltas por las callejuelas menos transitadas. Tuvimos que pagar el creciente precio del miedo de quienes nos surtieron de maíz y frijol, además de la carestía que se vivía en el último mes de sequía. Las menguadas provisiones que conseguimos apenas nos permitieron sobrevivir.

Los recorridos cotidianos nos permitieron enterarnos de lo que la gente pensaba. No se cuidaban de murmurar entre ellos a nuestro paso los insultos y las amenazas contra los caxtilteca. Ya no eran los teteuhctin; ahora los llamaban bárbaros. Y en eso tuve que darles la razón: la matanza ordenada por el capitán Tonatiuh no tenía excusa.

Por su parte, los guerreros hablaban de no parar los ataques al palacio.

—¿Cómo no vamos a poder con ellos? —decía un joven con fuego en la mirada.

—¡Este es el momento! —respondía otro—. Ahora que son pocos, que están débiles.

—Dicen que vienen más, que ya vienen de regreso —informó uno más allá.

—¡Vengan los que vinieren! ¿Qué importa? Aunque mueran miles de los nuestros por cada uno de ellos, hemos de echarlos de nuestra tierra.

El respeto y la veneración por su hueyi tlahtoani habían terminado. El corazón se entristecía al escuchar cómo lo llamaban: «cobarde», «mujercita de Cortés» y otras lindezas. Era verdad que nosotros también lo detestábamos, pero habíamos crecido respetando a nuestros enemigos y sabiendo que Motecuhzoma era el Enviado del Cielo, el Árbol de Algodón, el Bendecido, y era muy duro verlo humillado y despreciado por todos.

«Ya no somos sus vasallos» era el murmullo que corría por las calles hasta volverse grito.

El ambiente en calles y plazas era sobrecogedor: mientras las mujeres y los niños seguían llorando y lamentándose por la muerte de los nobles y devotos en la fiesta, los sacerdotes, con sus tilmas negras, sus orejas destrozadas, sus largos cabellos pegajosos por la sangre coagulada y su olor a muerte, recorrían la ciudad para recolectar los juncos que se usarían en los asientos del ritual del último mes de la sequía.

Quienes iban a ser inmolados en la ceremonia, ataviados y pintados como los tlaloque, pedían en las casas el alimento de la temporada, preparado con maíz y frijol: el etzal. Un día nos encontramos frente a frente con la procesión; ahí perdí el resuello. Si nos hubieran reconocido, habríamos sido las víctimas ideales para el sacrificio y nuestros corazones habrían terminado en el sumidero de Pantitlan. Pero pasaron de largo junto a nosotros, haciendo sonar la tonada lúgubre, propia de esa fiesta.

El agua fue un problema aún mayor para los habitantes del palacio. Teníamos la fuente principal frente a la puerta, mas era custodiada con gran celo por guerreros armados. Ni yo me atreví a desafiarlos, así que tuvimos que abrir un pozo en el patio, pero solo brotó agua salada y apestosa. Igual la bebimos, con asco, para no morir de sed.

Los rudos soldados del capitán Tonatiuh afirmaban ver espectros por las noches en las casas cercanas: cabezas desprendidas de los cuerpos, piernas que caminaban solas, manos ensangrentadas agitándose en el vacío; eran las visiones que creaban para aterrorizarnos los hechiceros tenochca, llamados teixcuepani.

Por más que quise explicarles que todo era mentira, los hombres, aterrorizados, no quisieron escucharme. Mientras tanto, otros casi enloquecían con los gemidos de las mujeres muertas que venían a atormentarlos.

Ante todo eso, los extranjeros ya no se veían tan seguros. Sus rostros eran muecas de desesperación a medida que los susurros de los mexica se convertían en gritos, reclamando la vida de los intrusos. Nuestras vidas.

Empezamos a respirar más tranquilos al saber que Cortés estaba en Texcoco protegido por su aliado Ixtlixóchitl, con un gran ejército de caxtilteca y texcalteca, e incluso tutunakú de los altépetl del norte que se les unieron ahí. Era nuestra última esperanza, ya que estábamos muertos de hambre y el agua fétida comenzaba a hacer estragos en nosotros. Motecuhzoma pidió que algunos caxtilteca y sirvientes suyos fueran a recibir a los teteuhctin y, milagrosamente, la turba los dejó pasar. Mandó decir que le apenaba lo ocurrido, que no dudara el capitán en volver a Tenochtitlan, que lo esperaba con júbilo, o eso nos hizo creer. De seguro era una trampa: quería acabar con todos nosotros dentro de la ciudad.

Aunque Alvarado lo había prohibido, me atreví a llevar un poco de comida a los prisioneros. Cuauhtláhuac, el príncipe Atlixcatzin e Iztquauhtzin permanecían en un aposento apenas iluminado por el brasero, custodiados día y noche por soldados caxtilteca. Si nosotros teníamos apenas lo necesario para mantenernos en pie, ellos no probaban bocado en días y, cuando lo hacían, eran tlaxcalli duros y frijoles rancios.

Orteguilla me ayudó en esa aventura. Con su temple y simpatía, retó a los guardias a un juego de tololoque.

—Deben estar aburridos, hartos de estar aquí todo el día. ¡Vamos a jugar un rato! ¿Cómo piensan que los prisioneros se van a escapar con las cadenas que les han impuesto? ¿Cómo podrían salir de aquí? ¡Los matarían en el acto!

Los jóvenes dudaron un momento, pero el muchachito pronunció las palabras mágicas:

—Tengo oro y estoy dispuesto a perderlo con tal de distraerme un rato. ¡No puedo más con este encierro!

Cuando desaparecieron en los pasillos oscuros, entré a alimentar y curar a los señores; las sogas de metal ya habían lastimado sus tobillos y muñecas, y sus rostros estaban macilentos y cenizos. Cuauhtláhuac bebió el agua salada con una mueca, pero agradeció los tlaxcalli recién hechos y el puñito de amaranto.

—¡Tienes que ayudarme! —me dijo después de algunos días de verme constantemente—. Di a los extranjeros que yo puedo lograr que abran el mercado, que puedo hacer que vuelvan a traer comida. El pueblo me obedece; pediré que dejen ya la guerra.

Mientras procuraba curar sus heridas con mis hierbas, el señor de Iztapallapan trataba de convencerme de que liberarlo sería lo mejor para todos. Cada día pasaba yo más tiempo en los calabozos. Quería tocar la piel curtida del guerrero, sentir su calor y admirar su grandeza, aunque estuviera reducido a aquel encierro. Además de la humillación de permanecer atado, aquel hombre debía soportar que lo llamaran ofensivamente «Cuitláhuac». Malina en los últimos tiempos había cambiado su nombre para mostrar su desprecio por el hermano de Motecuhzoma: de ser Cuauhtláhuac, «águila sobre el agua», había pasado a ser Cuitláhuac, «suciedad sobre el agua», y los texcalteca y caxtilteca ya se referían a él de esa manera. A Cuauhtláhuac no parecía importarle, como si viviera en un mundo que nada tuviera que ver con tales minucias. Escucharlo me hacía bien, aun cuando no estaba segura de si podría lograr persuadir a los extranjeros de soltarlo y si sería prudente.

Lo que sí me resultaba muy claro era que el ejército que venía en camino no lograría contener la rabia de nuestros enemigos, y si eran tantos como habían dicho los mensajeros, la comida disponible, de por sí escasa, jamás alcanzaría para todos. Además, admiraba a Cuauhtláhuac y me rompía el corazón verlo reducido de tal modo a una mazmorra oscura.

14

TENOCHTITLAN
24 de junio-principios de agosto de 1520

No voy a olvidar el día en que el ejército de los teteuhctin entró a Tenochtitlan. Llegaron con gran estruendo por la calzada de Tlacopan, la única que no estaba cortada; venían a todo galope en sus muchos venados gigantes, lanzando rayos y fuego con sus armas, como para mostrar a todos su alegría por la victoria en la costa. Detrás marchaban más de mil caxtilteca —entre ellos varias mujeres—, dos mil texcalteca y cientos de tutunakú. Más lejos, los sirvientes arrastraban con dificultad los pesados cilindros de metal que habían aumentado en cantidad.

Si acaso esperaban un gran recibimiento, alentados por el mensaje de Motecuhzoma, debieron decepcionarse en cuanto penetraron en la ciudad. A su paso solo hallaron silencio. Nadie salió a encontrarlos, ni siquiera nosotros, por el miedo y la debilidad. Tenochtitlan seguía de luto, pero, ante todo, sus habitantes estaban furiosos contra los invasores. No les importó que se celebrara en esas fechas la fiesta de Huixtocíhuatl, la diosa de la sal: la pena por sus muertos y la rabia hacia su hueyi tlahtoani y los caxtilteca eran mucho más fuertes que sus tradiciones o su devoción. La única razón para dejarlos entrar sería para matarnos a todos dentro.

Como era de esperarse, la llegada de tanta gente causó revuelo en el palacio de Axayácatl. Los extranjeros que acompañaban a Cortés no cabían ya, así que fueron hospedados, por órdenes del hueyi tlahtoani —a quien sus súbditos aún obedecían—, en el cercano templo de Tezcatlipoca. También hubo que buscar lugar para los texcalteca y tutunakú recién llegados. El corazón se me salía del pecho al ver entrar a aquel ejército al patio central del palacio. ¿Vendría don Fernando? ¿Y Qesqáh? Los granos de maíz consultados innumerables veces me habían dicho que mi marido y mi amigo estaban a salvo, pero yo no lo creería hasta mirarlos sanos y salvos a mi lado.

Cuando por fin distinguí sus figuras entre los guerreros, mi corazón se llenó de regocijo. Con las fuerzas que me quedaban después de no haber comido gran cosa en varios días, esperé a don Fernando en el pasillo que daba al salón principal. ¡Cuánto alivio sentí al abrazarlo! ¡Cuánta dicha al percibir su olor ácido mezclado con el aroma del cuero de sus botas y el polvo del camino! Ya no quería soltarlo. Y no lo hice, ni siquiera de camino a nuestro cuarto. Una vez ahí, me di cuenta de que lo habían herido: la sangre seca asomaba entre sus cabellos rizados. Quise acudir a mis hierbas para curarlo, pero él me lo impidió.

—Solo fue un rozón. ¡Lo que importa es que ganamos!

—Rozón —repetí la nueva palabra para memorizarla—. ¡Ganamos!

—Ven acá —dijo sujetándome contra sí.

Entonces dimos rienda suelta al deseo, como antes, como siempre. Lejos quedaron los arreos de guerra, lejos sus armas de metal, lejos sus largas botas enlodadas, lejos su camisa y mi huipil. Solo nuestros cuerpos, ansiosos, anhelantes, se fundieron en un abrazo reiterado. Al principio con prisa, depositando uno en otro todo el miedo, toda la angustia de los días de asedio, las penurias del viaje; después volvimos a amarnos con el cuidado y la pericia que el tiempo nos había enseñado, para hacernos sentir mayor placer.

En su cuerpo se hacían realidad todas mis fantasías de viaje: su semilla tenía el sabor de los mares que yo nunca había visto y en los pliegues de sus muslos se ocultaban las playas de arena blanca más allá de Potonchán. Su pecho hablaba de las tierras de Castilla y cuando me montaba en su cuerpo, era como cabalgar en uno de los venados gigantes para llegar más pronto al Ilhuícatl-Omeyocan.

Una vez que el ansia se atemperó y pude curarlo, logré que don Fernando se durmiera para reponer las fuerzas. Entonces salí a buscar a los guerreros tutunakú recién llegados para conocer los detalles del viaje. Qesqáh, al verme, acudió a mi encuentro. Yo estaba deseosa de saber muchas cosas y todo preguntaba:

—Dime, ¿cómo están nuestros padres? ¿Y las abuelas? ¿Qué ocurrió durante los combates? ¿Cómo regresaron?

Fueron tantas las preguntas que mi amigo no pudo sino reír antes de responderme:

—Llegamos a Quiahuixtlan una vez que los enemigos de Cortés se rindieron. Mientras los caxtilteca hacían sus planes en Villa Rica, nosotros nos aseguramos de que nuestras familias estuvieran a salvo. Todos se encuentran bien. Nuestros aliados han cumplido los acuerdos: nos han protegido y a cambio nuestra gente sigue ayudando a construir la nueva ciudad.

—¿Y quiénes eran los que llegaron en las casas flotantes?

—Dicen que no vienen de Castilla, que son vascos.

—¿Vascos? Yo los veo iguales a los otros. Para mí todos son caxtilteca.

Qesqáh soltó una carcajada.

—Como para ellos resulta que todos somos «indios».

—¿Indios? ¿Qué es eso?

—Andaban buscando un pueblo que llaman «las Indias» y se encontraron con nosotros. Por eso mayas, texcalteca, tutunakú, otomime, popoluca, téenek, mexica… somos todos «indios» para ellos.

—¡Ridículo! ¡Qué vergüenza! ¡Somos tan distintos!

Después Qesqáh me contó cómo ganaron la batalla contra los recién llegados.

Xicomácatl los había recibido como invitados, sin saber cuál era la postura que debía adoptar. Narváez, que así se llamaba el enemigo de Cortés, dijo que venía a llevarse al caxtiltécatl renegado, por desobedecer las órdenes de sus superiores. Grande fue la sorpresa del señor de Cempoallan al enterarse de que Cortés se dirigía a la costa acompañado de los guerreros de su propio pueblo. Y no menor fue el asombro de los dos señores —Xicomácatl y Cortés— al descubrir que Motecuhzoma ya había hecho alianza con Narváez a través de sus calpixque.

En una sola noche vencieron a los recién llegados, aunque aquellos los superaran en número. Una avanzada compuesta por los capitanes de Cortés y el hombre sagrado había convencido a los principales hombres de Narváez de rendirse antes de la llegada de los combatientes desde Tenochtitlan.

—La batalla fue breve y nosotros apenas participamos —continuó Qesqáh—. Narváez resultó herido, además de unos pocos extranjeros de los dos bandos. También lastimaron a Xicomácatl, que se encontraba en la refriega. Pero Cempoallan sufrió más: quedó medio destruida con los rayos y truenos fulminantes de las armas.

Los sufrimientos más terribles llegaron después, cuando el enorme ejército regresaba a Tenochtitlan. En los territorios de las lagunas saladas, los señores de los pueblos fueron mucho menos amigables que cuando hicimos por primera vez el recorrido. Olinteuhtli estuvo a punto de mandar a sus guerreros a acabarlos: seguro había escuchado las noticias de la masacre en la fiesta de Tóxcatl. Si no los mató a todos fue por orden del hueyi tlahtoani, pero dejó muy claro que, en sus dominios, los extranjeros y nosotros, sus aliados, ya no seríamos bienvenidos.

—Casi morimos de hambre y sed —explicó Qesqáh—. De los recién llegados, algunos estaban en los huesos cuando entramos al reino de Texcallac. Las mujeres apenas podían caminar, otros tenían llagas en la boca. No sé cómo pudimos resistir. ¡Gracias a Kiwichat que nos permitió vivir para volver hasta acá!

El arribo del renovado ejército de extranjeros no logró aplacar los ánimos de los mexica. Cada vez que los caxtilteca intentaban salir del palacio eran apedreados y apaleados desde las azoteas cercanas. Y los que estábamos dentro ni siquiera en el patio interior estábamos a salvo: nos llovían flechas, palos, piedras, gritos e insultos a todas horas.

La situación cada día era peor. Los mensajeros que salieron del palacio con la misión de informar a los habitantes de Villa Rica que el ejército había llegado con bien a Tenochtitlan tuvieron que regresar antes de cruzar el lago. Del contingente que los acompañaba, mataron a tres e hirieron a muchos más; pero eso no fue todo: los mexica los siguieron hasta las puertas del palacio y volvieron a prenderle fuego.

Adentro parecía que los espíritus del inframundo se habían soltado. Mientras las mujeres —tanto sirvientas como princesas— corríamos a socorrer a los heridos, los hombres echaban tierra al fuego que amenazaba con consumirlo todo. Derrumbaron incluso techos y muros de algunos aposentos para apagar las agresivas llamas con los escombros.

Acá veía yo correr a Skáu y Orteguilla llevando mantas de algodón y el poco aceite que habían traído los recién llegados para curar flechazos o descalabros; allá escuchaba a Lanxánat murmurando los conjuros que le había enseñado para sanar huesos rotos; acullá se respiraba el humo metálico de los cilindros que disparaban a ciegas contra la multitud.

Los guerreros de Qesqáh y muchos de Texcallac se dedicaron a tapar los huecos que se formaron en las murallas de defensa y los caxtilteca accionaban sin cesar sus tubos de metal y sus ballestas contra los pechos descubiertos de los mexica, sin lograr que el número de atacantes menguara.

Al abrigo de las sombras, cuando los mexica no se atrevían a atacar y regresaba la calma, la actividad dentro del palacio no se detenía. Las mujeres continuábamos confortando a los heridos y moribundos, y acomodando a los muertos en uno de los aposentos más lejanos. Más de ochenta caxtilteca, incluso el mismo Cortés, resultaron heridos; casi todos los tutunakú quedaron muertos. Pero eso no los hizo bajar la guardia.

Muy temprano en la madrugada salían en grupos para tomar las casas cercanas, aunque invariablemente regresaban por la tarde, con la derrota a cuestas en forma de heridos graves, cadáveres destrozados y, sobre todo, con la certeza de que los mexica recuperaban por la noche el minúsculo terreno ganado por ellos en el día.

Aun en el caos en el que vivíamos, no me olvidé de las palabras de Cuauhtláhuac y a la primera oportunidad decidí contarle a Qesqáh de mis visitas al señor de Iztapallapan.

—Son nuestros enemigos, Xtaaku. ¿Lo olvidaste? ¿Crees que una vez libre nos perdonaría la vida? ¿Crees que se acordará de ti?

—No tenemos opción. Estamos acorralados y no aguantaremos muchos días más sin comida ni agua. La rabia de la gente de Tenochtitlan crece con cada momento que pasa y terminarán por matarnos a todos. ¿Se te ocurre otra idea?

Qesqáh sabía que yo tenía razón. Las armas de los caxtilteca, aun con ser muchas más y de mayor poder, no habían sido capaces de darnos la victoria. Estábamos debilitados y enfermos. Estábamos muertos de miedo.

—Mis guerreros y yo podríamos intentar cruzar el lago, llegar a Texcoco…

—Has visto que obligaron a retroceder a quienes pretendieron salir de la ciudad —le recordé, desconsolada.

—¡Entonces solo el gran guerrero Cuitláhuac puede parar esta tortura! —dijo con sorna.

—¡No lo llames así! Bien sabes que ese no es su nombre. Y sí, aunque te pese, sí. Cuauhtláhuac es el único que puede detener los ataques y permitirnos salir de aquí. Es una apuesta arriesgada, pero es la única posibilidad que tenemos.

—Haz lo que quieras. Pero ni creas que participaré en esta locura.

Me pesó verlo alejarse, furioso y humillado.

Cuando por casualidad capté una conversación entre Cortés y Malina, supe que era el momento de actuar. El capitán le exigía a su intérprete que convenciera al hueyi tlahtoani de subir de nuevo a las azoteas y hablarle al pueblo, hacer las paces, abrir el mercado antes de que nos muriéramos de hambre. Desde su regreso, Cortés había rehusado dirigirle la palabra a Motecuhzoma, furioso por los acuerdos que este había hecho con Narváez.

En las sombras del pasillo oí la prolongada plática de Malina con el gran señor de Tenochtitlan. A pesar de las razones que ella le daba, con voz muy dulce y respetuosa, él se negaba a cumplir la voluntad de Malinche, como todos llamaban ya a Cortés. Estaba resentido por su silencio y tenía vergüenza de hablar a su pueblo y conocer su desprecio.

—No me harán caso —decía—. Es inútil. Ya no soy nada para ellos.

Mi corazón se oprimió aún más al escucharlo. ¡Qué duro debía ser para él reconocer esa verdad! Pasó una eternidad y desde mi escondite solo se oía la voz de Malina y las frases cortantes de Motecuhzoma. Por fin, al verla alejarse entre las sombras, me decidí.

Los servidores del tlahtoani eran ya muy pocos y los guardias no lo custodiaban como antes. En medio del vértigo, ellos también se ocupaban de tareas más urgentes. Así que me armé de valor y entré con la cabeza inclinada al aposento del señor. Por un momento me quedé helada por la impresión de estar frente al representante de los dioses. La lengua no me obedecía, pero me repuse enseguida: el tiempo de que disponía era muy limitado.

—¡Señor, Gran Señor!

—¿Quién se atreve a hablarme? ¿Qué mujer se dirige a mí sin que yo lo ordene?

—No mires mi atrevimiento, no preguntes mi nombre —dije, sacando valor de no sé dónde—. Vengo a ayudarte. He hablado con Cuauhtláhuac. Él puede parar esta guerra, él puede sacarte de aquí. El pueblo lo obedece. Convence a Malina de que sea él quien abra el mercado. Dile que lo dejen salir.

—Cuauhtláhuac es un gran guerrero. Nunca quiso que recibiera a los extranjeros en Tenochtitlan —dijo, hablando para sí mismo.

—¡Señor, Gran Señor! —repetí—. Cuauhtláhuac es la única esperanza. ¡Es la oportunidad de salvar a tu pueblo! ¡Es la oportunidad de llegar a un acuerdo!

Me miró con sumo desprecio. Debió pensar que le tendía una trampa o que era una estúpida al pretender persuadirlo de liberar a su hombre más aguerrido. En su mirada alcancé a ver cómo emergía la serpiente de la duda: ¿tendría la lealtad absoluta de Cuauhtláhuac? ¿Liberarlo no implicaba también hacerse prescindible? Por fin me respondió:

—No escucho consejos de mujeres. Retírate de mi presencia.

—Solo soy una mensajera —repuse, con todo el aplomo que pude.

Me retiré caminando aprisa, pero sin darle la espalda; sabía que era la única que guardaba las formas y mostraba algún respeto. Ya habían pasado los días en que solo mirarlo era una sentencia de muerte: ahora Motecuhzoma no era más que un fantasma. Yo había visto cómo todos lo humillaban: presencié con pena los gritos y las amenazas de Tonatiuh, las burlas de los soldados que jamás hubieran osado posar sus ojos en su figura sagrada, el silencio del capitán Cortés ante las súplicas del hueyi tlahtoani de que acudiera a su aposento.

Al salir de ahí, busqué a Orteguilla para que me ayudara a traducir lo que iba a comunicarle a don Fernando: había que hacer entender a Cortés que dejar en libertad a Cuauhtláhuac era nuestra única salida. Cuando el muchacho le contó a mi marido todo lo que yo había hecho, pude percibir cómo cambió su mirada al posarla sobre mí: era como si me viera por primera vez. Estaba sorprendido. Cuando observé a los soldados liberar al tlahtoani de Iztapallapan esa noche, me llené de júbilo. ¡Teníamos una oportunidad de sobrevivir!

Al día siguiente se recrudecieron los ataques. Los hombres seguían respondiendo a ellos por los huecos de los muros, mientras otros se encargaban de construir, con las vigas y maderamen de los techos del palacio, unos enormes artefactos de madera que servirían para ocultar hasta veinte soldados. Desde dentro disparárían sus armas por pequeños orificios, sin estar a merced de las flechas y las piedras.

A eso del mediodía, los vigías de la azotea mandaron mensajes de alarma. A gritos, circuló la noticia: un enorme grupo de guerreros venía hacia el palacio. No era la turba acostumbrada. Estos guerreros iban majestuosamente vestidos: los cuerpos pintados de rojo avanzaban por las calles en perfecto orden; los vistosos penachos de guerra se agitaban con el viento húmedo; las rodelas adornadas con insignias de oro cegaban cuando les pegaba el sol; palmeando sus labios, aquellos hombres hacían brotar de sus pechos los llamados a la guerra. Los guerreros águila y jaguar obedecían sin chistar a quien venía delante, precedido por los estandartes de Iztapallapan. Era Cuauhtláhuac.

Cuando lo supe, me quedé helada. Aquellos hombres no parecían tener intenciones de negociar. Aun así, no me arrepentí de haber contribuido a libertar al orgulloso señor. No perdía la esperanza de que se llegara a un acuerdo. Ante tales circunstancias y a través de Malina, Cortés pidió al hueyi tlahtoani que subiera a la azotea para hablar con Cuauhtláhuac. A la *lengua* de Coatzacoalco no le costó tanto esfuerzo esta vez. Motecuhzoma tenía curiosidad de ver con sus propios ojos el ejército que se había formado tan rápido y platicar con su hermano para saber qué tenía en mente.

Pero cuando Motecuhzoma subió a la azotea para dirigirse al pueblo y atemperar su furia, dijeron los que estuvieron ahí que lo insultaron, llamándolo «mujer de los caxtilteca», y le gritaron que ya habían elegido un nuevo tlahtoani que sí estaba dispuesto a luchar contra los invasores hasta morir. Ante el azoro de todos, le llovieron piedras y flechas, sin que su pueblo le mostrara ningún respeto.

Nuestros aliados dijeron que quisieron proteger al monarca de la furia de sus súbditos, pero su esfuerzo resultó inútil; don Fernando juró haber interpuesto su propio cuerpo entre las piedras y la figura de Motecuhzoma. Sin embargo, Qesqáh me relató una historia diferente:

—Cuando Alvarado vio que el pueblo lo agredía y que ya había un nuevo líder, ordenó a don Fernando, que era el que estaba más cerca, que le clavara un puñal en la espalda. ¡El hueyi tlahtoani era ya un estorbo!

El tono despectivo con el que mi amigo pronunció esas palabras no me permitió entender si aprobaba o desaprobaba aquella acción.

Motecuhzoma no murió de inmediato. Yo vi cómo lo llevaban malherido hasta su lecho y, cuando intenté ayudarlo, los guardias caxtilteca me impidieron la entrada: dijeron que el hueyi tlahtoani rehusaba recibir auxilio. Dos días más tarde supe que había fallecido.

Nos contaron que también Cortés trató de parlamentar con Cuauhtláhuac, confiando en que lograría convencerlo, pero el guerrero respondió a través de un vasallo que seguirían luchando y que nos matarían a todos si no nos íbamos. Cuauhtláhuac no era Motecuhzoma; no podría ser fácilmente engañado con palabras. El tiempo de las palabras había terminado, ahora solo quedaba la victoria o la muerte. En ese momento el terror sí llegó a paralizarme. ¿Qué había hecho? ¿Habría sido diferente si Cuauhtláhuac hubiera permanecido prisionero?

—No te culpes —me dijo Qesqáh, todavía resentido por nuestra última pelea, pero buscando hacer las paces—. Motecuhzoma de seguro ya lo había pensado muchas veces antes. Y tú tenías razón: era una apuesta arriesgada, pero no había otro remedio. Ni el tlahtoani ni nosotros calculamos que Cuauhtláhuac elegiría agredirnos de inmediato.

A la muerte de quien había sido soberano absoluto de los destinos de la mayor parte del mundo conocido por nosotros, los caxtilteca ahorcaron a los señores mexica que aún estaban vivos y los entregaron a los deudos en la puerta del palacio. Los llantos de las mujeres que vinieron con antorchas hasta la puerta a recoger los cuerpos cortaban el aliento. Era mil veces más tolerable el grito desgarrador de Cihuacóatl.

¿Habría cambiado algo si Cuauhtláhuac hubiera estado entre ellos? Las turbas, sin más dirección que su rabia, habrían seguido con los ataques, incluso con mayor intensidad al ver al más valiente de sus señores vilmente asesinado. No, nuestra situación no habría cambiado gran cosa.

Estábamos sitiados, otra vez sin comida ni agua, más que la del fétido pozo y la que lográbamos recolectar en las tormentas. En los días siguientes, los caxtilteca intentaron llegar a la única calzada que continuaba abierta, la de Tlacopan, que además era la más corta y la que nos quedaba más cerca. Pero ni sus artefactos de madera, ni sus armas, ni sus guerreros bastaron para romper la sólida defensa que encontraron en el lago. Regresaron por la noche, con sus aparatos destruidos y muchos heridos.

Al día siguiente, entre los gritos, el humo y la confusión general, nos enteramos de la treta desesperada del capitán Cortés: usando sus artefactos de madera ya reparados, había tomado el templo de Xipe Tótec, al que los mexica también llamaban Yopico, situado prácticamente frente al palacio que ocupábamos.

Aquel fue un espectáculo aterrorizante y muchos lo presenciamos desde la azotea. La encarnizada lucha se dio en los escalones del templo. De los cuarenta soldados caxtilteca, solo sobrevivieron veinte y la mayoría con heridas serias. Aun así, cuando llegaron arriba, echaron abajo a nuestros dioses y prendieron fuego al santuario. Como había ocurrido en Chollolan, al ver a los dioses vejados y la imposibilidad de ponerse a salvo, los sacerdotes y guerreros mexica se lanzaron al vacío.

Desde nuestro privilegiado mirador, observamos a Cortés en lo alto del templo, cubierto de sangre, surgiendo entre las llamas con un sacerdote sujeto por el cuello; gritaba que solo quería la paz. También vimos a Cuauhtláhuac, quien respondió desde la calle que la única manera de terminar la guerra era que abandonáramos Tenochtitlan. Al fin le propuso una tregua para que pudiéramos irnos a Tlacopan. Dijo que tendríamos todo el día siguiente para salir.

Dentro del palacio, nosotros no habíamos permanecido como espectadores solamente. Era claro para todos que una solución extrema sería marcharnos, por más que Cortés repitiera que jamás lo haría. Mientras los combates seguían afuera, en nuestro refugio los artesanos caxtilteca construían puentes con las vigas y tablas de los techos. Otros se ocupaban en fundir las joyas y adornos de oro, convirtiéndolos en delgadas barras que podían cargarse con mayor facilidad. ¡Cuánto pesar sentí! Ahí acabaron los brazaletes, las diademas, las orejeras, los calendarios labrados con preciosismo. ¿Qué clase de bárbaros eran estos que destruían tanta belleza?

No había tiempo que perder en dudas ni resquemores. No quedaba comida ni manera de resistir más sin ella. El polvo negro utilizado para prender fuego a las armas se había agotado y los muros del palacio estaban hechos una ruina, no soportarían otra ofensiva. A los ataques habían sobrevivido menos de doscientos guerreros texcalteca y tutunakú. Teníamos que salir de inmediato o muy pronto seríamos todos cuerpos destrozados al fondo del canal o al pie de la escalinata del templo de Huitzilopochtli. Por más que yo agradeciera con el corazón la tregua que ofreció Cuauhtláhuac, estaba claro que era una trampa para acorralarnos en el lago al día siguiente; por ello había que irse esa misma noche, lo más tarde posible.

Mientras los capitanes caxtilteca hacían planes para marcharnos y llevarse sus tesoros, el resto de los hombres salió por el pasadizo trasero del palacio con diversos encargos: los extranjeros incendiaron los edificios que aún había en el camino hacia la calzada de Tlacopan para evitar que nos atacaran desde las azoteas durante la huida, y los texcalteca y tutunakú rellenaron con las ruinas de las construcciones algunos de los huecos donde los puentes habían sido ya levantados.

Las mujeres nos hicimos cargo de los heridos, preparándolos lo mejor posible para que resistieran el viaje, y empacamos las pocas pertenencias que nos quedaban. Ese día no hicimos distingo entre tutunakú, texcalteca y mexica. Todas teníamos que permanecer unidas, aunque unas fueran las princesas de

Quiahuixtlan o de Texcallac, otras las parientas de Motecuhzoma y, algunas más, simples doncellas. Las caxtilteca, en cambio, preferían estar cerca de los guerreros, alistando las armas para defenderse de una posible acometida.

Los mexica, entre tanto, se ocuparon de los funerales de sus señores, esos a los que los caxtilteca habían dado muerte de manera artera en el palacio. Volvimos a escuchar a lo lejos los gritos de las plañideras y los latidos de los teponaztli. Luego supimos que a Motecuhzoma se lo habían llevado hasta Copulco, lugar donde habitaban los sacerdotes encargados de la ceremonia del Fuego Nuevo. Ahí habían hecho arder al hueyi tlahtoani sin mayor ceremonia, mientras que al señor de Tlatelolco lo habían conducido a la pira, con todos los honores, en su teocalli. Sus cenizas, como correspondía a los grandes, habían sido transportadas con todo boato hasta la ciudad sagrada de Teotihuacan.

Las fieras del jardín de Motecuhzoma parecían llorar la muerte de su señor. Cada vez más hambrientas, sin nadie que las cuidara, aterrorizadas por el fuego que les llegaba cada vez más cerca, aullaban de manera desgarradora. Yo no quise pensar en las angustiadas criaturas contrahechas que habitaban en las jaulas y que quedaron abandonadas a sus propias fuerzas: de nada les serviría lanzar guturales gritos inhumanos; solo encontrarían indiferencia.

Antes de la media noche comenzó a llover. Cuando la tormenta apagó los pebeteros en lo alto del templo de Huitzilopochtli, supimos que era hora de partir. Alvarado y sus hombres les abrieron las gargantas a los guardias mexica que permanecían en la puerta del palacio y en total silencio salimos en el orden establecido.

Nadie nos detuvo en las calles que desembocaban en la calzada y logramos cruzar los tres diques que aún había dentro de la ciudad. Una vez en el lago, el capitán y los sesenta soldados que cargaban el puente de madera se adelantaron para acomodarlo en el canal de Mixcoatechialtitlan. Llegamos sin esfuerzo al otro lado.

En ese momento escuchamos los gritos de una mujer que nos vio cuando iba a sacar agua. Se encendieron las antorchas dentro de las casas, se corrió la voz hasta alcanzar los oídos de los sacerdotes en el templo de Huitzilopochtli. Desde ahí, los hombres sagrados hicieron sonar las caracolas y tocaron el tambor de guerra. En el tiempo que tardaron los guerreros en llevar sus canoas al canal y llegar hasta nosotros, avanzamos corriendo sobre la calzada, a ciegas en la oscuridad.

Luego todo se volvió confuso. En el puente de los Toltecas, que se extendía sobre el último de los canales antes de llegar a Popotla, los soldados lograron acomodar las vigas que traían para ese paso, pero la madera resbaló y la gente cayó al vacío negro del lago. Fue como si se hubieran lanzado a un precipicio: allá se fueron los venados gigantes repletos de tesoros, las mujeres caxtilteca, los guerreros texcalteca y muchos de los nuestros.

Yo corría junto a las princesas y doncellas, cuidando que la pequeña Skáu se agarrara de mi huipil. Detrás venían ya las canoas de los mexica; sobre nuestras cabezas llovían las flechas, cual plaga de chicharras, zumbando igual que ellas cuando huelen el agua. Nuestros perseguidores habían retirado los puentes que quedaban y los caxtilteca que regresaron pensando encontrar seguridad en Tenochtitlan cayeron en el lago con la cabeza destrozada a pedradas. No podíamos detenernos; la única salida era seguir adelante, seguir corriendo.

Al llegar al abismo donde tanta gente se había hundido, comprendí que había que cruzar por encima de los cuerpos, de los cilindros de acero, de las cajas de madera con los tesoros para el rey de los caxtilteca, todo eso que ahora llenaba la oquedad cenagosa, permitiendo el paso. Solo recuerdo haber gritado muchas veces a Skáu, mientras llevaba las manos sujetas a las de Lanxánat y Tecuelhuetzin:

—¡No me sueltes! ¡No se te ocurra soltarme!

Pero después de atravesar aquel pantano de fondo irregular y macabro me di cuenta de que Skáu ya no estaba a mi lado. A la luz de los relámpagos vi cómo se hundían los soldados caxtilteca, arrastrados por las barras de oro que escondían entre sus ropas; en medio de la confusión vi a la princesa Lanxánat y sus doncellas ser acribilladas por las flechas de los guerreros mexica, cuyos rostros pintados de negro y rojo los convertían en seres del inframundo.

Vi a Cortés sobre su venado, gritando que no nos detuviéramos. Vi a María Estrada —la feroz guerrera blanca— arremetiendo contra los mexica que intentaban cortar las patas de los venados gigantes con espadas robadas a los caxtilteca muertos en las refriegas de las calles. Vi a Alvarado corriendo sobre una viga y saltando a las ancas del venado de otro capitán.

Vi a don Fernando hundirse en el fango por el peso de sus ropajes de metal y el oro que llevaba a la cintura; gritaba mi nombre mientras levantaba a Skáu en sus brazos. Vi a Qesqáh retrocediendo sobre sus pasos para intentar sacarlos a ambos, mientras me ordenaba seguir adelante, y luego lo vi caer acribillado por un centenar de piedras.

En esa última mirada de quien había sido mi amigo más querido estaba contenida la historia de lo que ya no fuimos, lo que nunca pudimos decirnos. En sus ojos había angustia y decepción, miedo, pero sobre todo rabia ante el destino que había truncado nuestros planes y deseos. Una vez más, los dioses nos traicionaban. En ese acto postrero, Qesqáh quería demostrar su valor y también sus más profundos sentimientos hacia mí, al tratar de salvar a quienes tanto significaban en mi vida, a pesar de la rivalidad que sintiera por don Fernando.

Al ver hundirse a los seres más amados en el vientre teñido de sangre del lago y sin pensar en la inutilidad de mis acciones, quise regresar, pero un guerrero texcaltécatl me sujetó con fuerza por un brazo y me extendió una rodela:

—Póntela en la cabeza y corre. Corre lo más rápido que puedas y no mires atrás. Yo los sacaré.

Yo sabía lo que en realidad significaban sus palabras: sacaría a la niña, porque don Fernando y Qesqáh estaban ya destrozados por las fechas y no consentirían ser un estorbo, en el remoto caso de seguir vivos. Corrí y nadé cuando fue preciso hasta alcanzar tierra firme, sabiendo que el guerrero, con Skáu en brazos, venía detrás; sabiendo, intuyendo más bien, que ninguno de los dos hombres con quienes tanto había compartido estaría más a mi lado.

Una vez en la orilla, me acerqué a la niña, que el texcaltécatl depositó inmóvil sobre el fango. Estaba tan fría que por un momento me dejé llevar por la angustia ante el pensamiento de que la Descarnada se la hubiera llevado también.

Su rostro helado me recordó de pronto otro rostro: uno que permanecía en mi memoria desde la infancia y que había seguido atormentándome durante muchas lunas. En aquel entonces mi amiga Jun había estado a punto de ahogarse y su padre logró salvarla, rescatándola de la furia de las olas.

Yo había cargado con la tristeza de aquel hecho muchos años; ahora no podía permitir que a Skáu me la arrebataran los dioses del inframundo.

En ese instante soplé en su boca y oprimí su cuerpo hasta que la niña dejó salir, entre toses y jadeos, el agua cenagosa de sus adentros.

Cuando comprendí que había sobrevivido y que no tenía heridas considerables, me tiré al suelo y lloré, dejando escapar todo el miedo, la angustia que había sentido por tantas horas, tantos días. Solo entonces, al liberar ese llanto contenido, fui consciente del enorme peligro en que me había encontrado: días interminables con la Descarnada respirándome en la nuca.

Estuve llorando en el borde del lago hasta que amaneció. En vano escudriñé las figuras fantásticas que surgían de las aguas, queriendo reconocer en ellas a Lanxánat, a las otras doncellas... Solo vi a los feroces perros con el hirsuto pelambre empapado, a uno que otro caxtiltécatl arrastrándose y a las mujeres extranjeras con los vestidos hechos jirones.

Inspeccioné el grupo que tiritaba en la orilla y solo encontré a Malina, a Tecuelhuatzin y a Quetzalteuh con los huipiles hechos garras y las greñas al aire, buscando, sin éxito, a sus doncellas. Al verme aparecer con Skáu, nos abrazaron con un regocijo que nunca antes nos habían mostrado. La hija de Maxixcatzin lloraba también, desconsolada, al saber que quien había sido su marido, el capitán Velázquez de León, era uno de los muertos.

Cortés fue de los últimos en salir del lago. Había regresado varias veces a rescatar a quien se pudiera y yo seguí con angustia cada uno de sus recorridos, esperando verlo emerger con don Fernando en las ancas de su cabalgadura, pero aquello no ocurrió.

Cuando Chichiní se alzó en el cielo, el capitán bajó por fin de su venado y preguntó por Malina, por Aguilar, por sus artesanos constructores de casas flotantes; cuando le dijeron que todos ellos habían sobrevivido, pidió a los otros capitanes las cuentas de lo que se había perdido.

Aquella noche, el insaciable lago se tragó a miles de personas: seiscientos soldados caxtilteca, cientos de guerreros texcalteca y tutunakú; así como la mayor parte de las mujeres, fueran princesas, doncellas o sirvientas. También quedaron en el lecho cenagoso los cilindros de metal que escupían fuego y los venados con el tesoro del rey. Vi cómo Cortés se derrumbó bajo un ahuehuete, sosteniéndose la frente con una mano temblorosa.

Pero el desánimo le duró poco. Un rato después hablaba con los caxtilteca, buscando convencerlos de seguir adelante, mientras Malina hacía lo mismo con los pocos texcalteca que quedaban. Ese no sería el fin de la historia, les decían. ¿Cómo iban a regresar derrotados a Villa Rica? ¿Cómo los recibirían sus familias en Castilla? O, aún peor, ¿querían acabar como los prisioneros de Tecoaque o Tepeyacac, a quienes los acolhua se habían comido para dar ejemplo a los otros aliados de Cortés?

Los texcalteca escucharon con rabia el relato de Malina: aquel grupo que apenas unos días antes venía con rumbo a Tenochtitlan para apoyar nuestro ataque había terminado en la piedra de sacrificio. Hombres, mujeres y niños caxtilteca, negros, taínos de las islas, mayas y tutunakú, acompañados por animales extraños, como los venados gigantes y otros que nunca se habían visto, se dirigían a la capital azteca para fortalecer el asedio. Los acolhua, por orden de los mexica, los mantuvieron prisioneros y después los sacrificaron: los quemaron vivos, los desmembraron y sus cráneos fueron exhibidos en el tzompantli como escarmiento para sus enemigos.

Cortés les recordó también las maravillas que habían admirado en Tenochtitlan. ¿Dejarían perder el oro? ¿Las joyas exquisitas hundidas en el lago? ¿Podrían olvidarse de aquella ciudad que no se parecía, que no se comparaba a ninguna otra? ¿Cómo desconocer que estuvimos ahí, que recorrimos sus calles de agua, que vimos sus palacios pintados con cinabrio y cal, relucientes como la plata y brillantes como el fuego? Sin duda yo no olvidaría el momento en que contemplé por primera vez aquella urbe, desde lo alto del Tajón del Águila: era un espejismo extraordinario, era la ciudad de los dioses que solo podía verse en los sueños. Rendirse no era una opción.

—No hemos llegado hasta acá para darnos por vencidos —repetía el capitán.

Yo escuchaba a lo lejos las palabras traducidas en los labios de Malina y no dejaba de pensar que era posible que el capitán estuviese en lo cierto, pero aquellas razones apelaban a otros. No rendirse jamás, acabar con los mexica en una batalla heroica, conquistar la ciudad de los dioses era el sueño de los texcalteca, de los caxtilteca, del capitán Mairena y de Qesqáh, pero ya no era el mío.

No podíamos quedarnos en la orilla del lago mucho tiempo: pronto los mexica vendrían a perseguirnos. Entonces Cortés inició la marcha, gritando:

—¡Vamos, nada nos falta!

Los soldados cubiertos de fango, ateridos de frío, comenzaron a levantarse, a pesar de no haber comido ni dormido en varios días, tal vez contagiados por el inexplicable entusiasmo de su capitán. Yo hubiera querido decir lo mismo, pero me faltaba don Fernando, me faltaba Qesqáh, me faltaban Lanxánat y las doncellas que estaban bajo mi cuidado. Hasta Orteguilla, el jovencito que yo tanto había apreciado, también había quedado en el fondo del lago y había dejado un hueco enorme en mi corazón.

De seguro sus cadáveres estarían amontonados con tantos otros en el cieno. ¿Qué cuentas iba yo a entregar a mis señores por la muerte de Lanxánat? ¡Más me hubiera valido sucumbir con ella para acompañarla en su viaje al Mictlan! ¿Adónde ir a buscar a mis muertos amados? ¿Cómo honrar sus cuerpos de la manera adecuada para que sus almas pudieran llegar a su destino? En una sola noche nos habían quitado amigos, amantes, compañeros. ¿Adónde habrían de ir? ¿Quién habría de conducirlos? Mi única esperanza era que las cihuateteo vinieran a escoltarlos en el viaje hasta el Omeyocan. Se lo tenían merecido: habían perecido como guerreros, luchando en la batalla. Ella, mi princesa, mis amigas, se convertirían en criaturas fantásticas con el cabello de líquenes y la voz más hermosa para tentar a los pescadores.

No estaba sola con mi dolor: mucha gente lloraba también al borde del lago. Unos se golpeaban la cabeza contra la tierra; otros, como el abuelo de Orteguilla, lanzaban gemidos largos, imprecaciones e insultos a dioses y hombres.

La pena me impedía avanzar. Solo quería permanecer ahí, llorar hasta que no me quedaran lágrimas, morir de tristeza, de vergüenza por continuar con vida. El capitán Mairena y Qesqáh seguramente estarían satisfechos de haber caído en la batalla, como correspondía a su estirpe guerrera.

Tal vez era lo mejor que podía haberles pasado: yo no imaginaba cómo, por lo menos Qesqáh, habría sobrevivido sabiendo que había huido, llevando consigo la deshonra. Don Fernando, además del oro, buscaba la gloria y en el vientre oscuro de aquel lago, de alguna extraña manera la había encontrado. ¿Pero yo? ¿Cómo seguiría adelante sin marido, sin protectores, sin amigas y, sobre todo, sin saber cuál era el sentido de mi vida después de todo lo que había ocurrido?

Solo la voz de Pilam logró rescatarme de mi angustia:

—Levántate. El destino de cada alma es único; sobreviviste por una razón. Tienes una misión que cumplir. Tu tarea en el mundo no ha acabado. Pronto sabrás cuál es. Recuerda que los designios de los dioses son inapelables y nosotros estamos aquí solo para cumplir su voluntad.

Buscando a la anciana en los alrededores, hallé en cambio un cúmulo de mariposas de todos colores que se alzaban desde el lago: eran los espíritus de los guerreros que venían a recordarme que con su violenta muerte habían asegurado la inmortalidad. Venían a advertirnos que debíamos seguir avanzando, recorrer un largo camino que no estaría libre de sangre y penurias.

No sé si fue aquella imagen de enorme belleza, las palabras de la anciana o la certeza de la manita helada de Skáu en la mía lo que me hizo ponerme en pie. La niña había regresado por tercera vez a mi vida y supe entonces que Kiwichat la había enviado para salvarme. Cuando vi que un lustroso cuervo de relucientes plumas se alejaba, comprendí que él era el nahual de Pilam y supe que no había soñado: la Madre de Todo lo que Existe no me había abandonado.

A pesar del desánimo y el agotamiento, teníamos que mantenernos pendientes de los susurros del monte y del canto de los cenzontles en las ramas de los árboles, que nos prevenía de la presencia de los aliados de los mexica. Los pueblos de la ribera del lago habían sido puestos en alerta y no pasaría mucho tiempo antes de que se echaran sobre nosotros. Cortés y sus capitanes lo sabían muy bien: esa turba que a duras penas podía llamarse ejército, integrada por muertos de hambre y de sueño, casi desarmados, con muchos heridos, era presa fácil.

Yo también emprendí la marcha a pesar de mi abatimiento. Con todo y las palabras de Pilam, con todo y las razones de Cortés, aun con la manita trémula de Skáu entre las mías, no podía olvidar que lo que daba razón a mi existencia se había perdido; el mundo de antes se estaba derrumbando y el mundo nuevo no había empezado todavía. Me di cuenta entonces de que no es el valor lo que nos impulsa a seguir luchando: es el miedo.

15

TLACOPAN

1 de julio de 1520-Tepeyacac, octubre de 1520-
Quiahuixtlan, enero de 1521

Los discursos de Cortés y Malina tuvieron efecto sobre aquel ejército de muertos de hambre y de sueño que sobrevivió a la batalla esa Noche de la Tormenta Desatada. A medida que pasó el tiempo, nos fuimos percatando de que el peligro aún nos perseguía. Guiados por las ganas de permanecer con vida, marchamos hacia el norte y por unas horas descansamos en un cerro cercano a Azcapotzalco donde los otomime de los pueblos aliados nos llevaron algunos alimentos.

Las tlaxcalli blancas, los totoles guisados y las tunas que nos brindaron en abundancia fueron poca cosa para saciar nuestro apetito. Nos vencía la fatiga y lo que más queríamos era tirarnos a dormir debajo de cualquier árbol. Pero los caxtilteca no se confiaban: sabían que podíamos ser sitiados en aquel lugar y después de la medianoche, cuando Paap, el padre luna, se asomó entre las nubes para mostrarnos el camino, continuamos avanzando.

Había que llegar a territorio texcaltécatl.

«¡Texcallac!», se escuchaba entre las tropas como un conjuro.

«¡Texcallac!», se decían unos a otros con el rostro demudado.

«¡Texcallac!», siguieron repitiendo después de vencer a duras penas a los pueblos de Tepotzotlan, Tzompanco y Xaltocan, gracias a que aquella gente no estaba preparada para dar batalla.

Habíamos caminado cinco días, buscando rodear el lago. Y aunque todos los que componíamos el contingente estábamos más que acostumbrados a recorrer a pie grandes distancias, nuestra resistencia estaba al límite. No teníamos alimentos, por lo que más de una vez nos vimos precisados a comer pasto, cuando no encontramos siquiera nopales para asar. Y solo teníamos el agua de los arroyos para saciar la sed, cuando no hallábamos magueyes que nos permitieran sacar de sus vientres el aguamiel. Solo un día, después de la batalla en que los mexica mataron a un venado de Cortés, pudimos almorzar su carne.

Los heridos retrasaban nuestra marcha y muchos murieron en el camino, sin que el cirujano caxtiltécatl ni yo pudiéramos hacer nada para salvarlos sin hierbas curativas, sin reposo posible. Los extranjeros no quisieron aprovechar su carne para alimentarse, como sí lo hicieron los texcalteca con sus muertos. Cortés tuvo que contener una vez más su horror, comprendiendo que era necesidad urgente y que si algo hubiera podido hacer para evitarlo, sus aliados no habrían tardado en convertirse en enemigos.

Yo no sabía con exactitud dónde estábamos. Nuestros guías me dijeron que nos encontrábamos muy cerca de Teotihuacan y me llené de reverencia. Aquel era un lugar casi mítico para todos. Las ancianas de mi pueblo repetían que habían sido tutunakú quienes ayudaron a construir la ciudad sagrada, antes de volver a la costa, y uno de los sueños de mi vida era llegar hasta ahí. Pero no pudimos acercarnos; sabíamos que su tlahtoani, Xiuhtototzin, era aliado de los mexica y no había manera de enfrentarlo en nuestra condición.

Luego entramos en Otompan, lugar de otomime. En esas tierras secas cubiertas de magueyes habría de librarse una batalla decisiva. Las tropas mexica venían al mando de Matlatzincatzin, hermano de Cuauhtláhuac, a acabar con nuestros despojos y, aunque Cortés había mandado mensajeros a Texcallac pidiendo ayuda días antes, no creíamos que los aliados llegarían a tiempo.

Se dispuso que las pocas mujeres que quedábamos, junto con los numerosos heridos, nos refugiáramos en las cuevas cercanas. Todas obedecimos, menos las caxtilteca: María —a quien yo conocía desde su arribo a Villa Rica—, Beatriz, Francisca y otras cinco mujeres que llegaron con Narváez y se dirigieron con los restos de las tropas vencidas a Tenochtitlan. Todas igual de fieras que los guerreros varones. Por su parte, los texcalteca que sobrevivieron iban comandados por quien había sido el marido de Lanxánat: Cristóbal de Olid, el fiero capitán que los de Texcallac respetaban.

Desde nuestro escondite escuchamos los gritos, el choque de las armas, el silbido de las flechas, el galopar de los venados gigantes a toda carrera y el zumbido de las bolas de fuego que salían de alguno de los artefactos mortales que los extranjeros lograron salvar de la furia del lago.

Pasaron muchas horas de angustia y silencio solo roto por los quejidos de los moribundos. Yo, después de dar agua a los heridos y limpiar en lo posible sus lastimaduras, me interné hasta el fondo de la cueva donde nos habíamos refugiado, en compañía de una Skáu taciturna que no soltaba mi mano. Detrás de mí oí a Malina reprendiéndome:

—¿Qué vas a hacer? ¡Ven acá a ayudar!

—Voy a hablar con Kiwichat, la Abuelita del Monte, nuestra madre.

—Nuestros dioses nos han olvidado. ¡No importa a quién le hables! Tonantzin, Tlazoltéotl, Chalchiuhtlicue... ¡Todas ellas nos han volteado la cara por haber permitido que los caxtilteca derruyeran nuestros templos y echaran abajo sus imágenes sagradas!

No le hice caso. Malina ignoraba quién era yo o no quería saberlo. Yo había aprendido todo lo que sabía gracias a la madre Kiwichat; había consagrado mi vida y mi voluntad a ella. Si por un tiempo rogué a los dioses de los caxtilteca, después de lo que había pasado en la Noche de la Tormenta Desatada, sentí que también ellos nos habían abandonado. Muchas veces me adentré en las cuevas en busca del consejo de la Madre de Todo lo que Existe y ella me respondió siempre. Le pediría perdón, la invocaría de nuevo, llamaría en nuestro auxilio a quienes yo sabía que podían salvarnos.

Cuando estuve cerca del vientre de la tierra, me arrodillé con los brazos extendidos y cerré los ojos. Comencé a llamar en el idioma antiguo a la madre de todas las cosas, a la gran abuela de todas las parteras, a la que guía las manos de las hilanderas y de las mujeres que curan. No me distrajeron ni los lamentos de los heridos ni los gritos desesperados de Malina y Tecuelhuetzin.

Vinieron en mi auxilio las ancianas sabias, las sanadoras de las montañas, las tejedoras de las redes del destino, las adivinas del desierto, las guerreras cihuateteo, muertas en el parto, con sus sólidos arcos y sus flechas de jade. Todas me rodeaban con sus brazos y me cantaban los conjuros del principio del tiempo al ritmo de los teponaztli.

No sé cuántas horas pasaron. El tiempo se volvió etéreo, volutas de humo sin peso y sin aroma. Mi plegaria me había arrastrado muy lejos, hasta la orilla de mi mar, hasta la cumbre de mi montaña sagrada, y desde ahí las penurias de la batalla, el calor de la cueva, el sufrimiento, el cansancio y el hambre no significaban nada.

Sentí que alguien me movía con rudeza. Era Malina. Su hermoso rostro se había engalanado con una sonrisa.

—Los mexica huyeron y los de Texcallac llegaron a tiempo para ayudarnos.

Apenas podía creerlo. Cortés estaba de pie en la boca de la cueva; tenía una herida en la frente y una mano envuelta en un paño ensangrentado, pero reía. Con la otra mano levantaba un penacho de plumas preciosas en señal de victoria. Él, junto con los pocos capitanes que le quedaban, se había apoderado del estandarte y las armas de Matlatzincatzin, a quien de un golpe certero había derribado y le había dado muerte. El resto del ejército mexícatl, confundido, había emprendido de inmediato la retirada. Después de la sangrienta batalla, el lugar había quedado sembrado de cadáveres de ambos bandos.

—Otumba lleva en su nombre la tragedia. Este páramo fue tumba para muchos de los nuestros —dicen que dijo Cortés—, pero su sacrificio significó nuestra victoria.

Esa noche, mientras curaba sus heridas, los guerreros tutunakú sobrevivientes me contaron que solo tres de las mujeres caxtilteca habían salvado la vida. María había peleado con bravura sobre su venado gigante, enarbolando una lanza. Y Beatriz, que era una mujer morena proveniente de las islas, empuñando una espada y una rodela texcaltécatl insultaba a gritos a los caxtilteca que intentaban huir. En ese momento les tuve mucha envidia: yo también hubiera querido ser una guerrera y vengar la muerte de mis amigos y amantes, cobrando la vida de nuestros enemigos.

Pocos días después, ese ejército compuesto por unos cuantos cientos de soldados que cojeaban, con las armas inservibles y el ánimo destrozado por la sed y el hambre, escoltado por la guarnición que había enviado Maxixcatzin, entró a la primera ciudad del reino de Texcallac, Hueyotlipan, donde las doncellas y los niños nos dieron la bienvenida con guirnaldas de flores y cantos. ¡Estábamos salvados!

Por más que rogamos al capitán que nos permitiera quedarnos más tiempo, ahí descansamos solo lo suficiente para recuperar las fuerzas. Luego, por fin, nos dirigimos a Ocoteluco, donde Xicohténcatl el viejo, Maxixcatzin y su gente nos recibieron como verdaderos héroes. Teníamos el heroísmo que da el haber sobrevivido.

—Seas, señor, muy bienvenido —le dijo Maxixcatzin a Cortés—. Has visto que te dije la verdad cuando ibas a Tenochtitlan y no quisiste creerme. A tu casa vienes, donde descansarás y te holgarás de los trabajos pasados.

Volaron los papeles de colores desde lo alto del templo. El cielo se oscureció con el humo del copal y con los cientos de aves que se echaron a volar para luego derribarlas con una lluvia de flechas en honor de los guerreros. Desde la cima del adoratorio pudimos apreciar los atuendos deslumbrantes de los poderosos señores de las cuatro ciudades principales de Texcallac: Ocoteluco, Tepeticpac, Tizatlan y Quiahuixtlan, la que no era mi hogar.

Todos lucían quémitl de ixtle exquisitamente bordadas con plumas de colores y penachos ceremoniales. El brillo de los brazaletes y los bezotes de oro deslumbraba a los presentes; los tatuajes y cicatrices de guerra se ostentaban en rostros y cuerpos, y la tristeza se manifestó, sin ningún pudor, por la muerte del capitán Velázquez de León, yerno de Maxixcatzin, quien alabó sus acciones de guerra.

Por su parte, algunos capitanes caxtilteca portaban sus corazas y sombreros de metal, ya relucientes de nuevo y adornados con algunas plumas, mientras que el resto del ejército había limpiado sus armas y sus ropas lo mejor posible para no desmerecer frente a sus aliados, aunque no pudieron ocultar sus sandalias de cuero —«alpargatas», las llaman— destrozadas y cubiertas de lodo.

La populosa ciudad fue para nosotros un refugio y un oasis. No nos faltó nada para alimentarnos y curar las heridas de los guerreros. Una vez vencido el miedo, pudimos salir a caminar por las coloridas calles y recorrer el mercado que, después de haber visto el de Tlatelolco, nos pareció deslucido.

Aun así, nos percatamos de que en los intercambios comerciales de los puestos se hablaban varios idiomas y adquiriendo mercancías había señores principales, tameme, esclavas con huipiles de ixtle o de maguey. Era como si no hubiera pasado nada. Era como si el mundo no se hubiera transformado. Pero yo sabía que volver atrás era imposible. Aquella paz era un espejismo. Nuestro mundo no sería jamás el mismo.

Fue en Ocoteluco donde Malina me tomó algún afecto. Y yo también le tomé afecto a ella. Me di cuenta de que estaba sola, con una niña que proteger, lo cual me hacía muy vulnerable ahora que don Fernando, Qesqáh y mis compañeras y doncellas habían muerto. Por ello necesitaba una aliada poderosa para sobrevivir en ese mundo al que, lo sabía, cada día llegarían más extranjeros que no entenderían que yo no era como las demás mujeres, que yo no era para ser tocada, cambiada por mercancías o regalada. No importaba que Cortés me hubiera mandado el mensaje con Malina de que, por haber sido la esposa de uno de sus amigos más queridos, siempre tendría su protección. ¿Podría creerle?

Yo era Xtaaku, Estrella de la Mañana que anuncia la llegada de Chichiní en el oriente, aunque me hubieran nombrado Magdalena cuando derramaron agua sobre mi cabeza. Yo era la sacerdotisa de Kiwichat, aunque esta fuera llamada por los mexica Toci, Tlazoltéotl y Coatlicue, o por los caxtilteca, Virgen María. No interesaban los nombres: lo que importaba era que ella es la Madre de Todo lo que Existe, quien tiene la sabiduría sobre lo que es necesario para la vida, y yo era quien podía invocarla.

Yo, como su sacerdotisa, como mujer que conoce las plantas y los astros, no podía ser mancillada, menos aún siendo la viuda de un capitán caxtiltécatl. Pero ¿lo respetarían ellos?

Por el momento, junto a Malina, nadie se atrevió a tocarme y por ello estaba agradecida.

Cuando sentí que llevaba en mi vientre, de nuevo, el fruto del deseo, del afecto que don Fernando y yo compartimos, me invadió una inmensa dicha, pero torné a dudar de todo. Yo había pedido a la diosa blanca que me dejara volver a tener vida dentro de mí si ella era el rostro verdadero de la Madre Amorosa. ¿Tendría entonces que renunciar a mis dioses?

¿No había pedido a Huitzilopochtli que me permitiera sobrevivir? ¿No habían sido las diosas y Mujeres de Poder quienes habían acudido a nuestro rescate en Otompan? ¡Estaba tan confundida! ¿Qué iba a ser de mí? ¿En qué iba a creer de ahora en adelante? Con esas dudas, cargando también la tristeza por lo que había perdido, no podía regocijarme al recorrer las calles de las grandes ciudades de Texcallac. Apenas fueron una distracción para no morir de pena.

Veinte días después, Malina y yo caminábamos junto con otras mujeres rumbo a Tepeyacac, donde Cortés decidió fundar la ciudad que llamó Segura de la Frontera, en lo alto del cerro, para dominar desde ahí los caminos hacia Tenochtitlan y los que conducían a la costa: a Cempoallan, Villa Rica, Nauhtla y Tochpan. Desde su ciudad fortaleza, los caxtilteca pretendían ahorcar Tenochtitlan. Desde su ciudad fortaleza habían de cortar los suministros de frutas y tributos a Cuauhtláhuac.

No fue fácil conquistar el terreno ocupado por los acolhua, a pesar de los fieros soldados caxtilteca que quedaban y los dos mil guerreros texcalteca que nos acompañaban. Esos pueblos, fuera por miedo o por convicción, no estaban dispuestos a traicionar a los mexica, a quienes rendían tributo. Además, ellos, los de Tepeyacac y otros altépetl de la región, apenas una luna antes habían dado muerte artera a los extranjeros que pretendían alcanzarnos en Tenochtitlan y sabían que no encontrarían compasión en sus enemigos.

De nuevo nos tocó ocultarnos en las cuevas y entre los magueyes mientras los de Tepeyacac caían en manos de sus adversarios en Zacatepeque, Acatzinco y otros pueblos cuyos nombres no recuerdo. Pero cuando al fin entramos en Tepeyacac, no terminó el horror. Texcalteca y caxtilteca se ensañaron con los vencidos. Jamás pensé vivir aquella pesadilla. Jamás imaginé que los triunfadores cometieran tales atrocidades con aquellas poblaciones desarmadas, a pesar de que ya habían tenido suficientes pruebas de su crueldad.

Los de Texcallac convirtieron a las mujeres y los niños en esclavos, después de que por orden de los extranjeros fueran marcados en la cara con metal hirviente, como era el uso en su tierra. Los guerreros derrotados fueron sacrificados y devorados por los texcalteca, sin que esta vez Cortés hiciera el menor intento de prohibirlo.

Lo peor fueron los perros, esos odiosos animales que Cortés y sus capitanes tenían en tanto aprecio y que en nada se parecían a los nuestros. Con los hocicos babeantes, mostrando los colmillos afilados, la respiración agitada, se echaron encima de los de Tepeyacac y les arrancaron la carne, los miembros, hasta matarlos.

Nunca olvidaré a María Estrada azuzando a su mastín en contra de los indefensos acolhua. Todavía veo en sueños las tripas colgantes de esas gentes, los gritos de auxilio, los ojos llenos de terror ante un final indescriptible. Aquellos guerreros que no temían morir en la batalla sabían que era una afrenta, una vergüenza, acabar destrozados en los hocicos de esos animales despreciables.

Los capitanes de Cortés hicieron cosas semejantes en las poblaciones cercanas. Engañaron a los de Quechulac y los trajeron, ya rendidos, a Tepeyacac. Ahí los caxtilteca aniquilaron a todos los hombres, atravesándolos con picas, y esclavizaron a las mujeres y los niños: en sus mejillas quedó la marca del hierro ardiente, con un símbolo que para los de Castilla significaba «guerra». Así se enseñorearon de los alrededores.

Yo ya no podía entender lo que ocurría. Era verdad que en otras ocasiones los extranjeros habían sido crueles con los adversarios: todavía recordaba con tristeza los hechos de Tzompantepec, cuando íbamos a enfrentar a los texcalteca; la batalla de Chollolan no había sido menos sangrienta, y el capitán Tonatiuh no había tenido piedad de los mexica en la fiesta de Tóxcatl. Pero esta vez me pareció que la crueldad no tenía ningún sentido. Íbamos dejando un rastro de sangre y muerte a nuestro paso y yo no comprendía el propósito.

—¿Por qué? —le pregunté a Malina.

—Capitán Cortés dice que el terror es necesario a veces para dar escarmiento.

—Demasiado dolor, demasiada sangre. No hay razón para ello. ¡Y habremos de pagarlo todos!

—El viejo Xicohténcatl convenció a Cortés de que, antes de intentar tomar Tenochtitlan otra vez, tenía que acabar con los aliados de Cuauhtláhuac en estas tierras, ya que podrían atacarnos por la espalda.

—¿En qué son ellos distintos de los mexica, que impusieron su ley a sangre y fuego?

No quise conceder ninguna validez a la estrategia guerrera de los caxtilteca y sus aliados. Cuando Malina vio que no lograba persuadirme, argumentó:

—De seguro es venganza por la matanza de caxtilteca que hicieron los de Tepeyacac. Cortés quiere dar el ejemplo por si acaso algún otro pueblo decide atacar a su gente. También intenta darles gusto a los de Texcallac, que le guardan rencor a estos pueblos. Necesita más que nunca a sus aliados.

En ese momento el hombre sagrado entró al aposento donde nos encontrábamos y yo, desesperada, lo interrogué:

—¿Es esto lo que ordena ese dios que quieren imponernos? ¡Los nuestros jamás fueron tan sanguinarios!

El hombre sagrado inclinó la cabeza. Estaba avergonzado. Solo atinó a decir:

—Los designios de Dios son insondables.

Yo sabía que él tampoco podía entender ni justificar los actos de su gente. Ese día me di cuenta de que ni sus divinidades ni las nuestras podían ser las causantes de tanta sangre derramada. Aquel crimen no era voluntad de los dioses, sino de los hombres, enloquecidos de rabia y poder, trastornados por el olor de la venganza. Salí de ahí confundida, asustada por mi descubrimiento, furiosa contra dioses y hombres por igual.

Aquellos días aciagos los llevo conmigo siempre y, cuando me pregunto si mi pueblo fue también responsable de ese derramamiento de sangre y de todo lo que Cortés hizo a partir de entonces, solo puedo guardar silencio culpable. Sé que, sin nosotros, él y su gente muy poco habrían podido lograr, que en mil años por venir sus hechos estarán unidos a los nuestros, y su oprobio o su gloria serán igualmente compartidos.

Malina y yo tuvimos mucho tiempo para estar juntas mientras nos encargábamos de hilar y supervisar el molido del maíz para alimentar a los cada vez más numerosos miembros del contingente. Los extranjeros no dejaban de llegar del mar. Sin arredrarse por el destino que habían sufrido los sacrificados de Tecoaque y Tepeyacac, hombres y mujeres de todos los colores, hablantes de todos los idiomas, seguían llegando a Villa Rica en las casas flotantes.

Tenían esperanzas de recibir los tesoros de los mexica y la gloria de haberlos conquistado. Guiados por gente de mi pueblo, habían buscado nuevos caminos, menos peligrosos, menos escarpados y difíciles que los que nosotros habíamos recorrido, para llegar hasta Segura de la Frontera.

Pasé dos lunas completas en compañía de Malina, quien prefería hablar conmigo que con las otras mujeres texcalteca y caxtilteca que iban creciendo en número, mientras el capitán pasaba muchas horas encerrado en sus aposentos, escribiendo largos pliegos para su soberano y discutiendo con sus amigos la mejor manera de acabar con los mexica.

Cortés estaba empeñado en volver a tomar la capital mexícatl y decidió trasladarse hasta Ocoteluco para comenzar a construir casas flotantes que dominaran el lago de Tenochtitlan, con la ayuda de sus aliados texcalteca. Malina partiría con él, al igual que Tecuelhuatzin seguiría a Alvarado. Quetzalteuh no había ido con nosotras a Tepeyacac: se había quedado con su padre.

En ese tiempo me nació un vivo deseo de regresar a mi casa. Extrañaba mi ciudad, la ciudad de la lluvia, en lo alto de la montaña frente al mar, rodeada por lagunas que parecían hechas de turquesa fundida. Extrañaba los colores de las flores, el sonido musical del tutunakú pronunciado por las jóvenes y niñas cuando elevaban sus peticiones al cielo. Quise ver de nuevo el vuelo de los hombres pájaro en su danza ritual solicitando buenas cosechas y mirar la cara sonriente de mi madre solo una vez más. Pero, por encima de ningún otro deseo, quería que la criatura que llevaba en mi vientre viera la luz en Quiahuixtlan.

Las visiones que había tenido en lo alto de la montaña confirmaban la futura victoria de los extranjeros. Jamás olvidaría las imágenes de Tenochtitlan ardiendo bajo el fuego de los invasores y los dioses rodando escaleras abajo, perdiéndose en la nada. Más de una vez había soñado, como el hombre del pelo blanco en el bestiario de Motecuhzoma, con las víboras en las ruinas, los conejos de fuego y los mexica muertos en la valiente defensa de su ciudad.

Qesqáh no había vivido para verlo. Sin embargo, no solo la traición vencería a aquel imperio: después de un sitio cruel y sangriento, caxtilteca, texcalteca y mexica habrían de medir fuerzas. Pasaría algún tiempo, pero al final no solo Tenochtitlan caería: nuestros pueblos desaparecerían también y yo nada podría hacer para impedirlo.

Estaba cansada. No quería ver más sangre derramada. No quería soñar con aquellos muertos descarnados que clamaban venganza. Ya no encontraba razón para quedarme así de desilusionada de los caxtilteca como estaba. ¡Qué error terrible habíamos cometido! En esos días entendí los terroríficos gritos de la diosa Cihuacóatl, que se perdían en la oscuridad de los canales de Tenochtitlan: lloraba ante el destino de sus hijos, a quienes ya no podría salvar.

Cuando hablé de mis deseos con Malina, ella comprendió: me dejó ir.

—Ojalá yo pudiera hacer lo mismo —me dijo mirando al suelo—. Pero me temo que en Coatzacoalco ya no encontraré amigos.

Yo conocía la historia que me habían referido de aquella mujer, pero no la había oído de su boca. Aquella noche, al calor del brasero, me la contó con una expresión que nunca le había visto.

—Soy hija del que fue señor de Olotla, pueblo cercano a Coatzacoalco, donde se habla popoluca y mexicano. Cuando mi padre murió, la esposa principal quiso vengarse de mi madre, a quien siempre había odiado. Me vendió a los pochteca que recorren el mundo intercambiando mercancías. Así llegué a ser esclava del señor de Potonchán y varios años le serví, pensando que ese sería mi destino para siempre. Que él me haya regalado a los caxtilteca fue lo mejor que me pudo pasar.

Asentí en silencio. Sabía que los soldados y hasta los capitanes de Cortés la respetaban y le temían; sabía que su palabra era atendida con reverencia por mexica y texcalteca. Pocas mujeres tenían ese privilegio y, ciertamente, yo no lo había tenido nunca. Aunque me respetaran por los conocimientos que poseía y me buscaran para que les prestara ayuda o para las ceremonias importantes, jamás sería igual: no se me permitía hablar frente a los señores, a menos que me lo pidieran, y jamás habría imaginado mirar al hueyi tlahtoani a los ojos o dirigirme a él como yo había escuchado a Malina hacerlo en Tenochtitlan: con una mezcla de autoridad y cercanía, como si fuera su igual.

En el camino, la antigua esclava había cambiado su huipil deshilachado por otros ricamente bordados y pintados; había trocado el cordel de cuero que usaba alrededor del cuello por los sartales de cuentas multicolores, considerados más valiosos que los pectorales de obsidiana o de coral. Al final de esta aventura tendría una riqueza que nunca se habría atrevido a soñar. Los caxtilteca la llamaban doña Malina, y los mexica, texcalteca y tutunakú le decíamos tona Malina: madre, señora.

Yo, en cambio, había transitado en sentido opuesto: mis huipiles orlados de grecas rojas, tejidos finamente con plumas torcidas, habían quedado raídos y rotos. Mis joyas de piedras verdes, mis orejeras de oro se habían perdido en los caminos. Los espejos de obsidiana, los peines, las cuentas para ensartar en el pelo; todo se lo había tragado el lago. Con dificultad conservé mi ceñidor rojo, un collar de cuentas de jade y mis ajorcas con cascabeles de cobre.

También había perdido a mis hombres, a mis amigas, a mis pupilas, hasta al pequeño Orteguilla, cuya risa recordaría siempre. Solo me quedaba Skáu. Ya no era la sacerdotisa de Kiwichat, ya no era siquiera Xtaaku, la Estrella de la Mañana: era apenas una mujer sin nombre arrastrando a una niña pequeña. Cualquiera podría apropiarse de nosotras y eso me destrozaba el corazón.

A los pocos días fui a despedirme de Malina. Ella partía hacia Texcallac y yo pensaba volver a casa. Nos tomamos de las manos y ella me deseó buena ventura.

—Los dioses te guiarán y de seguro encontrarás el camino de regreso a tu hogar. Lamento que no puedas irte de inmediato; tendrás que esperar. Han llegado terribles noticias de Ixtacamaxtitlan y Tzauhtla.

Con rostro angustiado, Malina me lo contó todo. Quienes habían sido nuestros anfitriones en aquellos altépetl habían recibido una generosa oferta de sus eternos aliados mexica. Cuauhtláhuac les dispensaría los tributos por tres años, a cambio de matar a cualquier caxtiltécatl o alguno de sus aliados que atravesara los señoríos, ruta obligada para los viajeros que iban y venían a Villa Rica, y había distribuido a sus guerreros águila y jaguar, con sus temidas huestes, por todos esos pueblos.

Tenamaxcuicuitl y Olinteuhtli, los señores que habían sido tan buenos con nosotros cuando pasamos por sus tierras, habían capturado, robado y matado a todos los extranjeros que osaron transitar por ahí. Juan de Alcántara, que había reclamado a Cortés su parte de los tesoros unos días antes en Tepeyacac, sufrió con otros caminantes ese horrible destino y los tesoros regresaron a sus legítimos dueños: los mexica.

Por ello, Cortés ordenó a Gonzalo de Sandoval marchar con veinte soldados, cientos de texcalteca y algunos peones hacia aquella región y convencer a los señores de cesar los ataques. Era fundamental que la ruta estuviera libre; de otro modo, el camino hacia Villa Rica quedaría inutilizable.

No quise ni imaginarme de qué manera iban a «convencer» a aquellos feroces guerreros que siempre habían sido aliados de los mexica y fieles a ellos.

—Yo te mandaré avisar cuando puedas partir con seguridad. Ahora ni lo intentes. No tardarían en identificarte como nuestra aliada —me dijo Malina.

Transcurrió una luna completa antes de que yo recibiera al mensajero que Malina me había prometido. Las noticias del triunfo de los caxtilteca comenzaron a fluir por Tepeyacac a partir de entonces. Gonzalo de Sandoval había quemado y destruido Tlaxcalanzingo y otras muchas poblaciones que no quisieron someterse; había esclavizado mujeres y niños, y aplicado hierros calientes en sus rostros, al igual que habían hecho con los pueblos más cercanos. Y a los principales nobles de los altépetl de Ixtacamaxtitlan y Tzauhtla los había llevado, cargados con sogas de metal, hasta Ocoteluco a rendirse ante Cortés.

Era la humillación última. Aunque yo no los vi, de solo escuchar la narración del enviado de Malina rompí en llanto. Tuve que contener mi rabia ante las demostraciones de alegría de los caxtilteca de Tepeyacac, que festejaban eufóricos la conquista de aquella soberbia fortaleza que habíamos admirado tanto sobre el cerro de Culhua. No esperaría más: debía irme a casa.

Me fui, acompañada por mi pequeño conejito y dos sirvientas, en un contingente que se dirigía a Villa Rica para llevar noticias, cartas y oro de parte del capitán con destino a Castilla. Recorrimos algunos caminos que nos habían llevado a Tenochtitlan y que ahora, ya de regreso, nos parecieron más anchos, menos amenazantes. Lo que no esperábamos era el espectáculo terrorífico que se fue extendiendo ante nosotros.

Además de los pueblos destruidos en Ixtacamaxtitlan y Tzauhtla, y las gentes con los rostros marcados y la mirada baja, en las siguientes poblaciones que recorrimos, la miseria y la devastación iban en aumento.

Al principio no entendimos nada. Solo nos extrañaba encontrar los campos y sementeras abandonados, chozas cerradas, pocos habitantes que nos dieran víveres… Era como si una sombra macabra se fuera posando sobre los territorios que recorríamos, como si la mismísima Cihuacóatl flotara en pleno día sobre las tierras arrasadas. No pasó mucho tiempo antes de que comprendiéramos por fin lo que ocurría.

Andrés del Duero, uno de los capitanes más valientes de Cortés y quien dirigía nuestra marcha, fue el primero en ver los muertos. Estaban a la orilla de la vereda. Nadie los había enterrado o quemado. Sus rostros estaban deformados por pústulas y cubiertos de moscas. La peste era insoportable.

—¡Atrás! —gritó.

Con la punta de su espada movió uno de los cuerpos para analizarlo bien.

—¡Viruela! —exclamó uno de los caxtilteca.

—¡Hueyzáhuatl! —gritó al mismo tiempo uno de los guías texcalteca.

En cualquier caso, significaba muerte y desolación. Pronto habríamos de constatarlo. ¿Cuánto tiempo había pasado desde nuestro ascenso a Tenochtitlan? ¡Dieciséis lunas apenas, que sin embargo parecían una eternidad! ¿Cómo pudieron destruirse los poblados? ¿Adónde había ido la gente? A partir de entonces, hicimos más lenta la marcha, tomando todas las precauciones para no toparnos de frente con la tragedia y la peste.

La pequeña ciudad de Xallitic estaba casi intacta. De hecho, la encontré más poblada, con la gente de las aldeas más pequeñas y de la costa, que había huido del hambre y la enfermedad. Nos quedamos unos cuantos días ahí para reponernos del viaje y el susto. Al ver llegar al contingente, las personas se reunieron en las calles.

Entre los pobladores que entregaban guirnaldas de flores a los viajeros, reconocí enseguida a quienes nos habían albergado cuando nos detuvimos en nuestro camino hacia Tenochtitlan.

La señora Aquetzalli, esposa del calpullec, me invitó, una vez más, a hospedarme en su casa. Llevaba de la mano a la niña que yo había curado.

—Se llama Yolotzin —dijo la madre—. Y, sin ti, ella no estaría viva, así que, como te dije entonces, todo lo que poseo está en tus manos. No tienes más que pedirlo y lo tendrás.

Nos asignaron habitaciones amplias y ventiladas al término de un jardín de orquídeas y bromelias coloridas que se disputaban el espacio con los helechos gigantes. Junto a la senda de tezontle, un apantle murmuraba bajito la canción del agua. Un árbol alto de liquidámbar se erguía en un rincón del patio; de sus ramas se sostenían los telares donde hilaban las mujeres. Más allá se alcanzaba a escuchar una cascada al fondo de la poco profunda barranca.

La casa era muy grande y, al ser la del calpullec, en ella se reunían las funciones de gobierno del calpulli, y hasta un pequeño adoratorio consagrado a Akgtzin se levantaba en el otro lado del amplio patio. Ahí se juntaba la gente que buscaba solucionar algún problema con la mediación del marido de Aquetzalli. Muy cerca estaba la pequeña escuela donde los niños del barrio eran educados por los sacerdotes.

Si en mi primera visita noté que se trataba de una casa noble, ahora me percaté de que había crecido la riqueza del calpulli y también los medios de la familia que nos había acogido.

—Son los extranjeros —me confió Aquetzalli aquella noche—. Hacen una parada aquí para recuperar fuerzas y nosotros les proporcionamos comida, mantas, alojamiento y lo necesario para el viaje. Nos han pagado bien por ello.

Quienes habían hecho crecer y prosperar a Xallitic no solo eran los caxtilteca y los que habían llegado con ellos del otro lado del mar: también los habitantes de los pueblos de la costa que se habían ido congregando en la pequeña ciudad, al encontrar ahí un nuevo hogar.

En los días siguientes, muchas mujeres me abordaron para preguntarme cómo había sido el recorrido, para que contara lo que había visto. Así, en tanto las sirvientas molían y cocían los tlaxcalli sobre el comal en las madrugadas húmedas, les narré las aventuras del viaje. El fuego siempre propicia las confidencias. A nuestra diosa Tysqoyat le encanta escuchar los susurros de las mujeres mientras se sienta oculta entre los tenamaxtli y crepitan las brasas.

Vi con desconfianza cómo esas mujeres se mostraban contentas ante la llegada de cada vez más extranjeros: brindaban sus hermosas sonrisas de dientes blancos a los aventureros sucios que venían en grupos desde la costa. Daban de comer generosamente a los hombres y mujeres de todos colores, a cambio de cuentas coloridas, espejos y otros artefactos. Muchas de ellas estuvieron dispuestas a irse con ellos, con tal de ver las maravillosas ciudades de las que tanto escuchaban hablar. ¿Cómo decirles que no lo hicieran? ¿Cómo explicarles que solo encontrarían servidumbre y cansancio, desolación y muerte? No entendían razones.

—No todas se van —seguía explicándome Aquetzalli—. Necesitamos muchos brazos para cultivar y moler, para alimentar e hilar. Como ves, la ciudad crece mientras otras grandes urbes se derrumban.

—¿De qué hablas? ¿Cempoallan? ¿Quiahuixtlan? ¿Paxil? —pregunté aterrada.

Mi anfitriona asintió en silencio; luego dijo:

—El futuro está aquí y no es como lo esperábamos. Sobre estas piedras se construye un mundo nuevo; no debemos resistirnos.

Ese día no quise escucharla. No estaba lista para saber del nuevo mundo que se cocinaba frente a nuestra mirada.

Mientras estuvimos en Xallitic recibimos más noticias sobre la enfermedad que lo mismo atacaba a los macehualtin que a los pipiltin. Los sacerdotes, desesperados, proponían contrariar la prohibición de Cortés de hacer sacrificios y complacer a nuestros dioses, que debían estar furiosos con nosotros. No había mejor explicación: nuestro señor Xipe Tótec era quien traía las enfermedades de la piel, las ampollas, a aquellos que osaban transgredir sus mandatos.

¿Este castigo era por haber abandonado a nuestros dioses? ¿Era por haber creído y servido a los extranjeros?, ¿por haber permitido que derramaran tanta sangre? Los caxtilteca no se veían tan afectados. ¿Habrían sido ellos los que nos mandaron la enfermedad? Sabíamos que había que contentar a nuestros dioses de algún modo, pero no atinábamos a comprender de qué manera.

Aquetzalli sabía que yo podía curar y ver el futuro; por ello me pidió que preguntara a Kiwichat lo que había que hacer. Así fue como extendí una vez más la manta blanca de algodón para tirar los granos de maíz, pero los dibujos eran acertijos que no lograba descifrar.

En nuestra desesperación, nos atrevimos a desobedecer a los extranjeros que habían prohibido los sacrificios. No había manera de que ellos lo supieran o pudieran castigarnos; en cambio era posible que los dioses volvieran a estar de nuestro lado si los alimentábamos con los corazones de doncellas y niños. Por eso acepté acompañar a los sacerdotes hasta lo más alto de la Montaña de las Cinco Cúspides, donde en tiempos remotos estuvo nuestra antigua ciudad Macuilxochitlan, y realizar los sacrificios en lo más profundo de la cueva, donde yo sabía que las ancianas se reunían para hablar con los dioses; muchas veces había estado ahí en mis sueños.

Pero la inmolación de hermosas doncellas en la madrugada no sirvió de nada. Todo fue en vano. Los remedios de las sabias titici no dieron resultado y mis conocimientos sobre hierbas y hongos tampoco fueron de utilidad. La gente seguía muriendo a la orilla de los caminos a pesar de los emplastos, los brebajes y los baños con hierbas sagradas, y sus cuerpos eran devorados por los buitres; otros eran abandonados en sus casas y ahí morían a solas, ante el temor de sus familias de contagiarse del mal. Entonces nos invadieron la impotencia y la angustia. ¿Todos íbamos a morir? Por más que clamé en la oscuridad de la noche, llamando a Kiwichat, repitiendo todos sus nombres, hasta el de la diosa blanca, nunca sentí su presencia.

¿Por qué no me respondía? ¿Sería que no conocía esa nueva enfermedad? ¿Sería que era impotente ante los dioses que los caxtilteca habían traído consigo y que parecían estar casi siempre de su parte? Esas preguntas me torturaban. Eran las mismas que me había planteado durante tanto tiempo y que ahora me hacían llegar al límite. Me apliqué castigos con las afiladas puntas del maguey: me hice sangrar las orejas y la lengua para purgar mis ofensas, pero incluso esas prácticas parecían ya carecer de sentido. No cabía duda: ¡los dueños de nuestras vidas nos habían abandonado!

En ese mundo nuevo que comenzaba a fraguarse, ¿acaso habríamos de adorar nuevos dioses? Ni los de ellos ni los nuestros: otros dioses. ¿Habría que crearlos a la medida de los nuevos retos? Durante el resto de nuestra permanencia en Xallitic, no hice sino devanarme los sesos con esas preguntas.

Luego llegó el momento de reemprender la marcha. Cuando me despedí de mi querida anfitriona, ella repitió lo que ya me había dicho varias veces a lo largo de mi estancia:

—Nada tienes que buscar allá abajo. Dicen todos los viajeros que solo hay desolación en las viejas ciudades, mientras que Villa Rica crece. ¡Quédense aquí! Yolotzin y Skáu se ven como hermanas y tú podrías educar a las niñas del calpulli, que cada día son más. ¡Hay tanto que enseñar! Por más que vengan tiempos nuevos y nada sea como antes, ellas deben aprender quiénes son nuestros dioses, deben saber hilar y escribir la historia de nuestros pueblos en sus vestidos.

—¿Para qué? —le preguntaba a Aquetzalli y me preguntaba a mí misma. Si nuestra religión moriría con nosotros, si el pasado estaba ya moribundo, ¿para qué?

—¡Para Skáu! ¡Para tu hijo! ¡Para Yolotzin y tantos como ellos! —respondía Aquetzalli, con lágrimas en los ojos—. Para que puedan entender mejor el futuro.

No logró convencerme, así que, con mi fiel compañera, me lancé de nuevo a los caminos rumbo a la costa. Me sorprendió encontrar una caravana interminable de hombres y mujeres de todos colores, que hablaban muchos idiomas distintos y se dirigían a Xallitic; la peligrosa vía que en otro tiempo recorrimos se había convertido en una senda más ancha y transitada.

Cuando al fin entramos en Cempoallan, mi tristeza fue infinita. La ciudad populosa, blanca, cuyos canales y albercas daban vida a numerosos jardines y huertas de árboles frutales, había desaparecido. Los edificios seguían ahí, aunque medio derruidos por el ataque de los enemigos de Cortés, según me dijeron los pocos habitantes que aún quedaban.

Ellos habían destruido muchos palacios con sus poderosos rayos y sus artefactos. Ellos habían saqueado los templos y echado abajo el resto de nuestros dioses. Ahora, el hueyzáhuatl, aquella enfermedad traída por uno de los esclavos de Narváez, había matado gran cantidad de gente y muchos de los que sobrevivieron habían corrido a refugiarse y buscar alimento en lo alto de las montañas.

Tal como me habían dicho, Quiahuixtlan no había tenido mejor suerte. ¡Cuánto lloré al mirar mi ciudad desierta! No quedaba nadie que pudiera darme razón de mi familia.

Los supremos sacerdotes, nuestro señor Quetzaláyotl; nadie estaba ahí para que yo pudiera rendir cuentas, para que me dijeran qué hacer. Solo hallé a algunas mujeres y niños desgreñados y pálidos, con la mirada perdida, que se escondieron al verme pasar; cuando quise interrogarlos me dieron con la puerta en la cara. Otros deliraban, perdidos entre los matorrales, repitiendo que nuestros dioses los habían abandonado.

Los palacios y templos se mantenían como mudos testigos de la desolación, y al caminar por sus pasillos oscuros, ya sin antorchas ni braseros, y al ver sus paredes encaladas por los caxtilteca para borrar los rastros de nuestra historia ahí plasmada, me eché a llorar. Nada subsistía de nuestra antigua grandeza. Nada de nuestra tradición, de nuestras costumbres, de nuestros olores amados.

Villa Rica, la ciudad fundada por Cortés entre el peñón y la playa, en cambio, estaba llena de actividad. Estaba viva, pero no era mi ciudad. Varias casas flotantes se perfilaban contra el horizonte azul y las canoas de pesca surcaban la bahía. Había muchos extraños caminando en la plaza inundada de sol y otros más bebían vino a la sombra de las pocas casas de bejuco. Hombres rudos jugaban a los dados en mesas improvisadas y mujeres blancas, vestidas con largas y amplias faldas, reían de las historias que contaban los recién llegados.

Lo que más tristeza me causó fue descubrir a algunos de nuestros artesanos, nuestros sirvientes, consumiendo el vino de los caxtilteca, después de trabajar para ellos todo el día. Cambiaban pequeñas piezas de oro, propias o robadas de las casas y palacios ahora desiertos, por un poco más de aquel líquido. No me reconocieron cuando me acerqué a hablarles. El espíritu de la bebida les nublaba los ojos y los había vuelto seres babeantes y apestosos que apenas podían tenerse en pie.

No los juzgué; nuestro pueblo solo tenía permitido acercarse al octli en las fiestas rituales y la ebriedad era castigada con la mayor severidad, así que no resultaba extraño que, al verse libres de tales costumbres, nuestros hombres se entregaran a la bebida que hacía olvidar la pena, el cansancio y, ante todo, la decepción.

En la construcción de los edificios que casi dos años antes había sido planeada por Cortés no se había adelantado mucho: apenas algunas tapias de piedra mostraban dónde se levantarían las casas de justicia, las prisiones, el templo. Una cosa no había cambiado: seguían en pie los maderos donde el capitán había dado muerte a sus propios hombres hacía tanto tiempo. Las sombras de los mecates serpenteaban en el precario zacate como una señal ominosa, como una advertencia para quien quisiera rebelarse.

Todo aquello me era ajeno. No pude imaginar quedarme ahí. ¿Qué sería de mí entre esos extraños? Si no me marchaba, habría de servir forzosamente como esclava o concubina; en el mejor de los casos, sería esposa de otro capitán. Ese era mi destino, como lo era ya el de los sobrevivientes de mi pueblo que se habían mudado a la orilla de la bahía y trabajaban para los extranjeros. No me gustaba cómo me miraban los recién llegados; sus ojos denotaban el deseo de tomarme y yo sabía que nadie iba a defenderme.

Pero más me angustió notar cómo miraban a Skáu. Sus incipientes pechos apenas se adivinaban debajo del huipil, pero su hermoso rostro, su sonrisa y su espigada figura captaban la atención de los rudos hombres privados de mujeres. De manera inocente, ella acudía cuando alguno la llamaba y, al no entender lo que le decían, se alejaba brincando ágilmente entre las piedras, sin percatarse del deseo que despertaba con sus movimientos.

Por eso decidí subir a mi montaña sagrada durante la madrugada en busca de consejo. Llevé a la niña conmigo, porque no me atrevía a dejarla sola ni un momento en aquel entorno. Aún no se mostraba un solo rayo de luz cuando alcanzamos la base del cerro donde estaban las tumbas de nuestros ancestros. Entonces lo escuché: era Lapanit, el jaguar que había estado a la espera de mi regreso. Ahí le pedí a la pequeña que, bien oculta entre los arbustos que lo habían invadido todo, no saliera hasta que yo volviera por ella.

Dejé que Lapanit subiera delante de mí, indicándome el camino en medio de la niebla. Pasamos entre la maleza, entre los zapotes y cocuites, por la senda que solo nosotros conocíamos. Desde ahí se apreciaba el trémulo espejo turquesa del mar y, a un lado, las lagunas que en esa época despedían pequeñas luces en la penumbra: eran los espíritus de los niños muertos. Luego escalamos los grandes bloques de piedra que llevan hasta lo alto de la montaña. Así llegamos al lugar sagrado del origen del tiempo: el Talhpan. Ahí se entregan las ofrendas a Kiwikgoló, el Dueño del Monte, el señor de todas las cosas. Ahí se curan las enfermedades y se pide permiso y perdón.

En lo más profundo del pozo de agua sagrada, al que tantas veces había ido a dejar las ofrendas, vislumbré de nuevo lo que había de acontecer. Vi mi propio rostro convertido en otro, vi nuestras ciudades hechas ruinas y enterradas por la maleza, vi la sangre que no paraba de correr. El pozo entero se transformaba en un vertedero de sangre y en un manantial inagotable de lágrimas. Sangre sobre sangre, muerte sobre muerte, que no cesaba nunca y que se volvía una cascada que escurría por el cerro hasta llegar al mar. Mi mano era un grito de auxilio, mi mano era un puente en el tiempo. ¿Habría alguien que lo escuchara al otro lado?

Me derrumbé en el piso y solo volví a abrir los ojos cuando sentí la caricia de la Abuela Pilam en mi cabello.

—Ven conmigo, Xtaaku.

Casi no podía creerlo. No era una alucinación: era verdaderamente ella. La abracé con todo el cariño que le tenía desde niña, con todo el extrañamiento de tanto tiempo, con todo el miedo contenido. Ella me sonrió y su rostro arrugado era un canto de esperanza. Bajamos hasta donde Skáu nos esperaba y juntas seguimos a la anciana hasta el otro lado de la montaña.

Ahí, protegidas por la maleza, había algunas casas. Al vernos llegar, empezaron a salir las mujeres. Mi alegría fue inmensa al descubrir a mi madre entre ellas. Estaban pálidas, ojerosas, delgadas, con sus viejos huipiles remendados; pero estaban vivas.

Corrieron a abrazarme y, ante tanto cariño, rompí en llanto.

—Sabíamos que volverías —dijo mi madre.

—¿Y los demás? —pregunté con un hilo de voz, sabiendo de antemano la respuesta.

Como sospechaba, la mayoría había muerto por la enfermedad. Otros habían huido hacia las montañas azules, buscando el aire sin contaminar. Los pocos hombres que se quedaron servían a los caxtilteca en Villa Rica, al igual que muchas mujeres que realizaban las tareas de la cocina y daban consuelo a los cuerpos de los extranjeros.

El atolli con chile y epazote me supo mejor que cualquier manjar que hubiera podido probar en mi recorrido. En él estaba el sabor de mi infancia, el sabor de mi pueblo, y lo degusté casi con devoción.

Aquella noche dormí sintiéndome segura por primera vez desde que inicié el viaje de regreso, custodiada por las mujeres que me habían criado y escuchando a lo lejos el rumor de las olas, el canto de los grillos, el ritual de amor de las chicharras que frotaban sus élitros entre la hierba. ¡Qué felicidad sentirse así! ¡De nuevo como una criatura en los brazos de su madre después de haber concluido un viaje como el mío!

Las mujeres de la minúscula aldea vivían muy pobremente. Cultivaban diminutas parcelas en las terrazas del cerro, como antes, y deseaban que con el producto de la cosecha pudieran alimentarse, por más que fuera con dificultad. En otros caseríos cercanos, la gente hacía lo mismo: lo que fuera necesario con tal de sobrevivir. La cosecha anterior se había perdido por falta de suficientes brazos sanos que la levantaran y por poco murieron de hambre.

—Los caxtilteca nos piden tributo también —dijo mi madre con un hilo de voz la mañana que me reunieron con ellas frente al fogón.

—Algunos de nuestros hombres han tenido que ir a buscar maíz a tierras más lejanas para alimentarlos y alimentarnos —dijo una mujer que apenas reconocí.

—Nos piden lienzos de algodón para sus camisas. Igual que los mexica —dijo Abuela Pilam.

—Se han llevado a nuestras hijas, a nuestras hermanas, a servir allá abajo… —dijo otra joven que había sido sacerdotisa como yo—, igual que los mexica.

—Cuando vienen subiendo el cerro con los ánimos alebrestados, huimos a las montañas para protegernos de ellos.

¿Cómo no desear que todo fuera como antes, como cuando partí? ¡Qué ilusos fuimos pensando que la expedición hasta Tenochtitlan nos traería el triunfo, la fama, la riqueza! ¡Qué castigo haber querido saberlo todo, verlo todo!

—El viaje, con todo y sus angustias, te ha convertido en quien eres ahora —me respondió Pilam cuando dije cuánto sentía no haber estado ahí con ellas—. Nada hay que puedas cambiar ya. Te fuiste para volver.

Ahora yo sabía que los recién llegados habían traído la desdicha. Me tocaba ver el derrumbe de nuestro pueblo y el nacimiento de uno nuevo. Ya no era la joven llena de entusiasmo, dispuesta a todo con tal de viajar más allá de mi ciudad. Mi marido y mi mejor amigo habían muerto, mis amigas y pupilas también; los extranjeros estaban derrumbando nuestros dioses, nuestros templos, nuestro mundo.

¿Cómo iba yo a ser sacerdotisa en esa nueva religión? Los caxtilteca dudaban de mis poderes para sanar y los atribuían al dios malvado llamado el diablo, me miraban con recelo. Yo misma cuestionaba mi poder, después de que resultara inútil para curar el hueyzáhuatl, ya fuera una nueva enfermedad causada por los caxtilteca o una maldición de nuestros dioses por haberles dado la espalda. ¿Quién sería yo de ahí en adelante? ¿Adónde había de ir? ¿A qué habría de dedicarme?

Ahora tenía que velar por Skáu y por una criatura que pronto nacería: una criatura que no sería ya como nosotros, porque llevaba en sus venas la sangre de los otros. ¿Dónde estaríamos a salvo? ¿Acaso ahí, entre las montañas, huyendo entre las sombras de los deseos torvos de los nuevos habitantes de Villa Rica? ¿Cuánto tiempo podría escapar? Yo sabía que vendrían muchos más, que no dejarían ya de venir.

Después de algunos días de descanso, la Abuela Pilam me hizo subir de nuevo a la montaña. Para mi sorpresa, ahí nos esperaban las Mujeres de Poder. Eran las sacerdotisas de muchas ciudades del Totonacapan. Hacían sonar los teponaztli y las caracolas; se habían ataviado con huipiles rojos y pintado el rostro de negro con insectos quemados.

Cuando llegamos, comenzó la danza alrededor del fuego; las más ancianas hacían vibrar las sonajas y el palo de agua. Cada uno de los pasos de aquellas mujeres era un latido del corazón de la tierra. Luego arrojaron el copal al fuego, que levantó una humareda blanca y fragante. La Abuela Pilam hizo sonar la caracola ronca y después todo quedó en silencio.

—Te hemos hecho venir para comunicarte la voluntad de la madre Kiwichat. Las penurias del viaje te han cegado, ensordecido, y no puedes escuchar su voz —me dijo una teciuhtlazqui, mujer dominadora de tormentas, sacerdotisa de Akgtzin.

—Debes volver a Xallitic. Donde alguna vez estuvo nuestra mítica Macuilxochitlan surgirá el nuevo corazón vibrante del

Totonacapan. Ahí se confundirán los latidos de nuestros ancestros con los de los recién llegados —pronunció lentamente la tetonalmacani de Paxil.

—Serás tú quien descifre los nuevos acertijos, guarde la sabiduría ancestral que ha de conservarse y la muestre a través de los rostros de las deidades extranjeras. Como siempre hicimos, adoraremos en secreto a nuestras divinidades en los templos hasta que sean un sola, distinta, con los nuevos dioses —dijo una nahuala que había llegado de Zozocolco en forma de zopilote.

—Debes colgar otra vez el telar de las ramas del árbol que sostendrá el mundo y agrupar a las mujeres que han de hilar la tela del destino. Kiwichat te ha elegido —añadió una poderosa titici, curandera de Cempoallan.

—Junto a ellas, deberás criar a tus hijas y enseñarles todo lo que sabes. Ellas habrán de instruir a otras, porque llegará el momento en que nuestra sabiduría será de utilidad para las perseguidas, las víctimas, las ignoradas, las madres desoladas cuyo grito espantará al mundo —intervino la Abuela Pilam.

Mi voluntad se resistía.

—¿Por qué no ustedes? Mi sabiduría fue inútil para curar a tanta gente que sufre. Los dioses ya no responden mis preguntas.

—Conocemos las dudas que te carcomen por dentro. Hemos escuchado tus angustias en el crepitar del fuego. Recuerda que nuestros dioses estarán presentes en los de ellos —dijo una vieja muy arrugada y encorvada que era sacerdotisa de Tysqoyat, diosa del fuego—. Kiwikgoló es el dueño de todo lo que existe, de todo lo que se mueve en los trece cielos y los nueve pisos subterráneos del cosmos. Kiwikgoló es dueño de los extranjeros también: nada ni nadie se escapa de su poder.

—¿Y el hueyzáhuatl? ¿Y los miles de muertos? ¿Y tanta sangre derramada?

—Los dioses se ocupan de restaurar el equilibrio del cosmos, muchas veces destruyendo todo lo que existe para crear mundos nuevos. No nos toca juzgarlos, solo obedecerlos y trabajar con ellos para hacer posible la transformación. Recuerda: como el hilo en el cajete, nada debe detenerse. Nuestra labor es contribuir al incesante movimiento —de nuevo habló Pilam—. Y lo más importante: resistir.

—Yo no tengo la fuerza para hacerlo. Ustedes son más sabias.

—Nuestras historias se están apagando, somos el pasado. Tú, en cambio, eres el futuro. Cuando llegue nuestra hora de partir, subiremos a la nube donde viajan las ancianas parteras y las cihuateteo desde el inicio del tiempo. Y si nos llamas, vendremos a ayudarte —dijo una mometzcopinqui, agitando sus alas de petate y dando saltitos con sus piernas de totol.

—Pero ¿quién me defenderá? ¿Quién evitará que me esclavicen, que me mancillen?

—Encontrarás tu propia fuerza. Encontrarás la vía. Ya la has encontrado. Kiwichat ha hablado por boca de Aquetzalli, pero no quisiste oírla. En su casa está el árbol sagrado; ahí has de anudar el telar donde se tejerá el futuro. Nosotras estaremos contigo. Debes saber que hay enfermedades más terribles que el hueyzáhuatl y que van matando por dentro. Una de ellas es la desesperanza y tú puedes curarla —afirmó una vieja partera de Xallitic—. No solo eso: tienes que ayudar a los sobrevivientes a hallar las palabras para comprender el sinsentido de tanta muerte, tanta sangre derramada.

—Allá donde te han ofrecido abrigo habrás de guardar la sabiduría de nuestro pueblo para transmitirla a las mujeres —ordenó una adivinadora de sueños venida de Huitzilapan.

—¿Cómo sabré qué debo preservar?

—Nada hay escrito a partir de ahora. Tu mayor fortaleza será enfrentar la incertidumbre y darle cauce. Inventar nuevas palabras para crear el lenguaje del dolor. Sabrás en su momento lo que debes de hacer. Se te revelará en las profecías, en los augurios que te haremos llegar —prometió una chupadora del mal proveniente de Ixchalpan.

—¡He perdido el poder de curar! —grité desesperada.

—Está intacto. Y si no has podido vencer la enfermedad es porque Kiwichat ha querido recordarnos que no somos inmortales y que la muerte es parte de la vida, que nuestra sabiduría es limitada —dijo una sanadora de huesos de Nauhtla.

—En el viaje adquiriste nuevos conocimientos: se te ha revelado la religión de los extranjeros y puedes interpretarla en nuestros términos. Comprendes cada vez mejor su lengua y pronto podrás intervenir a favor de nuestro pueblo —dijo una adivina de Teoixhuacan.

—Si algo nos han enseñado los extranjeros es que hay mucho por aprender. ¡Hay tanto del bien y del mal que ignoramos! ¡Hay todo un mundo del otro lado del mar que no habíamos imaginado! Creer que lo sabíamos todo fue nuestro error… y el suyo también, y quizá nunca se den cuenta —dijo con tristeza una tlahuipuchtli de Xicochimalco.

—En Xallitic se reunirán las sobrevivientes del desastre y tú puedes explicarles cuál es su valor, cuál es su poder en el nuevo mundo: dar la vida, preservarla, crear belleza y recrear la historia de nuestros pueblos con palabras nuevas —dijo una vieja arrugada, adivinadora del Libro de los Augurios que venía de Tochpan.

—El poder, la fuerza de las mujeres junto al fuego no tiene parangón, mientras no olviden su historia: la sangre y el fuego no deben impedirlo. No será ya lo que fue, ellas no serán las mismas que vivieron en nuestros pueblos, como tampoco serán iguales a las extranjeras. Un día no habrá ellas y nosotras, y tú tendrás que ayudarlas a entender.

Bajé la cabeza, sabiendo que tenían razón. De nuevo sentía la presencia de la diosa en el aire, en el fuego, en las sombras y en la luz. Guardé silencio mientras las Mujeres de Poder me sahumaban y cubrían de bendiciones en un enjambre de murmullos. De las llamas de la fogata, de las nubes de copal, surgieron una vez más las mariposas, envolviendo con miles y miles de alas temblorosas el cielo entero de Quiahuixtlan.

Sabía que no podría desobedecer el mandato. Cuando descendí de mi montaña, la lluvia gris, traída por el viento del norte en esa época, picaba el manto impasible de las lagunas, erizándoles la piel. Yo miraba al horizonte. Detrás de las nubes alcanzaba a ver lo que no estaba al alcance de los demás mortales.

Obedecería el mandato de Kiwichat y sobreviviría para dar vida a ese nuevo mundo que también latía en mi vientre. Sobreviviría para preservar los tres corazones de nuestro pueblo en ese mundo donde todo parecía ser distinto. Sobreviviría para reunir a las mujeres; les daría el consuelo y la sabiduría necesarios para comprender el lenguaje del dolor y de la sangre que esa guerra iba dejando como estela de horror a su paso. Sobreviviría para brindarles la fuerza requerida y que sobrevivieran también, a pesar del hambre, a pesar de la muerte que acecha siempre demasiado cerca, a pesar del dolor de las pérdidas.

Sobreviviríamos juntas para seguir luchando.

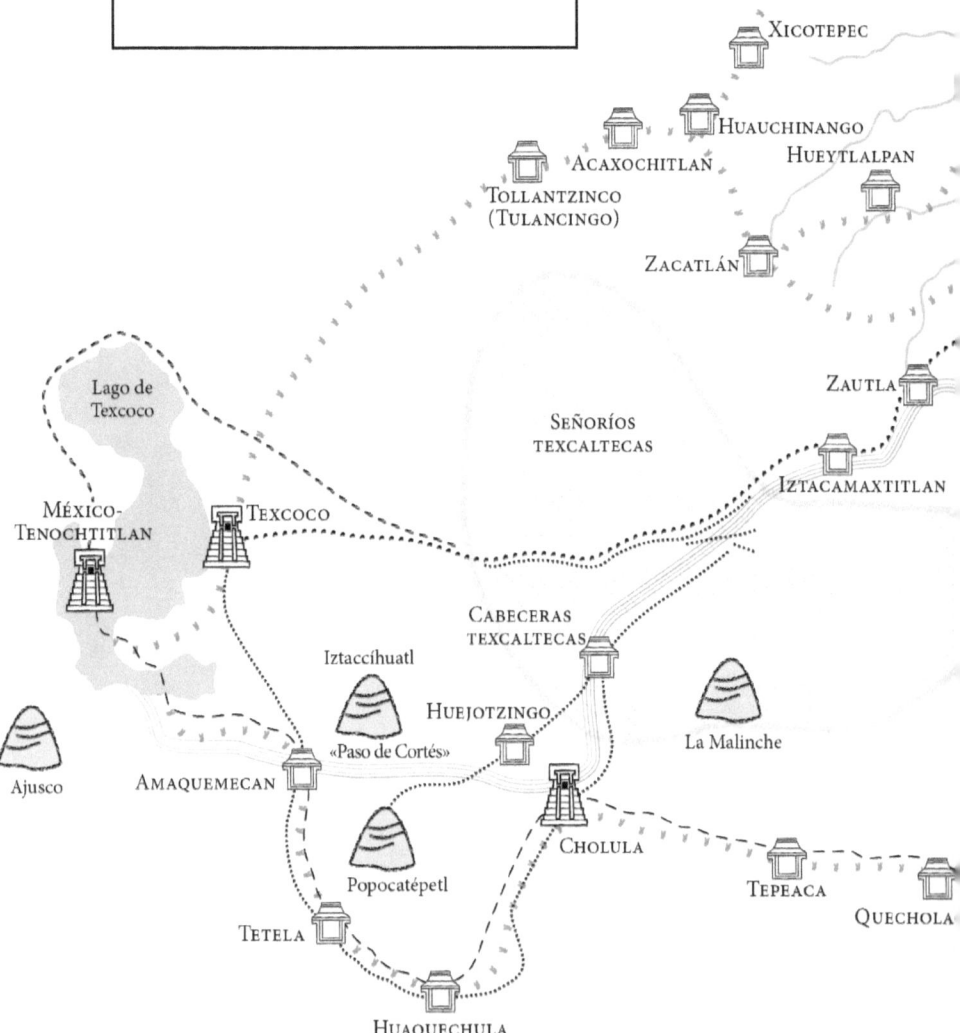

MAPA DE LAS RUTAS QUE SIGUIÓ HERNÁN CORTÉS DESDE VERACRUZ HASTA TENOCHTITLAN

A Tuxpan

XICOTEPEC

HUAUCHINANGO
ACAXOCHITLAN
HUEYTLALPAN
TOLLANTZINCO
(TULANCINGO)

ZACATLÁN

Lago de Texcoco

ZAUTLA

SEÑORÍOS
TEXCALTECAS

IZTACAMAXTITLAN

MÉXICO-
TENOCHTITLAN

TEXCOCO

CABECERAS
TEXCALTECAS

Iztaccíhuatl

HUEJOTZINGO

La Malinche

«Paso de Cortés»

Ajusco

AMAQUEMECAN

CHOLULA

Popocatépetl

TEPEACA

QUECHOLA

TETELA

HUAQUECHULA

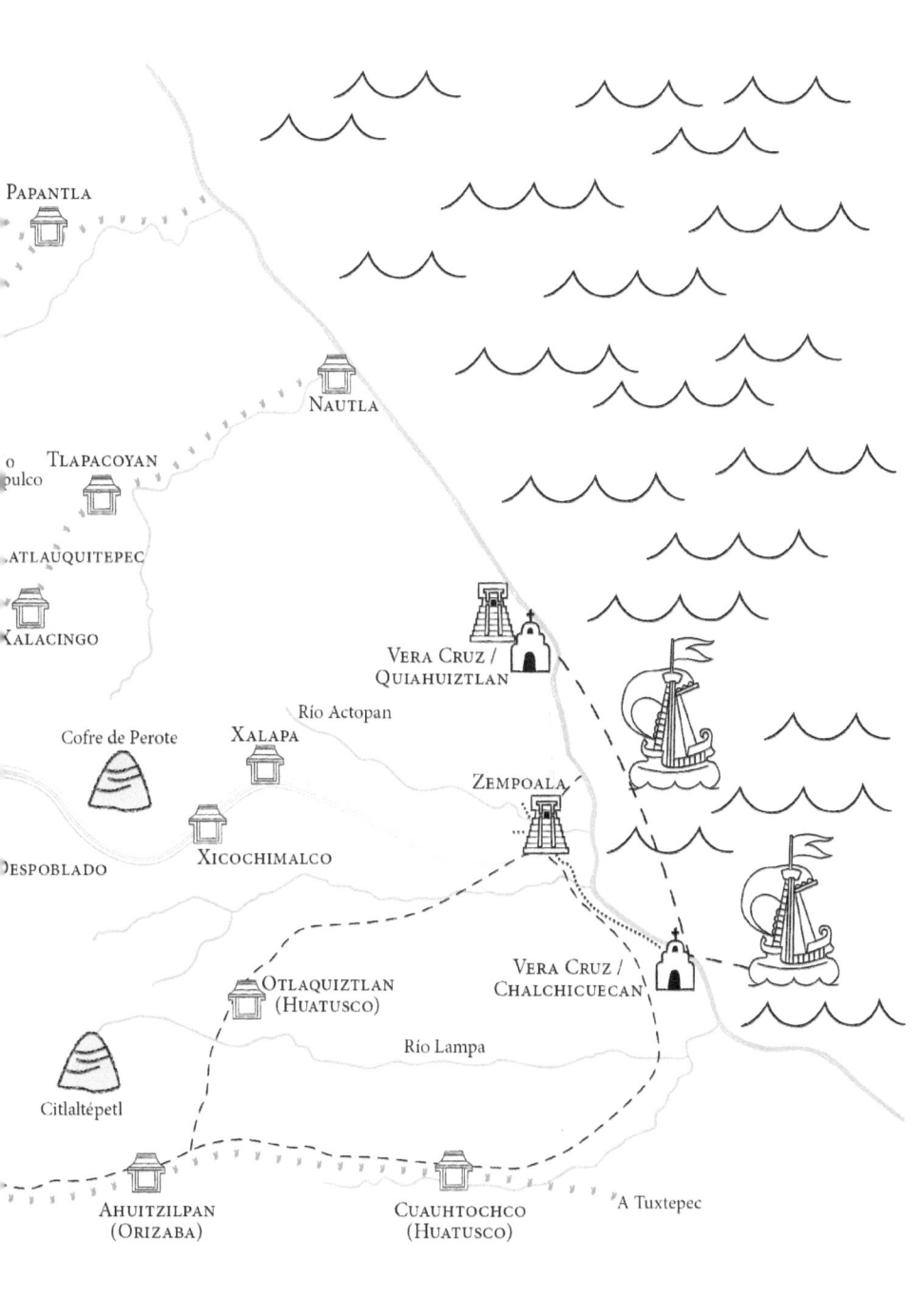

PAPANTLA

NAUTLA

TLAPACOYAN
o
pulco

ATLAUQUITEPEC

XALACINGO

VERA CRUZ /
QUIAHUIZTLAN

Río Actopan

Cofre de Perote   XALAPA

ZEMPOALA

DESPOBLADO   XICOCHIMALCO

VERA CRUZ /
CHALCHICUECAN

OTLAQUIZTLAN
(HUATUSCO)

Río Lampa

Citlaltépetl

A Tuxtepec

AHUITZILPAN
(ORIZABA)

CUAUHTOCHCO
(HUATUSCO)

NOTA DE LA AUTORA

Cuando mis editores, Carmina Rufrancos y David Alejandro Martínez, me sugirieron transformar la primera versión de la novela que puse a su consideración —situada en el presente— y enriquecerla contando la historia de las mujeres indígenas que acompañaron a Cortés, pensé que sería tarea poco menos que imposible, dada la dificultad para encontrar fuentes sobre las mujeres totonacas de la región en tiempos de la Conquista y dado mi insuficiente conocimiento de la época. Ahora agradezco mucho que me hayan instado a hacerlo: fue todo un viaje plagado de peligros, pero fue tanta la emoción de la aventura, que decidí transformar totalmente el plan original y dejar solo la historia de Xtaaku.

Es imprescindible hacer un cumplido reconocimiento a las personas cuyo apoyo solidario y amoroso fue esencial para llevar a buen término esta novela, puesto que fue preciso realizar una minuciosa investigación en torno a numerosos temas: la ruta de Cortés, en primer término; pero también sobre el pueblo totonaco: sus costumbres, comida, religión, prácticas cotidianas y, en particular, el papel de las mujeres en su cultura. Hubo que hacer también una detallada indagación sobre las comidas originarias, la vegetación, el territorio, los pueblos existentes en la época, entre otras muchas cosas. Por todo ello, quiero agradecer a las siguientes personas.

A Sara Ladrón de Guevara y a Chantal Huckert, quienes me orientaron sobre las costumbres y los atuendos de las mujeres totonacas.

A Raquel Torres, quien me introdujo en el vasto campo de la cocina tradicional de los pueblos de Veracruz; su supervisión fue fundamental y la experiencia que tuve en su taller *Acuyo* cambió mi visión de los alimentos, su producción y consumo. Las enseñanzas de dos de sus invitados en tan inolvidable curso fueron de gran utilidad. José Santiago me ayudó a entender mejor la lengua y cultura totonacas, y Lorena Acosta Velázquez contribuyó a mis conocimientos sobre la región del barlovento veracruzano.

A los arqueólogos José Antonio Sánchez Lobato y Lourdes Boudar; el primero de ellos me dio una importante orientación sobre Quiahuixtlan y la segunda me abrió el horizonte respecto de los puertos prehispánicos en la costa del golfo.

A Mario Fuente Cid, cuyas investigaciones fueron imprescindibles para conocer el armamento de los conquistadores y las plantas originarias —la ausencia de palmeras en esta novela es una contribución destacada de tan apreciado colega—. Él también puso a mi disposición otros trabajos académicos, como el de Luis Antonio Nava García sobre los altépetl de Tzautla e Ixtacamaxtitlan en tiempos de Cortés.

A Pablo César López Romero, quien me aclaró muchas dudas en torno a la región de Xalapa y el pueblo de Xallitic en el momento en que Cortés pasó por allí.

A Rafael Barradas y, especialmente, a Joaquín Diez-Canedo y Ana Lucía Izkalli, quienes me apoyaron en consultas de última hora sobre el uso de los plurales en el náhuatl prehispánico.

Y a Ricardo Teodoro Alejándrez, quien me acercó los materiales imprescindibles para comprender los distintos asentamientos de la Villa Rica de la Vera Cruz.

La bibliografía consultada sobre Cortés, Moctezuma, la Conquista en general, el papel de las mujeres, la magia y la utilización de la herbolaria, el hilado, los totonacos, los aztecas en la costa del golfo y otras materias relacionadas fue muy abundante, y no cansaré al lector con las numerosas referencias.

Quiero, sin embargo, resaltar la especial utilidad de las crónicas de la época que consulté, en particular las *Cartas de relación,* de Hernán Cortés; la *Historia verdadera de la Conquista de la Nueva España,* de Bernal Díaz del Castillo; y la *Historia general de las cosas de Nueva España,* de Bernardino de Sahagún. Asimismo, me serví con holgura de biografías y trabajos académicos como los de Hugh Thomas, Camilla Townsend, Christian Duverger, Miguel León-Portilla, Jacques Soustelle, Michel Graulich, Alfredo López Austin, Ángel María Garibay, Luis Alfonso Grave Tirado, José Luis Melgarejo Vivanco, Félix Báez, Sara Ladrón de Guevara, Ramón Arellanos Melgarejo, Fernando Winfield, Gerardo Bustos Trejo, Elio Masferrer, Agustín García Márquez, Juan Miralles, Nigel Davies, Juan Francisco de Maura, Carlos Pereyra, Pedro Jiménez, Miguel Pastrana Flores, Judith Hernández, María del Carmen Martínez, José Luis Martínez, María Teresa Sepúlveda, Carlos Javier González, Solange Alberro, Bernardo García Martínez, Rodrigo Martínez Baracs y Matthew Restall. Sobre la participación de las mujeres españolas, fue fundamental el trabajo de Juan Francisco de Maura y, finalmente, la investigación de Mario Jesús Gaspar y su equipo sobre la ruta de Cortés en Veracruz también fue muy iluminadora. Asimismo, mi reconocimiento a Bernardo García Martínez cuyo mapa, publicado en el número 49 de la revista *Arqueología Mexicana* sobre las rutas de Cortés, fue la base del mapa que aparece en este libro.

Debo reconocer asimismo la importancia que tuvieron otros libros, como *El arte de ser totonaca, Mujeres de humo* y *La magia de los hilos,* de Lourdes Beauregard, Lourdes Aquino y Adrián Mendieta; *Veracruz, puerta de cinco siglos,* coordinado por mis colegas Ricardo Teodoro Alejándrez, Carmen Blázquez y Gerardo Galindo; *La ruta de Hernán Cortés,* de Fernando Benítez; *El Veracruz de Hernán Cortés,* coordinado por Juan Ortiz Escamilla, y *Cempoala, lugar de las Veinte Aguas.*

Igualmente, algunas obras de ficción me fueron de gran utilidad: en primer término, la espléndida novela *Moctezuma,* de mi querido José Luis Trueba Lara, que fue siempre inspiración y modelo (aunque otros investigadores ya lo han afirmado, de este autor tomé la idea de que Moctezuma entregó regalos a los conquistadores para ofenderlos y mostrar su poder); *El dios de la lluvia llora sobre México,* de Lászlo Passuth, quien, a pesar de otras imprecisiones, describe las batallas con detalle y vasto conocimiento de las técnicas de guerra europeas; *Isabel Moctezuma,* de Eugenio Aguirre, que brinda una enorme cantidad de información acerca de la vida cotidiana de los aztecas, y *La Conquista de México Tenochtitlan,* de Sofía Guadarrama Collado.

Quiero agradecer también a las personas que acompañaron esta muy personal ruta de Cortés, no menos ardua que la del conquistador. Sin el apoyo, sin la presencia solidaria de todas ellas, esta novela no habría podido ser completada.

En primer lugar, a mi hermano Jaime, siempre una referencia y una importante voz en mi vida. Como en otras ocasiones contribuyó con numerosos materiales sobre el tema, además de la lectura atenta, incluso cuando estuvo pasando por momentos difíciles, y las atinadas correcciones.

A Alberto J. Olvera, mi marido, quien hizo sugerencias fundamentales y aportó ideas, acercamientos distintos, críticas fundadas y, sobre todo, compañía y apoyo; más de una vez recorrimos las sierras del centro de Veracruz y los caminos olvidados rumbo a la costa, buscando las huellas de Cortés en los territorios veracruzanos. Le estaré particular y eternamente agradecida por su solidaridad y apoyo en el periodo en el que escribí las últimas versiones de esta novela.

Se trató de meses tormentosos y de extrema fragilidad en los que anduve dando «pasos sobre muertes», en medio de quimioterapias y sus efectos para tratar un cáncer de mama particularmente agresivo.

En este mismo sentido, no puedo dejar de hacer un reconocimiento a mis médicos: Samantha Corro, Carlos Aguirre (presencia cálida con quien compartí el gusto por la literatura), Armando Melhado, Luis Héctor Bayardo y, muy en especial, a Dan Green. Ellos, literalmente, me salvaron la vida.

A Alejandro, mi hijo, que con su apoyo, con su mera existencia, iluminó la oscuridad en que me vi envuelta durante la escritura y corrección del trabajo.

A Sergio Stern, quien estuvo siempre presente y escuchó las vicisitudes y dificultades en el acercamiento al tema. Fue un sostén invaluable en este peligrosísimo viaje.

A Isabel, Margarita y Constanza, quienes leyeron varias versiones de esta novela y sugirieron cambios. Y lo más importante: estuvieron ahí.

A Diego Olvera y Olivia Jarvio, que no dudaron en acudir a conseguir los materiales en librerías de la Ciudad de México cuando se requirieron. Asimismo, David Torres fue de especial apoyo al conseguir innumerables libros, mapas y documentos en las bibliotecas de Xalapa.

A Ignacio Carvajal, que destinó su tiempo personal a mostrar los secretos de la antigua Huehuetlapallan y los lugares en que Cortés avistó, por vez primera, las costas de Veracruz.

Y para finalizar, agradezco la lectura atenta de Valdemar Ramírez, que revisó a conciencia las palabras en náhuatl y otros detalles históricos, enmendando errores y planteando preguntas pertinentes.

Un lugar muy especial ocupa mi editor, David Alejandro Martínez, preciado guía en este escabroso camino, quien hizo atinadísimas sugerencias de forma y fondo, y ayudó así a configurar la trama definitiva de la historia.

A todos ellos, gracias.

ÍNDICE